ISABELLE MAYAULT

EINE LANGE MEXIKANISCHE NACHT

ROMAN

Aus dem Französischen von Jan Schönherr

ROWOHLT

Die Originalausgabe erschien 2019
unter dem Titel «Une longue nuit mexicaine»
bei Éditions Gallimard, Paris.

Deutsche Erstausgabe
Veröffentlicht im Rowohlt Verlag, Hamburg, Mai 2020
Copyright © 2020 by Rowohlt Verlag GmbH, Hamburg
«Une longue nuit mexicaine»
Copyright © 2019 by Éditions Gallimard, Paris
Satz aus der Newzald
Gesamtherstellung CPI books GmbH, Leck, Germany
ISBN 978-3-498-00146-9

Für die Perseraugen meiner Mutter,
die kurzsichtigen Augen meines Vaters,
für die sanften Augen von Augusto
und für Augen, die heute nicht mehr sind.

«Was würden Sie hinaustragen, wenn Ihr Haus in Flammen stünde?» — «Das Feuer.»

JEAN COCTEAU

ERSTER TEIL

Greta Ortega

1

Meine Cousine nannte unsere Heimat oft das «Land der Schluchten», und in einer dieser Schluchten ließ sie schließlich ihr Leben. Man fand sie eines Nachmittags, in einem weißen Kleid und einem Kopftuch mit Punkten, dreißig Meter von ihrem sonnengesprenkelten Cabrio entfernt, auf einem Verkehrsschild hängend. Unter dem Schild wuchs ein Strauch stacheliger Blumen, in dessen Geäst einer von Gretas roten Pumps gefallen war. Die Leiche ihres Liebhabers, eines auf den Namen Beppe hörenden Friseurs aus Mailand, saß ein Stück weiter unten noch auf dem Beifahrersitz. Nichts hatte Greta einen Tod mit sechsunddreißig Jahren vorbestimmt: Sie bekreuzigte sich jedes Mal, wenn sie unter einer Leiter durchgehen musste oder eine schwarze Katze ihr über den Weg lief, und war obendrein mit einer Rossnatur gesegnet.

Beppe und sie hatten ziemlich viel getrunken, wie ich später aus dem offiziellen Bericht erfuhr, der die Umstände ihres Todes so lakonisch schilderte, als ginge es um einen Rohrbruch. Im ganzen Land fuhr man betrunken, und meine Cousine bildete da keine Ausnahme – denn am Steuer hatte Greta gesessen. Das erklärte aber nicht, wieso ausgerechnet diese, nicht besonders tiefe Schlucht, und nicht eine andere. Wieso ausgerechnet dieser Mittag und nicht der davor, als die Sonne ebenso hoch und giftig am Himmel gestanden hatte.

Auf den Fotos zum Bericht, die ein Polizist mich konsultieren ließ, sah der junge Adonis aus, als würde er ans Leder geschmiegt schlafen, und die gekrümmte Greta wirkte, als lachte sie gerade über einen schlauen Witz – wäre da nicht das Blut am Haaransatz gewesen, all das Blut an Hals und Ohr. Es waren Nachtaufnahmen, mit Blitzlicht. Erst am späten Nachmittag hatte ein Autofahrer den Unfall, der sich gegen vierzehn Uhr ereignet hatte, gemeldet, und als die Polizei sich der Sache endlich annahm, war die Nacht bereits hereingebrochen. Tags wie nachts galt die Straße zum Pazifik als gefährlich, und wer nicht bewaffnet oder völlig unbedarft war, hielt dort auch wegen eines in der Schlucht liegenden Fahrzeugs nicht an, aus Angst, beraubt oder noch Schlimmeres zu werden. Auf den Fotos sah die Szene aus wie der Schauplatz eines schändlichen Verbrechens. Diese These war nicht von der Hand zu weisen – um sich davon zu überzeugen, musste man bloß die Lokalnachrichten lesen –, doch ein Unfall war letztlich die plausibelste Erklärung, und zu diesem Ergebnis kam schlüssig auch der Autopsiebericht. Die beiden waren, wie man sagt, auf der Stelle tot gewesen. Neben dieser allgemeinen Diagnose enthielt der Bericht eine Reihe von Details, wie zum Beispiel Gretas und Beppes letzte Mahlzeit vor dem Unfall. Aus Furcht, der Fluch könne erneut zuschlagen, habe ich seither nie mehr *huevos separados* gegessen. Allerdings trinke ich noch immer *micheladas*, denn seinen Aberglauben wählt man schließlich à la carte.

Bestimmt war es dem Polizisten, der Carlos zu benachrichtigen hatte, peinlich, einem noch so jungen, attraktiven Mann wie Carlos mitzuteilen, dass seine Frau in Gesellschaft eines anderen gestorben war, der – wie die Überprüfung ergeben hatte – weder ihr Bruder noch ihr Cousin, weder ihr Vater noch ihr Sohn gewesen war. Bestimmt haben die Polizisten vor Ort den Braten gleich gerochen, war der Ehebruch ganz deutlich zu erkennen gewesen, anhand der mintfarbenen Punkte auf dem Kopftuch meiner Cousine und Beppes athletischer Schwimmerfigur. Ein paar der Männer fassten das sicher als Wink des Schicksals auf, und ihre Frauen staunten später über einen Blumenstrauß. Dann, als Beppes Identität ermittelt war, haben sie gelacht, und dem Polizisten, der Carlos zu erklären hatte, dass seine Frau in Gesellschaft eines Mannes umgekommen war, der weder ihr Bruder noch ihr Cousin, weder ihr Vater noch ihr Sohn gewesen war, war seine Aufgabe sicherlich noch etwas peinlicher, weil er ebenfalls gelacht hatte. Dass Greta ihrem Ehemann, dem Regisseur, davonlief, war nicht verwunderlich. Nicht aber, weil Carlos etwas an sich gehabt hätte, vor dem man hätte fliehen müssen; Gewalt war ihm vollkommen fremd. Auf Wutanfälle hatte Greta das Monopol. Sie schleuderte Carlos, dessen bloße Gegenwart ihr auf die Nerven fiel, den Frust über ein ihrer Meinung nach zu kleines Leben ins Gesicht, wobei das Zimmer sich unter ihrem Blick verfinsterte wie ein Kornfeld, über das ein Sommergewitter hereinbricht. Dabei war Carlos keineswegs langweilig im üblichen Sinne des Wortes. Er hatte ein erfülltes Sozialleben, einen wachen Geist und nahm die Dinge nicht zu schwer – und Gott weiß, wie nützlich diese Eigenschaft in Mexiko sein konnte. Dennoch langweilte Greta sich mit ihm und lief ihm davon. Und betrog ihn, denn in ihrer Langeweile hatte meine Cousine nicht viel Phantasie.

Wie Carlos die schlimme Nachricht aufnahm, weiß ich nicht. Ich weiß nur, dass er meine Cousine sehr geliebt hat. Zu Anfang ging das vielen Männern so, die Gretas Weg kreuzten. Erst später klagten sie, sie raube ihnen Schlaf und Selbstwertgefühl. Nicht bei mir, versteht sich, aber bei den wichtigsten Mitgliedern der Gruppe, die in ihrem Milieu für die Gerüchteküche zuständig war. Als er Greta kennengelernt hatte, war Carlos nicht verheiratet gewesen. Keiner der beiden hätte sich eine filmreifere Begegnung erträumen können, womit ich der Verbindung jedoch keine grundlegende Oberflächlichkeit unterstellen will, denn wenn Greta mir eins beigebracht hat, dann, dass man Form und Oberfläche unterscheiden muss. Umrahmt wurde ihr Aufeinandertreffen von der Blutnacht des 2. Oktobers 1968, die man in Mexiko, sofern man heute überhaupt noch davon spricht, die «Nacht von Tlatelolco» nennt. Carlos filmte seit einigen Wochen die Demonstrationen der Studenten und Arbeiter, die sich – wie es 1968 in vielen Ländern geschah – verbündet hatten, um die herrschende Ordnung zu stürzen. Die Einheitspartei, die Mexiko seit dreißig Jahren regierte, trug den Spitznamen «die Mumienbande», was zeigt, wie viele meiner Landsleute sich etwas frischen Wind in der *Casa Presidencial* ersehnten. Am Abend des 2. Oktobers stand Carlos wie an den Abenden zuvor mit seiner Super 8, seinem fein gestutzten Schnurrbart und seinen Seidenstrümpfen neben – oder vielmehr *vor*, denn ich bezweifle, dass Carlos sich je selbst als Demonstrant gesehen hätte – den Telefonistinnen, den Angestellten der staatlichen Stromgesellschaft und den Studenten, die um siebzehn Uhr dreißig allesamt das Wort *derecho*, Recht, im Mund führten, zum planmäßigen Auftakt einer Kundgebung, die wie immer mit Verspätung anfing.

Zehntausend Menschen hatten sich auf dem Platz versammelt, hinter der Kirche stiegen Leuchtraketen auf und kreuzten einander hoch oben in der Luft wie zwei langhalsige Drachen, die ihre Köpfe aus dem Wasser strecken. Genau da erblickte Carlos Greta. Obwohl sie selbst keine Studentin war – eine Uni hat meine Cousine nie besucht –, war sie mit zwei befreundeten Malern von der Kunstakademie gekommen, von denen einer die Nacht nicht überleben würde. Ohne ein Wort mit ihr zu wechseln, filmte Carlos sie genau in jenem Augenblick, als alles in der Schwebe hing, als der Rauch der Leuchtraketen sich auf die Menge senkte, die Kirche und die Häuserblocks verhüllte, die verschwitzten Hemden und die aufs engste Loch geschnallten Gürtel. Ein paar Sekunden lang hielt Greta sich noch aufrecht, die Arme verschränkt, den Mund ganz leicht geöffnet, den Blick in Richtung Himmel, das Gesicht von Zorn gerötet, die Brust wogend im chemischen Dunst, dessen Grün in Carlos' Schwarzweißfilm zum Glück unterging. 1971 brachte Carlos eine Dokumentation mit dem Titel *Mexico 1968* heraus, deren Vorführung noch in derselben Woche verboten und erst dreißig Jahre später wieder genehmigt wurde, was es Carlos für immer verleidete, «die Wirklichkeit zu filmen».

Ich weiß nicht, ob die beiden instinktiv spürten, dass die Sache kippte, oder ob sie der Vernunft folgten; ob sie sofort begriffen, dass die schießenden Männer zur Staatsgewalt gehörten, oder ob sie anfangs noch glaubten, es handle sich womöglich um einen neuen, gut ausgerüsteten militanten Arm

der Studentenbewegung. Sicher ist jedoch, dass sie im Hand-
umdrehen nebeneinander auf dem Bauch lagen, Carlos' Kopf
neben Gretas Schuhen, Gretas Kopf neben Carlos' Schuhen,
und dass Carlos weiter Greta filmte, die ihn zugleich neugierig und überrascht betrachtete, während Kugeln mit kurzem,
unheilvollem Pfeifen über ihrer beider Köpfe sirrten wie tod-
bringende Wespen, bevor sie Steinsäulen zerschrammten
oder in die weichen Leiber der anwesenden Menschen ein-
schlugen. Ganz in der Nähe hatte ein Trupp Polizisten in Zivil
– erkennbar an den weißen Handschuhen, die sie an jenem
Abend trugen, um sich nicht gegenseitig zu erschießen – das
Feuer auf die Menge eröffnet. Zwei über dem Platz schwe-
bende Hubschrauber tauchten die bis eben von der Nacht
verhüllten Körper ins grelle Licht ihrer Scheinwerfer. Carlos
machte sich das instinktiv zunutze für einen spontanen Dreh,
dessen Tonspur Gewehrsalven und das aus einem nahen Tank
strömende Wasser bildeten. «Du bist wohl wirklich scharf
darauf, dass die uns das Fell über die Ohren ziehen?», fragte meine Cousine mit ihrem ganz eigenen Sinn für Etikette,
das Kinn zornig in Richtung der laufenden Kamera gereckt.
«Uns passiert schon nichts», erwiderte Carlos, der selbst im
Flüsterton Gelassenheit ausstrahlen konnte. Greta brumm-
te etwas vor sich hin, dessen Inhalt man sich selber denken
kann, und wandte sich dann erneut dem filmenden Carlos zu:
«Siehst du die dunklen Bäche da? Das ist Blut, *querido*.» «Ach
wo, da hat bloß eine Kugel den Wassertank getroffen», widersprach Carlos, zum ersten Mal beunruhigt. Die Hände über
den Ohren zog Greta eine der genervten Schnuten, die ich
bestens von ihr kannte: eine Miene, die sie allen gegenüber
aufsetzte, die sich ihrer Ansicht nach nicht schnell genug bewegten, wodurch sie sich stets frustrierend einsam fühlte und

den anderen deutlich überlegen. Weil Carlos' Leichtsinn sie jedoch mindestens genauso anzog wie sein Aussehen – denn hübsch anzusehen war Carlos immer, besonders aber 1968 gewesen –, ließ Greta sich inmitten des Spektakels zu einer Klarstellung herab, ohne dabei die weiß behandschuhten Männer aus den Augen zu lassen, die von allen Seiten auf den Platz vorrückten. «Siehst du die jungen Kerle, die da hinter der Brüstung unter ihren Helmen zittern? Das ist die Armee. Und die, die rings um den Platz blindwütig in die Menge schießen? Das ist die Polizei.» Den Umständen zum Trotz machte Greta eine dramatische Pause – das ließ sie sich als Schauspielerin nicht nehmen. «Wenn ich als Tochter eines Generals eines gelernt habe», fuhr sie fort, «dann Folgendes: Wenn die Armee zusammen mit der Polizei vorgeht, nimmt man besser die Beine in die Hand.» Die Tochter eines Generals?, dachte Carlos, der wie alle politisch Gemäßigten weder die Armee noch die Anarchisten leiden mochte. So sah sie doch gar nicht aus? Noch ehe er die Information hatte verdauen können, sah er Greta im Halbschatten davonkriechen. Der Gedanke, ihr zu folgen, kam ihm nicht, was Greta ihm später als Beweis dafür vorhalten würde, wie sehr es ihm schon immer an Antrieb gefehlt hatte und wie unfähig er zu Spontaneität und zu Vertrauen war – kurz: als Beweis für alles, was sie ihm während ihrer Ehe an den Kopf warf, zum Zeitvertreib und um sich abzureagieren.

Was Carlos nicht erraten konnte und Greta ihm auch nicht erklärt hatte – und was Carlos später hätte entgegnen können, wäre er die Sorte Mann gewesen, die immer alles aufrechnen und das letzte Wort behalten muss –, ist, dass Greta ihm voraushatte, die Gegend gut zu kennen, da meine Mutter und ich in einer Dreizimmerwohung in einem der moskauhaften Blocks an jener Esplanade wohnten, die heute Plaza de las Tres Culturas heißt. Die Eingangsbereiche dieser Blocks waren von den Ordnungskräften besetzt und in behelfsmäßige Verhörsäle verwandelt worden. Wie Greta es geschafft hat, die Feuertreppe zu unserer Wohnung zu erreichen, wofür sie mindestens eine Linie hinter Schutzschilden kauernder Armeegrünschnäbel überwinden musste, weiß ich bis heute nicht. Sehr wohl weiß ich indessen, wie sie aussah, als sie auf dem knarrenden Metallrost der Feuertreppe stehend an die Glastür vor unserer Küche klopfte. Ich malte gerade ein Bild am Tisch vor der Spüle, neben mir saß lesend meine Mutter, eine Zigarette in der Hand, nervös wegen des Lärms, der von unten in die Küche drang. Dass meine Cousine bei der Kundgebung gewesen war, hatte sie nicht gewusst. Fast hätte sie bei Gretas Anblick ihre Zigarette in ihrer Ausgabe von *Das andere Geschlecht* ausgedrückt: Meine Cousine hatte Blut auf den Armen, den Wangen, den Schläfen, auf dem Kleid und an den Waden. «Die durchsuchen die Wohnungen», sagte Greta, und ihr Gesicht glühte vor Anspannung. «Waren sie schon hier?» Meine Mutter schüttelte den Kopf und führte Greta am Arm wortlos ins Badezimmer, vergaß vor Aufregung sogar, mir Vorschriften zu machen, was sie sonst immer tat, wenn sie den Raum verließ, und ich malte weiter, denn ich begriff, dass Ruhe gefragt war. Meine Mutter rieb Greta die Wangen, Schläfen, Arme und Waden mit einem Waschlappen ab, warf ihr einen Bademantel über, stopfte Kleid und Strumpfhose in eine Tüte, die sie unter dem Mülleimer in der Küche versteckte, und wickelte meiner Cousine einen Handtuchturban um den Kopf. Dann stellte sie den Fernseher an und sprach zum ersten Mal seit Gretas großem Auftritt: «Setzt euch hin und macht keinen Mucks. Wenn ihr aufs Klo müsst» – dabei sah sie mich an – «macht von mir aus in die Hose.» Dieser Satz, zusammen mit dem eifrigem Gehorsam der sich sonst gegen jede kleine Regel meiner Mutter sträubenden Greta, löste in meinem Kopf eine Reihe kleiner Explosionen aus.

Kurz darauf klopfte es an der Tür. Noch immer rauchend machte meine Mutter auf. Von weitem sahen wir, wie sie sich zu uns wandte und ins bildschirmhelle Wohnzimmer zeigte, auf die junge Frau und den kleinen Jungen unter der gestreiften Wolldecke. «Zehn und zweiundzwanzig, warum fragen Sie?» Dann verkündete sie mit erhobenem Zeigefinger, sie lasse Greta *nie* ausgehen, *no señor*. Drei Männer durchsuchten daraufhin die ganze Wohnung, öffneten die Schränke, überprüften Badezimmer und Balkon. Das Herz schlug mir bis in die Ohren. Bevor die Männer wieder gingen, wollten sie von meiner Mutter wissen, wo denn eigentlich ihr Gatte war. Doch nicht etwa unten auf dem Platz? Zum ersten Mal schien Mutter das mit Freuden zu erklären: Ihr Mann hat sie verlassen, und sie würde sich unter Garantie nicht noch einmal auf einen Amerikaner einlassen. Die Männer nickten patriotisch mitfühlend und zogen endlich ab. Mutter hinderte das nicht daran, uns weitere Befehle zuzublaffen: «Du», sagte sie und zeigte auf mich mit den beiden Fingern, zwischen denen ihre Zigarette klemmte, «in fünf Minuten sind alle Lichter aus. Und du», fügte sie an Greta gewandt hinzu, «dir lege ich eine Matratze in sein Zimmer, und bis auf weiteres rührst du dich nicht vom Fleck.» Dann folgte der denkwürdigste Teil des gesamten Abends. In meinem Kinderbett im Dunkeln liegend, den unheimlichen Lärm vom Platz im Hintergrund, wartete ich darauf, dass Greta von der Kundgebung erzählte, vom ausbrechenden Chaos und ihrer heldenhaften Heimkehr. Stattdessen sagte Greta, so schüchtern, wie ich sie nie zuvor erlebt hatte: «Jamón» – so nannte sie mich gern, was mir gefiel, solange sie es nicht vor anderen tat – «Jamón, ich glaube, ich habe jemanden kennengelernt. Er hat einen dünnen Schnurrbart, Seidenstrümpfe, eine Super-8-Kamera, und ich weiß nicht einmal, wie er heißt.»

Greta sollte seinen Namen schon bald darauf erfahren, und auch, wie Carlos dieser Schreckensnacht hatte entkommen können – er hatte sich für einen Reporter des kolumbianischen Fernsehens ausgegeben und es in einen für die internationale Presse gecharterten Bus geschafft, der ihn mit den anderen Reportern vor einem Hotel absetzte. Die diffuse Unruhe des Abends nahm eine ganz neue Gestalt an, als erstens durchsickerte, dass Hunderte Menschen ums Leben gekommen waren – die genaue Zahl ist bis heute unbekannt, wie üblich in diesem Land, das auf Gewalt und Geheimnissen gedeiht –, und zweitens die Abgesandten des Internationalen Olympischen Komitees entschieden, die Lage sei stabil genug, um die Sommerspiele abzuhalten, die für zehn Tage später angesetzt waren, vermutlich im selben Geiste, in dem das Komitee auch die Lage im Berlin des Jahres 1936 für stabil gehalten hatte. Dieser dramatische Boden hatte Greta und Carlos eine erste Begegnung beschert, die weit über den banalen Flirt hinausging, der ihnen vielleicht bestimmt gewesen wäre, hätten sie sich in einem Restaurant der Colonia Roma kennengelernt oder eines Sonntagnachmittags im Wald von Chapultepec. Vielleicht aber auch nicht, wer weiß das schon? Ein Jahr später wurden wir zur Hochzeit eingeladen, und an jenem Tag glaubten wir – meine Mutter, ich und Greta

selbst –, sie sei endlich geheilt davon, Hirngespinsten nach-
zujagen. Man musste sie nur dieses ruhige, bei Carlos' Anblick
nur noch breiter werdende Lächeln lächeln sehen, das ich nie
zuvor an ihr gekannt hatte und mit dem sie beinah ihrer Mutter glich, der seligen Maria. Obwohl sie diesen Eigenschaften
früher nichts abgewinnen konnte, bewunderte sie nun Carlos'
Geduld und Fröhlichkeit. Carlos wiederum, der längere Beziehungen bislang vermieden hatte, weil sie seiner Meinung
nach der Lebensfreude ebenso abträglich waren wie ein Über-
maß an Alkohol, zeigte sich nun fiebrig und besessen. Wie so
mancher Regisseur, der einer Schauspielerin verfiel, sollte
Carlos jedoch über viele Abende und Vormittage mit Greta
hinweg lernen, dass sie nicht nur eine schöne Stimme war,
eine Hand an der Hüfte und das melodische Klimpern von
Ketten auf der Treppe, sondern obendrein noch vieles andere,
das man überall dort findet, wo sich ein Abgrund auftut unter-
halb der Schönheit. Ich werfe Carlos nicht vor, dass er damit
nicht umgehen konnte. Ich werfe ihm auch nicht vor, dass er
sie fahren ließ. Ich bedaure nur, dass es die Straße gab.

2

Carlos rief mich zwei oder drei Wochen nach Gretas Beerdigung an. Der Notar hatte ihm von einem Koffer erzählt, der
laut Gretas Testament mir zukommen sollte. Sofern es dabei
um den Koffer ging, an den ich dachte, wusste ich bereits, was
sich darin befand. Meine Cousine hatte es mir ein paar Jahre
vorher selbst verraten. Ich war doppelt überrascht: Weder
hätte ich gedacht, dass Greta mir den Koffer eines Tages an-

vertrauen würde, noch dass sie imstande wäre, ein Testament zu verfassen. Hatte sie etwas geahnt? Wenn ja, auf welche Weise? War das Intuition gewesen oder eine schlichte Formsache für eine kinderlose Waise? Ich glaube, wir alle spielen irgendwann mit dem Gedanken an einen frühen Tod, bin aber sicher, dass die wenigsten, die sich das ausmalen, sich hinsetzen, um mit dreißig Jahren ihren letzten Willen aufzuschreiben. Und dennoch gab es Gretas Testament, gleichsam ein spätes Eingeständnis ihrer Einsamkeit. Carlos rief mich also an, und ihm war die Sorge anzuhören, seine Frau könnte ihm noch aus dem Jenseits eine letzte lange Nase drehen. Ich hätte ihm die Sache mit dem Koffer erläutern können, ihm sagen, was ich wusste, doch war der Inhalt nicht gerade einfach zu erklären, und so blieb ich bei dem kurzen Telefongespräch im Vagen. Offen gesagt telefoniere ich ohnehin nur ungern.

Am folgenden Sonntag kam Carlos in meine Wohnung im dritten Stock in einer dichtbelaubten Sackgasse. Weil mir davor grauste, mit ihm vor zwei Tässchen Kaffee zu sitzen, ging ich hinunter, um ihm zu helfen, den Koffer die Treppe hochzuschleppen – ein nutzloser Gefallen, denn wider Erwarten wog der Koffer nicht so viel wie drei Kisten Äpfel, sondern eher so viel wie eine Damenhandtasche. Vor Gretas Tod hatte ich mit Carlos nie zu tun gehabt. Wir wussten, dass meine Rolle als Vertrauter seiner Frau unser Verhältnis von vornherein belastet hätte, und schlimm war das weder für einen vielbeschäftigten Mann wie Carlos noch für einen Einzelgänger wie mich. Carlos sträubte sich beeindruckend dagegen, darauf reduziert zu werden, was er offiziell vor drei Wochen geworden war: ein Witwer. Er nahm den angebotenen Kaffee an und zählte auf, welche Besitztümer ihrer Eltern Greta ihm hinterlassen hatte.

Erleichtert ließ ich ihn das Gespräch allein gestalten, füllte die Pausen mit den hierzulande üblichen Floskeln. Als er schließlich schwieg und nachdenklich das ramponierte Leder des Koffers betrachtete, erklärte ich ihm kurz, was ich von Greta über dessen Vorbesitzer wusste. Carlos schien erleichtert und erfreut. Vermutlich war dies das allerletzte Mal, dass irgendwer den Koffer für halbwegs unschuldig befand. Rückblickend macht mir das Carlos sympathisch. Er dachte nicht einmal daran, den Koffer zu öffnen und seinen Inhalt zu untersuchen, was zeigt, was für ein guter Kerl er war. Schließlich hätte ich ihm alles Mögliche erzählen können. Doch zumindest dieses Mal war seine Ehre in seinen Augen unbeschädigt, und zum Dank umarmte er mich voll männlicher Rührung. Dann trat er aus der Haustür, die wir hinter uns nicht einmal zugezogen hatten, und wir sahen einander nie mehr wieder.

Ganz ohne mein Zutun fiel mir der Koffer also in die Hände – genau wie den zwei, nein, drei Frauen, die ihn vor mir besessen hatten. Nie hätte mein Name in den Zeitungen gestanden, wenn Greta mir den Koffer nicht vermacht hätte, so viel ist sicher. Ohne ihn hätte wohl niemand je ein Wort über mich verloren. Meines Berufes wegen wird mein Name jedenfalls nirgendwo gedruckt, außer hin und wieder in Broschüren oder auf Plakaten. Meine Kurzfilme laufen auf Festivals, ohne dass die Kritiker sie kommentieren – nicht einmal, um sie zu verreißen –, und ich beschwere mich nicht. Meine Exfrau Mireille allerdings, die schon. Sicher lebt sie deshalb heute mit einem in Mexiko berühmten Produzenten zusammen, dessen Name im Abspann jedes von ihm finanzierten Films auftaucht, in Großbuchstaben, gleich nach Regisseur und Drehbuchautor.

3

Greta ist die Tochter der Schwester meiner Mutter. Obwohl sie seit gut dreißig Jahren tot ist – ich war damals vierundzwanzig –, spreche ich hin und wieder noch im Präsens von ihr. Das liegt wohl auch daran, dass ich nicht auf ihrer Beerdigung war. Aus meiner Sicht blieb mir gar keine andere Wahl; ich konnte das nicht mit ansehen, und der Gedanke, dass Greta, die nie viel auf große Empfänge und gesellschaftliche Verpflichtungen gegeben hatte, mich gut verstanden hätte, war Balsam für mein geschundenes Herz. Carlos' Wunsch entsprechend war Gretas Beerdigung ein gesellschaftliches Großereignis. Aus Freude an den Einladungen, den Listen und dem tröstlichen Säuseln seiner vertrauten Szene, oder um Beppe und alles Italienische zu übertünchen? Sicherlich von beidem etwas. Als der Zorn meiner Mutter verraucht war – sie störte sich weniger an meiner Feigheit, als daran, alleine in die Kirche gehen und obendrein mein Fehlen erklären zu müssen –, beschrieb sie mir in samtweichem, ihren Kummer kaum verbergendem Sarkasmus die breiten Hutkrempen der Frauen, das Getuschel hinter Carlos' Rücken und all die sonstigen Entsetzlichkeiten, zu denen Großbürger in solchen Fällen fähig sind.

Als Kind fragte ich meine Tante – Gretas Mutter – einmal, ob man, wenn man in hohem Alter stirbt, auch alt ins Paradies kommt, und wenn man jung stirbt, jung. Sie wusste keine Antwort, war lediglich genervt von mir. Als Greta tot war, stellte ich mir vor, wie sie verkleidet als alte Dame im Himmel Einzug hielt. Ich weiß nicht, ob das mit meinem damaligen Studium an der Kunstakademie von Mexiko-Stadt zusammenhing, oder ob es nur ein Mechanismus war, das Unerträgliche erträglicher zu machen, aber ich hatte ihren Tod als eine Reihe von Gemälden vor Augen: ein Himmel so düster wie das Meer, Engel mit altrosa Haut, Sterne wie im Hintergrund von Ikonen und sogar einen Heiligenschein um Gretas Kopf. Wieso auch nicht? In ihrem kurzen, aber intensiven Leben hatte sie es doch bewiesen: Ihr stand einfach alles gut, auch der Hintergrund, vor den ich sie damals stellte – eine orangene Wüste, in der gelbstämmige Palmen mit purpurnen Datteln wuchsen, denn anders konnte ich mir das mexikanische Paradies nicht denken.

Wie ein widriger Wind wehten meine Gedanken zu Beppe dem Schwimmer – Greta und ich hatten ihn immer so genannt, und insgeheim dachte ich dabei an Pepé das Stinktier und freute mich. Es ist ein Irrglaube zu denken, Eifersucht verschwände mit dem Tod. Ohne das Gefühl für interessant ausgeben zu wollen, stelle ich doch fest, dass meine Eifersucht auch nach Beppes Tod noch anhielt. Diesen Mann, den Greta – wie ich hoffte – nicht aufgrund seiner Persönlichkeit ausgewählt hatte, sondern der Orte wegen, die er mit ihr zu bereisen versprach, verachtete ich nach dem Anblick seines Fotos auf dem Beifahrersitz von Gretas Auto kein Stück weniger, ja vielleicht sogar noch mehr. Ich wünschte, ich würde mich nicht mehr so genau daran erinnern, wie ich ihm zum ersten Mal begegnete. Greta stellte ihn mir damals noch als einen Freund vor, und falls ihr Verhältnis da nicht schon begonnen hatte, stand es doch kurz vor der Entfaltung. Wir nahmen bei Greta einen Aperitif, bevor wir ins Teatro de la Ciudad gingen, und ich hatte mich bewusst so weit wie möglich weggesetzt von dem mit einem roten, ähnlich wie Gretas Kleid gerillten Tuch bedeckten Sofa, auf dem Beppe und Greta sich plaudernd aneinander freuten. Vom offenen Fenster aus sah ich die von einer Reihe i-förmig aufschießender Kakteen gesäumte Hofmauer, und dahinter die Hügel der Stadt, die nach und nach unter dem dunkler werdenden Himmel aufleuchteten.

Beppe war mir sofort als ein Mann erschienen, der mit den kulturellen Attributen seines Geschlechts zufrieden war: Muskeln, diffuser Charme, dominantes Auftreten, Faulheit. Und ich, für den Männlichkeit ein unbezwingbarer Gipfel war, ein längst aufgegebenes Ziel, war zugleich neidisch und peinlich berührt angesichts dieses Menschen von mäßiger, zudem von ihm veranstalteten Lärm und eingenommenen Raum umgekehrt proportionaler Intelligenz. Die Beine übergeschlagen, die Hände auf den Knien, zu gleichen Teilen amüsiert und fasziniert, lauschte Greta diesem Mann, der bei meiner Ankunft kaum seinen Monolog über toskanischen Wein unterbrochen hatte («*più morbido, più vellutato*»). Meine größte Furcht war, dass Greta zur *vinatería* El Famoso an der Ecke gehen und mich mit ihm alleine lassen könnte, in der Hoffnung, dass wir uns besser kennenlernten. Doch Greta wusste schon, dass wir uns kaum verstehen würden. Sie wollte, dass ich ihn beschnupperte, nicht, dass ich ihn mochte oder hinterher etwas Nettes über ihn sagte. Ihre Wahl war getroffen, meine Zustimmung war unerheblich.

Warum Greta sich so eingeschränkt fühlte, das war die Eine-Million-Pesos-Frage. Beppe konnte sie nun nicht mehr stellen, Carlos hatte klug darauf verzichtet, sie zu beantworten. Als Gefangene in ihrer Haut, Gefangene ihres gesellschaftlichen Rangs, Gefangene ihrer Ehe und – bei aller Liebe – ihres

Hauses, war Greta die fleischgewordene Unruhe. «Zwischen all den Möbeln fühle ich mich wie an den Fliesen festgekettet. Ich fühle mich schwer wie diese Kommode, abgewetzt wie dieser Seidenteppich.» Aufmunternd erwiderte ich: «Greta, du bist nicht schwer wie eine Kommode, sondern leicht wie ein Drachen im Wind!» Mit versteinertem Blick gab sie zurück: «Drachen fliegen nicht, Jamón, sie stehen in der Luft, weil jemand ihre Schnur festhält.» Jede Woche sprach sie über einen neuen Beruf, den sie ergreifen wollte. Ziegen würde sie züchten. Kosmonautin würde sie werden – und ja, Mathematik und weite Reisen hatte sie immer schon gemocht. Oder warum nicht Bürgermeisterin von Mexiko-Stadt? Das hatten auch schon Dümmere und weniger Charismatische geschafft.

Indem sie Greta die erträumten einhundertundeins Leben quasi auf dem Silbertablett servierte, hätte die Schauspielerei sie eigentlich erfüllen müssen. Wenn meine Cousine klagte, sie käme nicht voran, trete auf der Stelle, so lag das in Wahrheit daran, dass sie sich verausgabt hatte bei der unendlichen Aufgabe, sich selbst zu übertreffen. Wie passte Beppe der Schwimmer hier ins Bild? Das fragte ich mich, während ich ihn auf dem roten Sofa von der Toskana reden hörte, unter einem Porträt von Carlos, auf dem dieser elegant wie immer aussah, in blassrosa Hemd und Bügelfaltenhose, die Arme verschränkt hinter dem Rücken und den Kopf von einem wolkenförmigen Busch verborgen. Unnötig zu sagen, dass das Bild von Greta stammte. Der Abend wurde mir so lang wie eine Woche, doch ich wagte nicht, mich unter einem Vorwand abzuseilen. So musste ich neben dem Liebespaar in spe den ganzen *Onkel Wanja* aussitzen, auf einem quietschenden Stuhl, und hinterher ein Abendessen in einer *cantina* neben dem Theater, in der Calle de Donceles, bei dem Beppe der Schwimmer sich damit brüstete, dass er Tschechow nicht leiden konnte. Später fiel mir ein, was ich ihm hätte an den Kopf werfen sollen und was Greta sicher hätte böse lachen lassen: «Wo du doch so ein Romantiker bist, solltest du mal Tschechows Tagebücher lesen, da steht vieles über Liebe drin. Aber kannst du denn überhaupt lesen? Oder bringt man euch in der Toskana nur das Schwimmen bei?» Natürlich blieb ich still. Feindselig, aber still. Zum Glück lag Greta offenbar nicht viel an Beppes Meinung über den großen Anton, und wir – beziehungweise die beiden – wechselten das Thema. Sicher hörte Greta ihn lieber vom Rezept seiner Großmutter für Oliven *all 'Ascolana* erzählen oder von seinem Rekord im Freistil – angeblich hatte er in Istanbul den Bosporus durchkrault; aber mal ehrlich, wen interessiert so etwas?

Ich nehme an, bevor er vom Bosporus anfing, hatte er vom Haus seiner Familie oben in den Hügeln geschwärmt, von den zartlila Abenden und den impressionistengrünen Oliven, vom Franciacorta, den sie flaschenweise tranken auf der Steinterrasse mit Aussicht auf die Piazza, das Überbleibsel eines aufgeklärten Mittelalters, von den Säulen, den schweren Türen und den Lüstern, unter denen er ihr zärtlich zuflüstern würde: «*Tutta bella la Toscana.*» Greta war einer dieser Menschen, die sich jeden Tag die Zukunft ausmalten und von ihrer kommenden Verwandlung träumten, und was gäbe es Verführerischeres als eine Zukunft voller langer Sommerabende im Schatten von Zitronenbäumen, auf der Zunge etwas Kühles, Perlendes? Dass Greta sich von diesem hanebüchenen Versprechen, diesem ganzen Kitsch hatte einwickeln lassen, ließ mich schon zu ihren Lebzeiten vor Wut ein wenig schäumen.

Danach wurde meine Eifersucht nur schlimmer. Verstärkt durch eine Wut so lang wie der Äquator zerfraß sie meine Nächte. Ich lag wach, richtete in Gedanken späte Hürden zwischen Greta und der Zukunft auf. Doch bei Tagesanbruch setzte sich das Schicksal immer durch.

4

Greta klagte oft darüber, dass Mexiko-Stadt nicht am Meer lag. «Stell dir vor, Jamón», sagte sie, indem sie aus dem Fenster im ersten Stock über die Avenida de los Insurgentes blickte, «stell dir vor, man könnte von hier aus Möwen hören! Und ins Wasser springen!» In den Märzwochen nach ihrem Tod stellte ich mir auf meinen Wegen durch die Stadt die Straßen überflutet vor. All der Staub verschwand im blauen Nass, die Autos, Taxis, Minibusse trieben an der Oberfläche, und die ständigen Staus waren Geschichte. Doch Mexiko-Stadt hätte vom Meer nicht weiter entfernt sein können. Hier schwamm überhaupt nichts. Diesem übervollen Kessel entkam nur, wer durch die Luft floh und die Stadt mit dem schweren Schrappen gemieteter Hubschrauber verpestete. Die spanischen Kolonisatoren haben der Nachwelt bewegende Beschreibungen ihrer Ankunft auf dem Hochplateau von Mexiko hinterlassen, von dem aus sie im Tal die Stadt sahen, die einmal eine der größten der Welt werden sollte. Bewegend genugen waren sie – und das war ja auch ihr Sinn und Zweck –, um darüber hinwegzutäuschen, dass dort kein Picknick stattgefunden hatte, sondern eine Invasion. In Gretas Todesjahr gab es in der Innenstadt noch ein paar schöne koloniale Steinfassaden, doch drei Jahrzehnte später waren auch die abgerissen und Rauch-glas-Hochhäusern gewichen, deren virile Modernität Greta sicherlich missfallen hätte. Allerdings war meine Cousine keine Verfechterin des Leitspruchs «Früher war alles besser». Für Frauen, so sagte sie immer, war früher gar nichts besser. Das Einzige, was ihr morgens die Kraft zum Aufstehen verlieh, war das gegenteilige Prinzip: «Hinterher wird alles besser.»

In den ersten Wochen nach Gretas Tod machte ich große Umwege, um nicht an ihrem Haus in der Avenida de los Insurgentes vorbeizukommen. Damals glaubte ich noch, ich müsste den Gegenstand meiner Trauer nur verbergen, damit er vollständig verschwände. Doch Greta erschien mir auf die unerwartetsten Weisen: Der lachsfarbene Resopaltisch einer *cantina* erinnerte mich an ihren Lieblingsrock; an der mit Rosen bemalten Wand eines Restaurants ließ mich das Schild «Was tun bei Erdbeben? 1. Ruhe bewahren, 2. Aufzug nicht benutzen, 3. Fluchtwege beachten» daran denken, wie Greta und ich, als ich acht war, uns während eines Bebens unter dem Wohnzimmertisch in Deckung warfen und sie mich an sich drückte und mit ihrer ruhigsten Stimme sagte: «Keine Angst, Jamón, die Erde schnarcht nur ein bisschen.» Einmal ging ich an einer hohen Mauer vorbei, in deren Oberseite Scherben eingelassen waren, und musste gleich an Greta denken, als mein Blick auf eine dahinterstehende Palme fiel, eine einsame und elegante Palme, die mit solcher Heftigkeit im Wind schaukelte, als wollte sie sich aus dem Boden reißen. Und ich hatte Greta stets vor Augen, wenn ich ein Cabrio gleich welcher Farbe sah, jedoch nicht die verunglückte Greta, wie man meinen könnte – die Fotos waren wohl zu unwirklich gewesen, um mich zu traumatisieren –, sondern die aus der

Zeit davor, in den glorreichen Stunden in ihrem funkelnden Cockpit, den vielleicht einzigen, die sie selbst als frei oder gar glücklich bezeichnet hätte. Ab und zu hatte sie mich darin mitgenommen, in die Haarnadelkurven der Autopista del Sol, was ich meiner Mutter vorsichtshalber meist verschwieg. Und wenn ich schaudernd die Raubvögel betrachtete, die langsam über unseren Köpfen kreisten, feixte sie: «Natürlich sind das Geier, Jamón. Was glaubst du, wieso die Schlucht ‹Cañón del Zopilote› heißt?»

In dieser Zeit tat ich sonderbare Dinge, von denen das sonderbarste sicher war, dass ich zum Beten ging. Dazu muss man wissen, dass Greta geschmackvollerweise mitten in der Karwoche gestorben war. Vor den schmiedeeisernen Kapellentoren schossen in jenen Tagen Buden aus dem Boden, in denen geflochtene und mit Blüten geschmückte Palmblätter zum Verbrennen verkauft wurden, deren Asche man bis zum Aschermittwoch des nächsten Jahres aufzuheben hatte, während der Rest der Stadt sich leerte, als hätte man ihr die Luft abgedreht. Ich wusste schon, dass die Einwohner mitsamt ihren Familien nur den Verheißungen der Küste zuströmten, konnte mich aber trotzdem des Gedankens nicht erwehren, dass die Stadt womöglich Greta Ehre zollte. Ausgestattet mit einem der von den Frauen, die sonst *horchata* zubereiteten, verkauften Weidenkruzifixe, betrat ich die Kapelle in einer Straße des Universitätsviertels, in dem ich bis vor kurzem noch gewohnt hatte, und setzte mich auf eine Bank. Anfangs fürchtete ich noch, man könnte mich als Ungläubigen enttarnen, und schämte mich, zu brauchen, was laut Mutters Erziehung doch bloß eine Krücke war. Aber die kühle, höhlenhafte Atmosphäre tat mir gut, und obwohl ich niemandem davon erzählte – ich sprach in jenen Wochen ohnehin sehr wenig –, kam ich regelmäßig wieder. Erst nach einigen Besuchen bemerkte ich den Schriftzug oberhalb der Pforte: «Defende nos in proelio.» Obwohl ich kein Latein beherrschte, half mir dieser Satz, dessen Sinn mich traf wie durch einen vorzeitlichen Schleier. Wer sich einmal so verletzlich gefühlt hat wie ich mich damals, weiß, dass die unscheinbarsten Dinge manchmal die stabilsten Rettungsflöße sind.

5

Auf gewisse Weise waren meine Cousine und ich einander die Fixpunkte unserer Leben, Bojen auf hoher See. Obwohl wir nie zusammenwohnten und trotz der Jahre, die uns trennten, waren wir praktisch Geschwister. Ich, der ohne Vater aufwuchs, und sie, das Waisenkind. Gretas Eltern, die einen Altersunterschied von fünfzehn Jahren gehabt hatten, waren während ihrer Zeit im Ausland kinderlos geblieben. Nach ihrer Rückkehr aus Europa bekamen sie dann Greta: Achtzehn Jahre später sind beide gestorben. Meine Mutter mühte sich vergeblich, Greta zu überreden, bis zu ihrem Schulabschluss bei uns zu wohnen. Meine Cousine wollte – und das kann man wohl verstehen – lieber «auf die Pirsch gehen», wie sie das nannte. Ein-, zweimal habe ich Mutter überrascht, wie sie in der Küche betete, was bei uns höchst ungewöhnlich war. Doch die junge Erbin hatte die Grenze zur Volljährigkeit schon überschritten, und nichts konnte sie abhalten von ihrem Kopfsprung in die Welt der Kannibalen. Berauscht von Geld und Freiheit, stahl Greta lieber mit dem Auto Männerherzen, was ihr, wie wir ja schon wissen, schließlich zum Verhängnis werden sollte.

Als unsere Großeltern noch lebten, verbrachten Greta und ich oft lange Sommer in Puebla, und auch danach noch, als es an Gretas Eltern war, für Ferien und Wochenenden in das rosa Haus zu ziehen. Meine Mutter verließ nur selten das Zentrum unserer Metropole, und im Zentrum nur selten jene Viertel, in denen sich die Linksliberalen – Pazifisten, Dritte-Welt-Helfer und Vegetarier, aber nicht zwingend Feministinnen – tummelten. Die konservative Stadt ihrer Kindheit wollte sie nicht wiedersehen. Vielleicht, weil sie von ihren bürgerlichen Wurzeln nichts mehr wissen wollte, vielleicht auch, weil sie fürchtete, in diesen Wurzeln Trost zu finden, eine all ihre Fortschrittlichkeit betäubende Erholung von ihrem turbulenten Leben. Greta und ich fuhren oft mit meiner Tante hin, im Auto meines Onkels, aber ohne ihn selbst, denn die Ortegas konnten sich einen Chauffeur leisten. Wie immer, wenn wir zusammen waren, drängte Greta mir auch in Puebla ihre Einsichten auf, was mir zwar unangenehm war, aber auch einen Blick über die dicke Mauer der Kindheit ermöglichte. So erklärte sie mir, dass Frauenhaare schneller wuchsen, wenn es heiß war; dass nicht alle Frauen Schmuck und Blumen mochten, aber alle Frauen es gerne hatten, wenn man ihnen übers Haar strich; dass die Unterleibsschmerzen bei der Regel so stark sein konnten wie Schmerzen bei einem Herzanfall. Außerdem verglich sie ihre Mitmenschen mit Pferden, Fischen oder Vögeln. Ich widersprach: Nein, weder ich noch Mutter glichen einem Pferd, Fisch oder Vogel. «Du siehst nur nicht richtig in den Spiegel», gab sie zurück. «Sonst würdest du erkennen, dass deine Mutter aussieht wie ein Pferd und du

wie ein Vogel.» Ich fragte sie, wie man denn in den Spiegel sehen müsse. Musste man vielleicht den Kopf zur Seite neigen?
Oder die Luft anhalten? Doch Greta grinste nur geheimnisvoll.

Greta riss beständig Fenster auf, ich sah nur durch sie hindurch. Ihr war heiß, sie hatte Durst, sie brauchte einen weiten Horizont, ich verlor mich im Betrachten der robusten
Pflanzenwelt, die in dem Garten spross, auf den die Zimmer-
fenster des rosa Hauses in Puebla gingen. Unsere Großmutter
verbot uns, weiter als bis zur Straße mit den Werkstätten zu
gehen. Wir taten es trotzdem, um jene Welt zu sehen, in der
die meistens jungen Männer den Tag an Hauswände gelehnt
verbrachten, weshalb Greta häufig sagte, Mexiko sei «das
Land, in dem die Wände nicht ohne die Menschen stehen».
Ich sah zu, wie Greta die Zimmer des rosa Hauses kreuz und
quer durchmaß und mit ihrer Stimme ausfüllte, die so tief war,
dass sie ihre Kindheit um mehrere Jahre zu verkürzen schien.
Ihr Wunsch, Schauspielerin zu werden, war für niemand eine
Überraschung. Es verging keine Mahlzeit, ohne dass Greta
sang oder posierte. Ihre Mutter schwieg, ihr Vater applau-
dierte, und meine Mutter ärgerte sich insgeheim, dass Greta
so viel Aufmerksamkeit bekam. Meine Cousine war nicht nur
begabt darin, sich in Posen zu werfen und ihr Umfeld zu ver-
zaubern – ein beachtliches Talent, das sich normalerweise
selbst genügt –, sondern hatte auch ein sicheres Gespür für
gute Figuren und Inszenierungen. Ihre unersättliche Suche
nach Reinheit und Gefühl, gepaart mit ihrem Selbstvertrauen,
machte sie zu einer hervorragenden Leserin und Zuschauerin
und im Privatleben zu einer guten Ratgeberin in Liebesdingen. Von Greta habe ich gelernt, mich vor Leuten zu hüten,
die wenig oder keine Gegenwartsliteratur lesen. Sie fand, das

beweise nur fehlenden Mut und es gebe nichts Lehrreicheres, als von seiner Urteilskraft Gebrauch zu machen, ohne vorher abzuwarten, dass die Jahrhunderte für einen aussortieren, was sich zu lesen lohnt. Auch zum Kino hat sie mich gebracht. Ihre Empfehlungen erschienen mir damals jedoch nicht sehr originell. Unter den von ihr erwählten Meisterwerken zeichnete sich Gretas Wesen für mich noch nicht ab. Aber von Buñuel bis zu Bertrand Bliers *Die Ausgebufften* handelten Gretas Lieblingsfilme allesamt von Trennungen. Später habe ich versucht, mich vom Geschmack meiner Cousine zu emanzipieren, und zwar während meines Filmstudiums, von dem ich hoffte, es würde mir bei ihr ganz neuen Respekt verschaffen. Doch Greta war stolz auf ihr Autodidaktinnentum, und wenn ich begeistert von meinen Hollywood-Entdeckungen wie *Casablanca* oder *Tote schlafen fest* erzählte, machte Greta sich lustig über meine Neigungen, die ich ihrer Meinung nach von meinem Vater hatte.

6

Heute weiß ich, dass Greta mit niemand sonst über den Koffer sprach, und fühle mich durchaus geschmeichelt. Mir erzählte sie davon, als ich noch Student war, zeigte mir indessen nicht die Negative und kündigte auch nicht die Absicht an, ihn mir eines Tages zu vermachen, denn so was sagt man nicht, solange man noch jung ist. Ich lebte damals in einem Studentenwohnheim, in dem man die Wäsche zum Trocknen aus dem Fenster hängte. Wie man sich denken kann, spielte dort immer irgendwer auf einer Bank Gitarre, und in den Gängen wurde so schallend gelacht, dass man es noch in den Hügeln vor der Stadt hörte. Eines Abends klingelte Greta bei mir. Sie drehte praktisch immer auswärts, und ich nahm ihr übel, dass sie mich allein ließ in der «transusigen Hauptstadt», wie sie sagte. Wenn sie zurück war, rief sie mich von unten durchs Fenster und erklomm barfuß die Betontreppe zu meiner Wohnung im ersten Stock, umwölkt vom Geruch nach Joints und Waschmittel. Auf dem Boden sitzend erzählte sie mir dann Geschichten. Meistens Anekdoten vom Set, denn Greta wusste um mein Faible für Prominente. Hin und wieder klagte sie auch über Carlos, ihren Mann, oder kaute unsere Familiengeschichten durch. Mit Vorliebe analysierte sie das Liebesleben unserer Mütter, wobei ich mit den Händen fuchtelte und wie ein Ferkel quiekte: «Ich will das nicht wissen!» An jenem Abend kam Greta mit reichlich guter Laune von einem Dreh in Chicago zurück. Sie klang nicht so sarkastisch wie sonst immer öfter, wenn sie getrunken hatte. Auch litt sie nicht unter einer ihrer Migränen, bei denen sie mit einem nassen Lappen auf der Stirn im Dunkeln liegen musste, bis sich das Übel auf geheimnisvolle Weise legte. Ohne Vorgeplänkel sagte sie: «Jamón, erinnerst du dich an die Truhe in Mamas Zimmer?» Ich erinnerte mich an eine Art Beistelltisch, bedeckt von einem blauen, mit blasslila Blüten besticktem Tuch, auf den ich mich als kleiner Junge immer setzte, um zuzusehen, wie Greta die Klamotten unserer Großmutter anprobierte. Ja, ich erinnerte mich sogar recht gut daran, weil Greta nach ihrer Hochzeit in ihr Elternhaus gezogen war und das ganze Mobiliar behalten hatte.

Wie alle mexikanischen Häuser hatte auch das meines Onkels und meiner Tante etwas von einem verschlafenen Museum: Bunte Holzpapageien umrahmten die Spiegel, beblümte Totenschädel dienten als Buchstützen für die Sammlung spanischer, englischer, französischer, argentinischer, chilenischer, mexikanischer, nahuatlischer und karibischer Romane und Lyrik, Sträuße aus Lilien und Wildblumen zierten für zu leer befundene Flure, Gemälde mit pastoralen Szenen bedeckten die hohen Wände, und natürlich schmückten ein Kruzifix und ein von Lichterketten und Plastikrosen umrahmter Marienaltar den Flur, der zu den Schlafzimmern führte, zusammen mit riesigen, grünen Keramikvasen, die ein Töpfer aus Oaxaca angefertigt hatte, als Hommage an die Agave. Diese kleine Welt streckte sich bis unter die Decke wie ein Blätterdach in Chiapas. Wenn man so darüber nachdenkt, hätte Greta sich in diesen Räumlichkeiten kaum zu etwas anderem berufen fühlen können als zur Schauspielerin, außer vielleicht noch zur Entdeckerin. Schon als kleines Mädchen war sie überzeugt gewesen, schelmische Götter hätten irgendwo in ihrem Elternhaus einen Schatz versteckt, so wie andere sich einreden, sie wären adoptiert worden, und dann mitten in der Nacht aufwachen, um sich zu vergewissern, dass man sie nicht klammheimlich verlassen hat. Um diesen Schatz zu heben, stellte Greta häufig Ausgrabungen an – angesichts der späteren Ereignisse möchte ich diese Hartnäckigkeit heute fast für Anzeichen einer Art sechsten Sinns halten. Doch so viele Gegenstände sie in der Hoffnung auf einen alten Knochen oder einen Regen aus Goldmünzen auch in den Händen wog, auf den Kopf stellte und auskippte, die Truhe unter dem aus Taschkent mitgebrachten Blumentuch stand wohl zu prominent im Raum, um einen ernsthaften Verdacht auf sich zu lenken, und wurde niemals angemessen untersucht.

«Erinnerst du dich an die Truhe, Jamón?», fragte Greta also, als wir nach ihrer Rückkehr aus Chicago chilenischen Wein tranken, ich mit Blick auf den nächtlichen Campus auf dem Fensterbrett sitzend, sie vor mir stehend mit tiefschwarzen Augen und tiefroten Lippen. «In dieser Truhe liegt ein ganz besonderer Koffer. Ein Zauberkoffer, sozusagen», fügte sie hinzu, inzwischen auf dem Boden kniend. Obwohl ich jedes ihrer Wörter verstand, blieb mir der krönende Sinn des Ganzen verschlossen. «Meine Mutter hat ihn während des Kriegs aus Europa rausgeschafft», fuhr Greta fort. «Während des Kriegs?», fragte ich, während meine Cousine, die wieder aufgestanden war, mit dem nackten Fuß eine endlose Schleife auf die Fliesen zeichnete. Die kühle Luft im Zimmer roch nach Holz, und ich weiß noch, dass dieser Geruch mir ungewöhnlich, ja sogar verdächtig vorkam. Machte da etwa jemand ein Feuer in einem verborgenen Winkel des ausgetretenen Campus-Rasens? Greta verriet mir, dass meine Tante Maria, die sich doch höchstens für den Gottesdienst aus ihrem Garten wagte, einen Koffer nach Mexiko gebracht hatte, mit Filmrollen und Dutzenden Negativen dreier Fotografen, die als Berichterstatter während des Bürgerkriegs in Spanien gewesen waren. Von einem der drei, Robert Capa, hatte ich hin und wieder schon gehört – die Diskussionen um das Bild mit dem fallenden Soldaten, die Front-Porträts von Hemingway –, aber diese Geschichten stammten von jenseits des Ozeans, aus lang vergangener Zeit, und was sie mit unserer Familie zu tun haben sollten, war mir nicht ganz klar. Außerdem kam es mir nicht wichtig vor. «Aha», sagte ich blöde, statt wie ein Journalist genauer nachzuhaken und ein Stück Wahrheit freizulegen. Greta bat mich um fröhliche Musik. Gesprochen haben wir dann nicht mehr, und sie ging irgendwann wieder. Bei unserem nächsten Treffen war es, als hätte diese Szene niemals stattgefunden.

7

Irgendwann wurde mir klar, dass Greta nicht die Absicht hatte, mir den Inhalt des Koffers zu zeigen. Deutlich ausgesprochen wurde das zwar nie, doch wann immer es so weit zu sein schien, kam etwas dazwischen. Carlos, der unerwartet zum Mittagessen aufkreuzte. Zu viel Staub in der Luft. Die Schielaugen der Zugehfrau. Aus Angst, die Negative zu beschädigen, hielt Greta sie stets unter Verschluss. Da es nicht meine Art war, Dinge einzufordern, fragte ich nicht mehr danach. Doch weil Greta versprochen hatte, sie mir zu zeigen («Du wirst schon sehen …», «Wenn du sie siehst, wirst du's verstehen …»), wartete ich darauf, und weil es niemals dazu kam, war ich gekränkt. Greta sah den Koffer, über den sie nur noch in der dritten Person Singular und mit gedämpfter Stimme sprach, inzwischen als geradezu mystisches Objekt an. «Ich *spüre* ihn, Jamón», sagte sie eines Tages, und ihr Blick machte mir ein wenig Angst. Dass ein Koffer voll Relikte einen Menschen derart aufwühlte, schien mir doch ein wenig übertrieben. War sie nur auf Aufmerksamkeit aus? Doch warum sprach sie dann mit keinem anderen darüber? Mit der ganzen Blasiertheit meiner zwanzig Jahre ließ ich Nachsicht walten: Sicher rührte Gretas irritierendes Verhalten daher, dass sie den Koffer von ihrer Mutter hatte, mit der sie nicht mehr darüber reden konnte. Wenn es darauf ankam, war meine Cousine schwierig zu durchschauen: Selbstdarsteller sind ja oft geheimniskrämerischer, als man denkt. Zum Beispiel hat sie mir niemals verraten, wie und wann ihre Mutter ihr vom Koffer erzählt hatte. Ob Maria ihr den Koffer einfach in die Hand gedrückt oder ihn ihr, wie Greta es mit mir tun sollte, unangekündigt per Testament überschrieben hatte. Heute weiß ich, ich hätte

nachbohren sollen, aber was kann ich dafür, dass Familien-
bande mit so losem Faden gewoben sind?

Ehe ich den Koffer erbte, nahm ich an, die darin enthaltenen
Negative seien während des Spanischen Bürgerkriegs alle
schon in Zeitungen und Zeitschriften veröffentlicht worden.
Erst später sollte ich erfahren, wie falsch ich damit lag. Gretas
wachsende Besessenheit von diesen Bildern legte ich mar-
xistisch aus: In ihrer Liebe zu der Kunst, die Generationen
reicher Menschen in grotesken Posen verewigt hatte, mal an
eine falsche Säule gelehnt, mal an eine Schaumstoffpalme,
war sie das Opfer des Geschmacks ihrer Klasse, was sich über-
deutlich in ihrer Hingabe an diesen Koffer zeigte. Seit ihrer
Erfindung hatte die Daguerrotypie sich wie alle bürgerlichen
Künste auf der Straße herumgetrieben, um ein wenig demo-
kratischer zu schmecken. Dass sich junge, gutbetuchte Leute
gleich nach Erfindung der Kompakt-Leica in den Krieg ge-
stürzt hatten, um die Opfer der politischen Zeitläufte zu fotografieren, war kein bisschen erstaunlich. Capas Spanierpor-
träts atmeten denselben Romantizismus wie die Bauernbilder
von Caillebotte. Ihr künstlerischer Wert stand nicht in Frage,
ihr repräsentativer jedoch umso mehr. Auf diese Analyse war
ich ziemlich stolz, und wäre ich nicht außerdem so zauderhaft gewesen, hätte ich mich zweifellos sofort darangemacht,
einen Essay zu verfassen, der die Fotografie als Kunstform ein
für alle Mal zur Strecke gebracht hätte. Zum Glück hielt meine
Schüchternheit mich aber davon ab, meine Interpretation mit
dem Rest der Welt zu teilen.

So sah ich die Negative zum ersten Mal, als Carlos mir den
Koffer brachte. Nachdem er gegangen war, fand ich mich

alleine damit wieder. Natürlich habe ich ihn aufgemacht. Am Boden des übergroßen Behälters lagen, als wäre nichts dabei, zwei farbige Schachteln und ein gelber Umschlag. Die Schachteln enthielten die Filmrollen. Aufrecht standen sie darin, eingepuckt in Fächer wie die eines Setzkastens. In dem gelben Umschlag befanden sich die Negative. Dass es sich um mehrere tausend handelte, hätte ich damals nicht gedacht. Viertausenddreihundert, um genau zu sein: Erst später, als alles vorbei war, ließ man mich das wissen. Eine merkwürdige Aura umgab die flachen, klapperigen Schachteln, ein Hauch von «Das war damals». Wie die Grabkammer des Tutanchamun nach Sand roch, nach Kupfer und nach Knochen, so rochen diese Schachteln noch nach Staub, Triumph und Tränen. Ich ließ die Negative aus dem Umschlag auf meinen niedrigen Couchtisch gleiten, wagte jedoch nicht, sie zu berühren. Mühelos rutschten sie heraus, beinah ohne einen Laut – nur ein leises Flüstern, weiter nichts. Ich betrachtete die ohne Licht unmöglich zu erkennenden Schemen und hatte keine Ahnung, wo meine Untersuchung ihren Anfang nehmen sollte, sofern es einen Anfang denn überhaupt gab. Greta hatte mir auch dazu nichts gesagt, ließ mich mit der Entdeckung ganz allein. Zu gerne hätte ich jemand gehabt, der mir die fehlenden Bildunterschriften vorlas, so wie die *explicadores* es bei den ersten Kinovorstellungen taten, als das Publikum noch nicht vertraut war mit der seltsamen Erzählform der Montage. Ich zog die Vorhänge zu und nahm ein Negativ nach dem anderen – nicht alle, aber doch gut um die hundert – zwischen Daumen und Zeigefinger, die Fingerkuppen auf der Rückseite, und prüfte sie feierlich im Licht unter dem Lampenschirm. Das Licht, das sie einmal auf Film gebannt hatte, verlieh ihnen jetzt neues Leben. Das Ganze hatte etwas Absolutes, etwas von perfektem Kreislauf an sich, das mich ängstigte. Einerseits der tobende Krieg, verkörpert durch Sandsäcke, Uniformen, Panzer, Waffen und über eine Landkarte gebeugte Offiziere. Andererseits vom Krieg gezeichnete Städte, mit Aufmärschen, Tribünen, Schlagzeilen, in die Luft gereckten Fäusten und zerstörten Häusern. Und außerdem, beziehungsweise später, die Flüchtlinge, von vorn, von hinten, überall Geflüchtete, auf den Straßen, auf den Stränden, in Gruppen und allein. Neben diesen drei großen Kategorien gab es eine ganze Galerie Gesichter. Sie alle würden sterben, unendlich konjugiert im Futur II. Dieses Kind da vor mir war nicht tot, weil ich es sah. Ich malte mir den Namen seiner Frau aus, seine Rente in Valencia in den Achtzigern, seine Gesichtszüge als alter Mann von metallener Schönheit. Meine Untersuchung dauerte eine knappe Stunde. Ich löste mich davon mit schwerem Kopf wie aus zu langer Nacht, durchblitzt von gleich wieder vergessenen Träumen. Ich stand auf, um mir ein Glas von dem rauchigen Mezcal zu holen, denn ich damals gerne trank, weil er in meinen Augen die Quintessenz männlichen Erwachsenseins darstellte. Manchmal genehmigte ich mir dazu sogar eine Orangenscheibe und ein paar gebratene Heuschrecken, wie in den Cafés für die Touristen. An diesem Tag öffnete ich einfach nur den hölzernen Schnapsschrank mit dem eingeschnitzten Raben, der unter seinen Flügeln die ersten Einwohner Amerikas behütete, schenkte mir ein Gläschen ein und leerte es im Stehen. Zurück am Tisch kam es mir ungehörig vor, die Negative einfach auf dem Tisch liegen zu lassen. In meiner Eile, sie wieder in den gelben Umschlag zu stecken, vergaß ich, sie nicht direkt zu berühren. Vorläufig, so glaubte ich, legte ich die beiden Schachteln und den Umschlag in den Kleiderschrank in meinem Zimmer, auf einen Haufen Bettwäsche für eventuelle Gäste. Den Koffer stellte ich vor mein Bett, als Ablage für die auf meinem Fußboden verstreuten Zeitungen und Bücher.

8

Ohne zu verraten, dass ich schon seit Jahren von dem Koffer wusste – denn es hätte nichts genutzt, Greta und meine Mutter noch einmal in eine Lage zu verwickeln, in der jede Aussöhnung unmöglich war –, vertraute ich schließlich meiner Mutter an, was Greta mir vererbt hatte. Seit ich aus der Wohnung an der Plaza de las Tres Culturas aus- und erst in das Studentenwohnheim und dann in die Wohnung in Coyoacán, in der ich noch heute wohne, eingezogen war, aß ich sonntags immer bei Mutter zu Mittag. Sosehr es ihr vor Ritualen graute, mit diesem war sie einverstanden. Das Kochen hatte Mutter nie gelernt, denn sie glaubte, wenn sie dieses Talent erst kultiviere, würden die Mauern ihres Feminismus wie von Zauberhand zusammenstürzen. Deshalb besorgte sie uns sonntags immer *tortas* mit Schweizer Käse, die eine alte Frau am Eingang des Parks verkaufte. Ich wartete ab, bis meine Mutter den Teller von sich schob, auf dem eine abgerissene Hälfte *torta* thronte, und wie immer sagte: «Greif zu, wenn du magst. Ich kann nicht mehr, sonst wird mir schlecht.» Dann erklärte ich ihr – wie vorher bereits Carlos –, was sich ohne unser Wissen abgespielt hatte, vor so langer Zeit, dass Greta und ich noch gar nicht auf der Welt gewesen waren. Meine Mutter hörte zu, die Brauen hochgezogen bis unter die Zimmerdecke, und fegte die Geschichte dann mit einer forschen Armbewegung wie die der Verkehrspolizisten am Zócalo weg:

«Den Unsinn glaubst du doch wohl nicht?»

Meine Mutter sah mich so betroffen an wie damals, als sie mir zufällig begegnete, wie ich in der Innenstadt aus einer dieser Bars mit rotem Samtvorhang am Eingang kam.

«Das muss ich wohl, ich habe die Negative ja gesehen. Sie sind in meinem Schlafzimmer.»

«Und das beweist, dass deine Tante sie aus Europa rausgeschafft hat?»

«Wie sollte Greta sie denn sonst bekommen haben?»

«Deine Cousine hatte mit der Wirklichkeit nicht viel am Hut, und du wärst ihren Schwindeleien bis zum Mond gefolgt.»

«Sie hat sich ihre Mutter auch nicht gern im Widerstand vorgestellt.»

«Im Widerstand!»

Meine Mutter stand auf, um Kaffee zu kochen – das machte sie dann doch gern, das und Weinflaschen entkorken. Sie wandte mir den Rücken zu. Einen Augenblick lang glaubte ich, das spöttische, gurgelnde Lachen käme aus dem Wasserhahn.

«Sie hat schließlich nicht die Nazis fortgejagt, man soll nicht ständig überall bloß Helden sehen.»

Meine Mutter, Marias kleine Schwester, wollte nicht glauben, was in ihren Augen nur ein Märchen war, so wie sie auch an vieles andere nicht glauben konnte – an Gott oder die Liebe, beispielsweise. Um zu glauben, muss man ins kalte Wasser springen, und meine Mutter war eine dieser Frauen, die sich beim Schwimmen nie die Haare nass machen. Sie weigert sich noch heute, wo sie als Neunzigjährige durch schiere Willenskraft die höchsten Sphären menschlicher Lebenserwartung erreicht hat, wo von den Negativen jeder weiß und die Verbindung zu unserer Familie als erwiesen gilt. Ihr Stolz ist auf ewig verletzt vom Geheimnis ihrer Schwester. «Wer glücklich leben will, muss sich bedeckt halten», sagte meine Tante oft. Erst viel später habe ich begriffen, um wie viel dieser Satz aus ihrem Munde mehr war als ein dummes Sprichwort.

ZWEITER TEIL

Maria Ortega

1

Seit der «mexikanische Koffer» durch meine Hilfe wieder in die Welt zurückgekehrt ist, hört man oft, ein mexikanischer General habe ihn aus Vichy nach Mexiko verschifft und bis zu seinem Tod versteckt. Diese Version hatte, wie Greta sagen würde, «Hand und Fuß» und war jedermann plausibel, der meinen Onkel und meine Tante kannte, je gesehen oder auch nur von ihnen gehört hatte. Das wortgewandte Schlitzohr, gewöhnt ans gefährliche Fahrwasser der Politik, und die fromme, kränkliche Hausfrau gaben ein prächtiges Bild ab. Von diesem Bild ausgehend kann man sich als Rahmen für die Übergabe des Koffers leicht eine Kartenpartie in Vichy denken, bei dem die Rede auf einen jüdischen Fotografen – oder einen seiner Freunde – kam, der in Bordeaux beim Versuch verhaftet wurde, aus Frankreich zu fliehen, im Gepäck einige tausend Fotos dieser verdammten spanischen Republikaner, von damals, als sie noch geglaubt hatten, sie hätten eine Chance. Vom Alkohol benebelt hätte dieser Haufen schnauzbärtiger Pétainisten dann beschlossen, der Sieger der Partie solle den Koffer haben. Und der begeisterte General hätte sich den Pott mit einem jener spektakulären Flushs gesichert, für die er so berüchtigt war.

Die Ereigniskette, durch die der Koffer bei unserer Familie an-
gestrandet ist, könnte sich von dieser Version jedoch stärker
nicht unterscheiden. Mein Onkel erfuhr nie, dass die Fotos
sich in seinem Haus befanden. Er wusste nicht einmal, dass es
die Bilder gab. Kam das Gespräch zufällig auf den Spanischen
Bürgerkrieg, wie es in Mexiko in jenen Jahren oft geschah,
blieb Maria immer ganz die diskrete Frau von Welt und versicherte ihrem Gesprächspartner mit raffiniertem Spiel der
Augenbrauen, wie auch meine Mutter es beherrschte, dass
er darüber bestimmt mehr wusste als sie. Scheinbar gab es
nichts, was meine Tante mit dem Bürgerkrieg oder nur mit
Spanien verbunden hätte. Zwar hatte sie 1940 aus gesund-
heitlichen Gründen ihre Freundin Olivia in Portugal besucht,
die zwei Jahre vorher dort hingezogen war, doch wie bei jenen
Magic-T-Shirts, die sich erst bei Kontakt mit Wasser entfalten,
zeigte sich die Verbindung nur, wem auch Olivias Lebenslauf
bekannt war. Die Freunde und Bekannten meiner Tante hatten von Olivia jedoch immer nur als «meine Malerfreundin»
gehört und von Maria sicher nichts Verfänglicheres erfahren.
Allen im Umfeld der Ortegas war bewusst, dass jede Anspie-
lung auf Lissabon das Blut des Generals zum Kochen bringen
konnte und dieser sich zwar so rasch beruhigte wie erregte, in
der Zwischenzeit aber das Tischtuch von einer Tafel reißen
konnte, an der fünfzehn Menschen speisten, oder den Kron-
leuchter mit der Pistole mit Elfenbeingriff beschießen, die
er stets unterm Jackett trug. Letzteres habe ich selbst mit
angesehen. An den Grund der Aufregung erinnere ich mich
nicht mehr, weiß aber noch, wie meine Mutter mich eilig aus
dem Zimmer führte, wobei sie mir fest die Ohren zuhielt, damit ich die Flüche des zürnenden Generals nicht hörte, so als
könnten mir die derben Worte eher schaden als die Kugel, die

den Kristallleuchter zerbersten ließ. Kaum jemand hätte also je gewagt, vor meinem Onkel über Lissabon zu sprechen. Die besondere Verbindung meiner Tante zum Spanischen Bürgerkrieg zu verschweigen, war umso leichter, da Olivia – das Scharnier, der Schlüsselstein dieser Verbindung – nie nach Mexiko zurückgezogen ist. Wer also glaubte, Maria habe mit dem Gangsterleben ihres Mannes nichts zu tun gehabt, verpasste den Klatsch des Jahrhunderts.

Ich selbst bin Olivia nur ein einziges Mal begegnet, als ich noch klein war, und obschon ich nichts von der unglaublichen Geschichte ahnte, die sie mit meiner Tante verband, erinnere ich mich doch genau an dieses Treffen. Meines Wissens war das auch das einzige Mal, dass sie und Greta sich gesehen haben. Ich war fast sieben, und meine Mutter, die mir bisher stets versichert hatte, welches Glück ich hätte, meinen Vater nicht zu kennen, zeigte plötzlich späte Reue. So beschloss sie, mit Greta und mir nach New York zu fahren, wo mein Vater damals lebte. Sie plante ein Essen mit ihm, verriet jedoch weder Greta noch mir den wahren Zweck unserer Reise. Noch schlechter machte diesen Plan, dass meine Mutter meinem vielreisenden Vater vorher nicht Bescheid sagte. Doch Greta hatte gerade ihren Vater verloren, und die bereits schwerkranke Maria ließ ihre Tochter nur zu gern New York sehen. In dem von einer chinesischen Familie geführten Hotel, in dem meine Mutter uns ein Dreierzimmer reserviert hatte, teilten sie und Greta sich ein Doppelbett, während ich auf dem Boden schlafen musste, auf einer Schaumstoffmatratze, die nach Tintenfisch roch. Ich erinnere mich gut, wie meine Mutter Greta und mich vor riesige Eisbecher setzte, um vom Telefon an der Theke aus wieder und wieder bei meinem Vater anzurufen.

Ratlos rief Mutter schließlich ihre Schwester an, auf deren Vorschlag hin wir ihre Freundin Olivia besuchen gingen, die in New York gerade ihre Kunst ausstellte. Die Galerie lag im südlichen Manhattan, wo die Straßen nicht mehr parallel verlaufen. Olivia befand sich damals in ihrer sogenannten «Teppich»-Phase. So zumindest nannte sie die Werke, für die sie, gewissen Bildtraditionen Mittelamerikas entsprechend, Wollfäden direkt auf die Leinwand klebte. Zugleich ganz deutlich und verschwommen, wie Kindheitserinnerungen nun einmal so sind, sehe ich vor mir die Darstellungen von Schlachtfeldern inmitten blühender Dschungel. In jeder wurde deutlich, dass die Auseinandersetzung schon vorbei war, ja die Stille war fast greifbar. In den Bäumen schimmerten konfettihafte Lichtreflexe und goldbauchige Affen. Am Boden lagen Krieger mit menschlichen Körpern, aber einer Haut so grün wie die Baumkronen, in Betten aus Herbstzeitlosen und düsteren Gedanken. Ihre Rüstungen glänzten bläulich im Licht eines Mondes, der die Schlacht als Einziger überlebt zu haben schien. Die Kritiker stritten darüber, wie die Kriegerköpfe zu verstehen waren: Die einen sahen einen Haufen Schlangen, die den Gott Tlaloc symbolisierten, die anderen eine von der Verwesung angelockte Würmerschar. In derselben Serie fanden sich hier und da auch geflügelte Pferde, ähnlich dem Buraq, der den Propheten bis ins Paradies getragen hat, nur dass sie sich im hohen Gras ausruhten, wo sie ebenso anmutig wirkten wie die Soldaten grässlich. Ein besonders bissiger Kritiker ätzte über «wahnhafte Chinoiserien», obwohl die Bilder, wie man sie auch ansah, nicht das kleinste bisschen China an sich hatten. Ich war fasziniert.

War es die Vernissage, oder hatten wir nur Glück, dass Olivia an jenem Tag selbst in der Galerie war? Waren wir mit ihr verabredet gewesen? Ich weiß nur noch, dass viele Leute da waren. In meiner Vorstellung hatte Olivia genau wie meine Mutter bodenlange Kleider ohne Saum getragen und die Haare lang bis zu den Hüften. In Wahrheit sah sie allerdings ganz anders aus. Meine Mutter zog mich am Ärmel zu der Frau mit kurzem, grauem Bob, der eine Hand fehlte. Ihr schwarzer, langärmliger Pulli unterstrich den Mangel elegant. Höflich sah ich ihr in die Augen. Sie strahlte eine ruhige Kraft aus, bei der man am liebsten sofort losgelaufen wäre, um etwas für die Welt zu leisten. Als meine Mutter uns allein ließ, um Greta zu holen, herrschte langes Schweigen, bis Olivia schließlich fragte:

«Gefällt dir New York?»

«Ja, außer, dass alles aus Plastik ist.»

Sie lachte.

«Ach, findest du?»

Davon ermutigt spielte ich weiter den Naseweis.

«Ja. Und außerdem finde ich, dass die Leute hier zu wenig Mais essen.»

Olivia lachte auch darüber. Dann sah sie das Bild an, vor dem wir gerade standen, und fragte mich, wie ich es fand. Mit meinen sieben Jahren fühlte ich mich sehr geschmeichelt. Zum ersten Mal nahm jemand ernst, was ich über Kunst zu sagen hatte.

«Es ist so schön wie ein Albtraum», sagte ich, in der Hoffnung, noch einen Lacher von der eindrucksvollen Frau mit abgetrennter Hand zu ernten.

Aber Olivia lachte nicht. Stattdessen legte sie die eine Hand auf meinen Kopf und drückte kräftig zu. Das tat weh und machte mir ein wenig Angst, doch ich wagte nicht, mich zu bewegen. Gern möchte ich glauben, dass Olivia, wenn meine Mutter nicht in diesem Augenblick zurückgekommen wäre, mir alles über den Koffer erzählt hätte. Doch Mutter kam zurück, hatte Greta am Arm gepackt, die vor Wut schäumte, weil sie, wie sie mir hinterher erzählte, ein Glas Champagner hatte zurückstellen müssen. Zu Recht lobte Olivia die noch scheue Schönheit Gretas, die verkündete, sie wolle Schauspielerin werden. Während Mutter voll elitärer Geringschätzung über nicht-geistige Berufe klagte, sagte Olivia: «Dann wünsche ich dir, dass du eine große Schauspielerin wirst», was leicht hätte albern wirken können, hätte sie es nicht so überzeugt gesagt, als verfügte sie selbst über die materiellen und kosmischen Mittel, den Wunsch nach Belieben zu erfüllen oder nicht.

2

Als meine Tante mit Ortega in den Hafen der Ehe einlief, war der Mann weder Botschafter noch General, sondern Redenschreiber eines Ministers und im Alter von achtunddreißig Jahren noch einfacher Leutnant, was zugleich sein Streben nach Höherem und eine bisher wenig bemerkenswerte Laufbahn anzeigte. Sie waren sich auf einem Ball begegnet, wo man einander – wie auf Bällen üblich – den Hof machte, ohne die unscharfen Grenzen des sogenannten Anstandes zu überschreiten. Frisiert und rausgeputzt wie Färsen auf der Landwirtschaftsmesse trafen die jungen Mädchen eingehakt bei ihren Anstandsdamen ein, entschlossen, allen anderen die Schau zu stehlen. Deutlich weniger als sie kicherten und zitterten die Männer, die schon Gelegenheit gehabt hatten, ihre Begierden an in Cafés und Rauchsalons erwähnten Orten zu erkunden. Nervös waren sie allerdings auch. In Marias Familie hätte niemals irgendwer bemerkt, wie anmutig Marias Schultern und wie seidig ihre Haare waren, und auch Maria sah, als sie den Saal betrat, in dem es wie bei den Romanows nur Echos und Spiegel gab, nichts als die fürchterlichen Makel ihres jungfräulichen, einundzwanzig Jahre alten Körpers. Sie hatte vorher nicht erwartet, das Interesse jenes großen Mannes zu erregen, der sich aus dem Teich der respektablen *socialites* des DF* angeblich so dringend eine Braut angeln wollte. Trotzdem hatte sie beschlossen – und sich dann fest in den Kopf gesetzt –, im Dunstkreis dieses Mannes aufzutauchen, der mit dem markanten Kiefer und muskulösen Rücken den ganzen Saal zu beherrschen schien, und viele andere Säle noch dazu, ja eigentlich die ganze Welt. Und Ortega nahm sie wahr. In seinem Dunstkreis. Die Aufregung darüber, einen Mann verführt zu haben, der sowohl schöner als auch älter war als sie, war meiner Tante auch noch anzuhören, als sie mir später von dem Ball erzählte. Das war kein kleines Kunststück gewesen, selbst verglichen mit dem nächsten, das ihr glückte – ihrem Meisterstück, wenn man so sagen darf, von dem ich damals, als es in der Küche um den Ball ging, noch überhaupt nichts wusste. «Als er auf mich zukam, dachte ich: Dieser Mann hat Purpuraugen», erzählte meine Tante, die langen Pianistinnenhände aufs blaue Mosaik der Arbeitsplatte vor dem Fenster gestützt. «Ins funkelnde Schwarz seiner Pupille mischten sich violette Spuren, wie ich sie noch nie gesehen hatte. Ich erinnere mich an nichts außer an diese

* Distrito Federal, anderer Name für Mexiko-Stadt.

samtige Farbe, die mich anzog wie der Mond die Brandung. Ich war hingerissen», endete sie lächelnd – oder seufzend, das weiß ich nicht mehr – und blickte hinaus in die Jacaranda-Blüten, die vor dem Fenster im Wind wogten. Ortegas Augen also hatten sie verführt. Die tief in diesen Augen tanzenden Schatten von spätnachts verlorenem Geld, von unbeschreiblichen Frauen, von toten Freunden und endgültigen Entscheidungen hatten meine Tante überzeugt, dass es in seiner Nähe, wann immer sie ins Ungewisse spränge, stets eine Hand gäbe, die sie wieder auffinge. Und auch Ortega hatte etwas in ihr gesehen. Man sagte ihm damals schon die gute Menschenkenntnis nach, die ihn zu einem respektierten Pokerspieler gemacht hatte und zu einem geschickten Botschafter noch machen würde. Es gibt keinen Grund, wieso er hinter Marias tief über dem Nacken sitzenden Dutt und den artig vor dem Bauch verschränkten Händen nicht den Strudel jener Frau erkennen hätte sollen, die ihn zugleich antreiben, überflügeln und vor sich selbst bewahren sollte.

Die Verbindung meines Onkels und meiner Tante war – wie alle Verbindungen, die ein Leben überdauern – tief und zerbrechlich, großartig und trübe, mysteriös und offensichtlich. Sie entwickelte sich ohne Hast, gemäß den Sitten ihrer Zeit. Nach dem Ball tat Ortega sein Interesse brieflich Marias Eltern – meinen Großeltern – kund, die, sofern sie überrascht waren, dass ihr stilles Wasser von einer ältesten Tochter einen Fang vom Kaliber eines Ortega gemacht hatte, sich davon nichts anmerken ließen und die beiden, die man kaum hätte «Turteltauben» nennen können, zu Begegnungen sogar ermunterten. Es war kein Geheimnis, dass das Herz des auf die vierzig zugehenden Ortega längst kein Debütant mehr war. Ganz anders das Marias: Sie war im Alter jener Leidenschaften, die großflächig verbrannte Erde hinterlassen, und doch benahm sie sich wie eine Dame, sprach wie eine Dame und genoss bei allen den Respekt, den Frauen für gewöhnlich erst durch Heirat und Mutterschaft erlangen. Es dauerte nicht sehr lange, da wurde der Bund in der Kirche bestätigt, im Rahmen jenes Rituals, bei dem man Gott zum Zeugen seiner Liebe nimmt, denn es handelte sich zwischen meiner Tante und dem General durchaus um Liebe, was immer meine Mutter auch darüber denken mochte. Die Zeremonie fand in einem der stolzen Gotteshäuser von Puebla statt, an einem Tag, an dem sich vor dem klaren Himmel jenseits des Tals die schlafenden Vulkane abzeichneten, für welche die Gegend berühmt war. Angeblich haben die Mosaike auf den Kirchenkuppeln, für deren Farbe die ehrgeizigen Spanier Tausende und Abertausende Schmetterlingsflügel zerstoßen hatten, damals dermaßen geglänzt, dass die Hochzeitsgäste dicke Tränen weinten. Die Tränen liefen durch die Schminke, tropften auf die Hutschleier und durchnässten die Schnurrbärte, was den ehrenwerten Gästen, die im ganzen Leben keine Zwiebel hatten schneiden müssen, derart peinlich war, dass ein schwärmerischer Geist es für die Rache der Schmetterlinge hätte halten können. Alles weinte, nur Maria nicht. Maria sah keine zu entschlüsselnden Omen, keine Vorzeichen der Zukunft in der Form der Wolken oder der Farbe des Messweins, nein, sie hatte im Leben so wenig selbst entschieden, dass sie wusste, wann eine Entscheidung nach Triumph schmeckte – und dieser große Mann dort vorm Altar, furchteinflößend, wenn er nicht so schön gewesen wäre, verkörperte nichts anderes als einen Triumph, auch ohne zum V gestreckte Finger. Auf ihre Weise feierte diesen Triumph in Marias Augen auch die einsame Turteltaube, die in die Predigt

des Pfarrers einstimmte. Ortega hatte ihn gebeten, sich kurz-
zufassen, und der Pfarrer kam dem nach, schickte bloß noch
einen Segen von Antonio Machado hinterher: *«Todo pasa y
todo queda, pero lo nuestro es pasar, pasar haciendo caminos, caminos sobre la mar.»* Manchen kam das düster vor wie
deutsche Philosophie, andere, die meisten, hörten es schon
gar nicht mehr, weil Hunger und vor allem Durst sie längst
nach draußen trieben und ihre Absätze durch die Kirche hall-
ten. *«Caminante, no hay camino, se hace camino al andar.»*

Das Paar zog ins Haus der Familie Ortega in Mexiko-Stadt,
Calle Hipódromo, das Marias Mann bislang allein bewohnte,
denn Familie hatte er nicht mehr. Natürlich war es dazu nicht
auf einen Schlag gekommen. Zuerst war sein großer Bruder,
der Seemann, ganz jung in der Südsee verschollen. Sein Tod
war keineswegs erwiesen, und soweit Ortega wusste, konnte
er auch Walfänger in Japan oder Kräuterhändler in Wladiwos-
tok sein – solange er nicht wieder auftauchte, war alles möglich. Dann war sein zweitältester Bruder dem chaotischen
Lebensweg eines mittleren Kindes bis in den Urwald von
Chiapas gefolgt, wo er als Priester arbeitete. Er taufte, verhei-
ratete und beerdigte Indianer, die nie darum – oder um sonst
etwas – gebeten hatten. Infolge dieser Verluste starb Ortegas
Mutter an ihrer Trauer wie ein Sittich, dem man seinen Kameraden wegnimmt, gleichgültig gegenüber dem aggressiven
Wohlwollen des unbeholfenen Ortega und gegenüber ihrem
Mann, einem stillen Juwelier und Uhrmacher, dessen vor-
nehmes Geschäft in der Calle Santa Isabel inzwischen einer
Bäckerei gewichen ist, die man im Viertel ebenso gut kennt
wie den einstigen Laden von Porfirio Ortega. Porfirio erlag
mit zweiundfünfzig einem Herzinfarkt, genau wie drei Gene-

rationen von Ortegas vor ihm. Wagte es jemand, vor meinem Onkel das Wort «Fluch» in den Mund zu nehmen, winkte er nur voll nachdrücklicher Ohnmacht ab. Er selbst starb erst nach sechsundsechzig prallen Lebensjahren und sprengte damit die Familienstatistik.

Zugleich traurig und dem Anlass gemäß aufgeregt, verließ Maria ihr hübsches rosa Elternhaus in Puebla, um in das von Ortega einzuziehen. Einer scheueren Seele hätte das neue Heim ganz sicher Angst gemacht, Maria aber nicht. Wie jedermann war meine Tante abergläubisch. Jedoch hielten die Geister, an die sie glaubte, sie nicht vom Schlafen ab. Sie verstand, dass ihr Haus auch das der Geister war, und stellte ihnen abends sogar ein Schälchen Milch auf den Küchentisch, und wenn ihr Mann am Morgen danach fragte, tat sie so, als habe sie es nur versehentlich dort stehen lassen. Der sachliche Ortega war indessen froh, dass Maria sein Zuhause von dessen staubiger Dunkelheit befreite. Sie ließ den Handwerker aus der Straße nebenan Korbliegen, -tische und -stühle flechten und stellte sie im Garten auf. Sie kümmerte sich um handbemalte Fliesen in den Farben von Puebla für die Fußböden und Wände, schmückte die Hausflure mit großen Vasen, bedeckte die Tische mit frischen, von den Frauen aus Puebla gewebten Tüchern, rahmte die auf dem Dachboden gefundenen muralistischen Gemälde und taufte die Ziege, die den Schatten des Mangobaums im brachliegenden Garten zu ihrem Heim erwählt hatte, auf den Namen Visitación. Marias einzige nächtliche Heimsuchungen waren die einer frischvermählten Frau. Kein noch so genauer Bericht ihrer kampferprobten Freundinnen und Cousinen konnte meine Tante auf ihr erstes Aufeinandertreffen mit dem männlichen Intimbereich vorbereiten, den sie bisher nur aus dem Museum und aus Marmor kannte.

Schon bald nach Marias Umzug nach Mexiko-Stadt brachte ein Freund meines Onkels, ein gewisser Lujòn, der einen wichtigen Posten im Außenministerium bekleidete, Ortega auf die Diplomatenlaufbahn. Seine Karriere im Ausland sollte etwas mehr als zehn Jahre andauern. Ihre Mosaike, ihren Jacaranda und ihre Ziege aufzugeben, muss meine Tante, die ein Weltenbummlerleben nie erwartet hatte, beinah zur Verzweiflung getrieben haben. Und doch war sie dazu bereit. Mit ihrem Ja vor dem Altar hatte sie auch Ja zu Schubladen mit doppeltem Boden gesagt, und gegen Überraschungen hatte sie nichts einzuwenden. Natürlich war nicht jede Überraschung gleich erfreulich. So verlor meine Tante über Dänemark später nie ein Wort, schüttelte sich höchstens bei der schaurigen Erinnerung. In Alexandria dagegen hatte sie sich wohl gefühlt, in der Villa mit Blick auf das internationale Viertel, in dem Briten, Italiener, Griechen und Juden miteinander lebten. Die turbulente Geschichte der Stadt passte zu Marias träumerischem Wesen, und ich kann mir gut vorstellen, wie sie auf die Bucht hinausblickte, bewegt vom Gedanken an den zerstörten Leuchtturm und den versunkenen Tempel der Kleopatra.

Dann wurde Ortega nach Frankreich versetzt.

3

Wie alle, die die vierziger Jahre in Europa nicht miterlebt haben, kann ich mir Maria und den General nur schwer in jenem düsteren Jahrzehnt in Paris und später in Vichy vorstellen. Vor mir sehe ich ein Radio auf dem Küchentisch, draußen auf dem Land, das man beim leisesten Motorenbrummen auf den Staatsfunk einstellt. Sonst nichts. Die einzigen Bilder, an die ich mich halten kann, stammen aus Filmen. Aus schönen Filmen, deren Fehler jedoch darin liegt, Erklärungen zu liefern, als brauchte man sich nur danach zu bücken. Ich, der ich weder diesen noch einen anderen Krieg erlebt habe, kann mir kaum diese Kulisse ausmalen, in der Himmel, Straßen und alles andere den Launen von Militärs unterworfen sind. Erahnen kann ich allerdings das Unbehagen meiner Tante im Frankreich der Faschisten.

Anfang 1938 wurde Ortega zum mexikanischen Botschafter in Frankreich ernannt. Der bevorstehende Krieg machte ihm keine große Angst, denn persönlich ging er ihn schließlich nichts an. «So was nennen die Weltkrieg!», würde ich ihn später sagen hören. In dem besetzten Land, das er in seinen Geheimdepeschen «kollaborationistisch» nannte, blieb dem General zur korrekten Ausübung seiner Pflichten ab 1940 nichts anderes übrig, als mit hochrangigen Deutschen und Pétainisten zu dinieren – letztere Bezeichnung galt im damaligen Frankreich keineswegs als Schimpfwort. Da er sich ohnehin eher von Gelegenheiten leiten ließ als von Prinzipien, fand er sich mit der Lage ab und holte für sich das Beste heraus. Bot man ihm einen guten Champagner an, trank er ihn, ohne über den Preis auf dem Schwarzmarkt nachzudenken. Im Grunde – und das konnte er außer Maria keinem sagen – genoss er es, mit anzusehen, wie diese Europäer sich gegenseitig an die Gurgel gingen. Nach Jahrhunderten der Raubzüge, der Sklaverei, der willkürlichen Grenzziehungen auf hübschen Weltkarten, gab Europa sich nun genau der Menschenfresserei hin, derer es die anderen so gern bezichtigte. Maria zuckte die Schultern: Sie stammte zu direkt von Spaniern ab, um sich am Schicksal der Europäer zu erfreuen. Bei den Diners hörte sie die unsäglichsten Dinge, doch die Etikette zwang sie zum Lächeln über all die derben Witze. Wenn Ortega und sie einmal zur selben Zeit ins Bett gingen, teilte sie ihm ihre Sorge mit, ein Nachbar könnte sie beide ob ihrer kupfernen Haut und ihrer schwarzen Haare denunzieren. Die Ochsenaugen eines Moreau oder Fontaine könnten diese Eigenschaften schließlich leicht als jüdisch ausmachen, erklärte meine Tante. Ein Anruf könne genügen, und schon mache man Zwangsarbeit im Ruhrgebiet. Ortega versicherte ihr, es gäbe keinen besseren Beweis für katholische Konfession als einen mexikanischen Pass, doch seine diplomatische Gelassenheit stachelte Marias Phantasie nur umso mehr an. Ohne Zweifel stieß auch ihre auf wohlverstandenen Interessen und einer tiefen Kenntnis des Partners beruhende Beziehung im Weltkrieg an ihre Grenzen. Ortegas Umtriebe in Mexiko, die genauer zu untersuchen meine Tante sich aus denselben Gründen hütete, aus denen sie sein Handschuhfach nicht öffnete und nicht seine Briefe las, verblassten neben jenem Seiltanz, den Maria ihn seit ihrer Ankunft in Frankreich jeden Tag vollführen sah. Umgekehrt ist es nicht unwahrscheinlich, dass der General, dessen Machenschaften die feinen Brauen seiner Frau zuvor niemals sehr hochgetrieben hatten, Marias moralische Strenge unterschätzte. Da den General mit Juden nichts Persönliches verband, ließ deren Massenexodus ihn kalt, solange die Deutschen sie nach Madagaskar schicken wollten und nicht nach Mexiko. Meine Tante dürfte indessen von ihrem Briefwechsel mit Olivia beeinflusst worden sein, in dem ihre Kindheitsfreundin, die im Spanischen Bürgerkrieg dem republikanischen Sanitätskorps angehört hatte und später in den Untergrund gehen sollte, ihr von den deutschen und italienischen Luftangriffen auf Madrid berichtete. Ganz bestimmt war Maria bei ihrer Ankunft in Paris geprägt von der Romantik dieser zwischen 1936 und 1938 aus Spanien abgeschickten Briefe – und wütend auf all die großen und kleinen Nazis des Kontinents. Auch davon hatte mein Onkel keinen Schimmer.

4

So weit weg von Mexiko und ihrer Familie lebte meine Tante zu einer Zeit, und das darf man nicht vergessen, in der es keine technischen Mittel zur beliebigen Kommunikation über die Weltmeere hinweg gab. In Alexandria und Kopenhagen hatte Maria sich nach Kräften an die Einheimischen gewöhnt, an den Überschwang der einen und die Zurückhaltung der anderen. Gegen die Pariser Arroganz jedoch kam sie nicht an. Das schüchterne Mädchen aus Puebla in ihr erschauderte unter finsteren Damenblicken, die von den Schuhschnallen bis zu den Haarwurzeln wanderten, ohne dabei Fingernägel, Bauch oder Brüste zu übersehen. Bei den Dänen und Ägyptern hatte Ortega sich noch nachsichtig gezeigt, doch als Maria sich über Paris beschwerte, verlor er die Geduld. Verflucht noch mal, Paris war doch ein großer Spaß, ein Fest, was brauchte sie denn noch, um sich mal zu entspannen? Kurz, es lief nicht gut zwischen Maria und dem General in Frankreich, und als der Umzug nach Vichy anstand, machte Maria sich auf das Schlimmste gefasst. Dann aber gefiel es ihr dort ausgesprochen gut – im Leben findet man Oasen eben manchmal dort, wo man sie am wenigsten erwartet. Vichy entpuppte sich als reizendes Städtchen. Inmitten der langen Rasenflächen und kräftigenden Thermen, der märchenhaften Chalets aus der Zeit Napoleons III. und der Ruderer, die sich frühmorgens auf dem klaren Wasser des Allier abrackerten, fühlte Maria sich wie im Gedicht eines deutschen Expressionisten – ein Bild, das sie indes für sich behielt, zumal sie wusste, wie die Nazis über «entartete Kunst» dachten. Obendrein hatte Ortega für sie beide ein Schlösschen aufgetan, eng und dunkel zwar, aber mit einem Türmchen ausgestattet, das Maria gut gefiel, und mit teilweisem Blick auf den Parc des Sources. In den Alleen wuselten dickbäuchige Eichhörnchen über die Kastanien, und die Pavillons, deren Bögen so feinziseliert waren wie Spitzenwäsche aus Oaxaca, warteten darauf, dass sich der Tag zum Abend neigte. Sonntags spielte man dort Schubert-Sonaten oder Brahms-Konzerte. Meine Tante erinnerte das an den Pavillon von Zócalo in Puebla, wo Mariachis jeden Alters aufspielten, das Haar zurückgekämmt, zum Gürtel passende Manschettenknöpfe, die Schuhe glänzend wie ein Fluss in der Sommersonne. Wenn sie sich ihren Tagträumen hingab, konnte sie die Trompeten jenseits des Atlantiks hören und lächelte dem Fluss zu. «Die Königin der Bäder» war eine schöne Stadt, doch sie verkörperte auch – und tut das in vieler Augen heute noch – die ganze Tragödie der französischen Politik, die Resignation, das Laisser-faire, den dritten shakespeare'schen Akt, den Beleg für die Verbindung von Frankreich und Fa-

schimus, Faschismus und Frankreich, trotz der dem Land mit
dem Spachtel aufgeschminkten Deutschenfeindlichkeit und
all der erhobenen Finger gegen den Feind, als der schon in
den letzten Zügen lag. Maria begnügte sich einstweilen damit,
den Nagern im Park ein paar Nüsse hinzuwerfen.

5

Maria wäre so lange wie Ortega in der «zone nono» geblieben, wie die Franzosen den nicht-besetzten Teil Frankreichs
nannten, hätte nicht ihre Gesundheit sich verschlechtert. Zu
Beginn fand mein Onkel es recht praktisch, dass sie in einer
Stadt krank wurde, die ganz für Kranke ausgelegt war. Ihm
zuliebe unterzog Maria sich allerlei aufwendigen Kuren und
trank fässerweise Heilwasser, was jedoch nur ihre Verdauung
durcheinanderbrachte. Nach einigen Monaten überzeugte ihr
behandelnder Arzt – Doktor Janvier, ein fröhlicher Mann aus
dem Berry, der ihr immer auf die Bluse starrte, worüber Ortega sich gern lustig machte – sie davon, dass Atlantikluft ihren
Husten lösen und sie wieder freier atmen lassen würde. Und
just zu dieser Zeit wohnte Olivia in einem Zimmer über einer
Bügelstube im Lissaboner Bairro Alto, aus dessen Fenster
man, wenn man sich ganz hinauslehnte, den Atlantik sehen
konnte, wobei Letzteres für meine unter Höhenangst leiden-
de Tante kein besonders großer Vorzug war. Wolle sie nicht
zu Besuch kommen und sich von Portugal kurieren lassen?,
fragte ihre Freundin sie per Brief. Maria musste nicht lang
überlegen, und da es um ihre Heilung ging, blieb dem General
nichts übrig, als sich einverstanden zu erklären.

So kam es, dass Maria von 1940 bis 1942 allein in Portugal lebte, soll heißen: ohne ihren Ehemann. Ortega nahm ihre Abfahrt anfangs noch gelassen hin, zumal er sich bereits ein Junggesellenleben *à la française* führen sah, was einerseits zutreffen, andererseits jedoch nicht so erfreulich werden sollte, wie er es sich vorgestellt hatte. Erst später, als er Maria in Lissabon besuchte, wurde er ihr gram, da er sogar aus ihren Briefen, in denen sie die Wirklichkeit geschickt glattbügelte, den Eindruck gewonnen hatte, sie sei längst gesund. Doch vor der Heilung kam der Umzug. Maria nahm sich eine Wohnung oberhalb von der Olivias, kleiner als die ihrer Freundin zwar, doch das machte ihr nichts aus. In Lissabon, das man wie andere berühmte Städte auch die «weiße Stadt» nannte, ging es ihr gut, denn der nahe Ozean war tröstlich. Wenn sie ihn ansah, fühlte sie sich «gegenüber» von zu Hause, obwohl das Meer weder in Puebla noch in Mexiko-Stadt zu ihrem alltäglichen Umfeld gehört hatte. Gesundheitlich ging es ihr tatsächlich bald schon besser, und in der süßen Melancholie von Lissabon blühte sie förmlich auf. Die wiederholt von Erdbeben zerstörte Stadt hatte gelernt, immer wieder alles zu verlieren. Was blieb, waren der strahlend blaue Himmel, die Straßenbahnen und der Dampferkai, die Schatten des Stadtmarktes, die schwarzen Spitzenkleider und die Strohhüte, und auch die weichen Rundungen des Portugiesischen, in dem sich, vor allem im Gesang, alle Traurigkeit unter dem Mond entlud. Nur drei Jahre zuvor hätte Maria in diesen steilen Sträßchen noch den Dichter treffen können, der seine Stadt am schönsten von allen besungen hatte, betrunken in der Rua da Bela Vista, betrunken in der Rua Almirante Barroso oder betrunken am Cais das Colunas. «Abermals seh ich dich wieder – Tejo und Lissabon –, ein Reisender, unnütz für dich und mich. Ich?

Aber bin ich derselbe, der hier gelebt hat, der hierher zurückkam, von neuem zurückkam und wieder von neuem?» Pessoa starb 1935. Ob Maria ihn wohl erst gelesen hat, als sein Werk in den Sechzigern veröffentlicht wurde?

In Lissabon trafen sich häufig «die aus Spanien». Hier gab es weder Miliz noch Franco-Anhänger, weder NKWD noch POUM. In dieser Hinsicht war die Stadt ein annehmbarer Zufluchtsort, aber auch eine beliebte Zwischenstation auf dem Weg nach London oder Nordamerika. Auch Maria lernte «die aus Spanien» kennen. Bestimmt war es nicht leicht inmitten dieser Menschen, die gemeinsam intensive Tage und Nächte durchlebt hatten, die allen anderen fremd waren. Unermüdlich erzählten sie das Epos ihrer Taten und erlebten die Gegenwart als fades Etwas, das ihnen Ruhm und Schrecken der Vergangenheit nicht wiederbringen konnte. Maria hätte ihre Aufmerksamkeit mit Neuigkeiten aus Vichy gewinnen können, von denen Ortega ihr in Briefen berichtete, die ebenso umfangreich waren wie seine Untreue. Doch das war nicht ihre Art. Sie war verheiratet, mit wem sie eben verheiratet war, und musste das weder irgendwem erklären noch ausnutzen, um sich interessant zu machen. Zu ihrem Glück musste sie in Lissabon kein Geld verdienen. Ortega wies ihr jeden Monat welches an, was Olivia beeindruckte und zweifellos missfiel, zumal die junge Frau ihre Selbständigkeit seit langem zum Götzen erhoben hatte. Aber wie sollte sie Maria böse sein? In diesem wie in allen anderen Dingen war es ihrer Freundin fremd, sich aufzuspielen oder zu rechtfertigen. Ohne Marias Unterstützung wäre der General vermutlich in Mexiko geblieben und hätte anderer Leute Reden geschrieben. So gab meine Tante sein Geld ganz unbefangen aus, für das helle Zimmer über dem Olivias, für ihre Einkäufe natürlich, und hin und wieder für ein Gläschen Portwein mit Zitrone, das sie allein auf der Caféterrasse trank, ganz wie eine Französin.

Maria und Olivia spielten, obwohl er ihnen nicht gefiel, mit dem Gedanken, das vor Skorpionen wimmelnde Europa zu verlassen. In diesen Tagen erschien ihnen das Wasser des Atlantiks, das sie bei ihren Spaziergängen als unvermeidlichen Fluchtpunkt aller Straßen stets vor Augen hatten, so schwer, als berge es in seinen Tiefen die Leichname all derer, die Olivia auf den Fliesen des Klosters von Elgeta zusammengeflickt hatte. Die beiden Mexikanerinnen gaben die Schuld dem *dios de las tormentas*, denn wer sonst sollte wohl all die Stürme bringen, wenn nicht der ungestüme Tlaloc mit der gespaltenen Zunge? Maria mochte es, wenn Olivia von ihren ein paar Sommer zurückliegenden Kriegsmonaten erzählte. Olivia ihrerseits war gern dazu bereit, doch irgendwann kam immer der Moment, in dem ihre Begeisterung den Schatten wich. Dann schnitt Maria rasch ein neues Thema an. «Glaubst du, in unserem schönen Puebla glänzen immer noch die Kuppeldächer?», fragte sie zum Beispiel. «Glaubst du, die Mangos der alten Indianerinnen sind noch so süß wie früher?» Und Olivia erwiderte: «Natürlich, süß wie Karamellpudding und dick wie nie zuvor», «Natürlich, die Kuppeln strahlen so, dass sogar die Vulkane grollen, eifersüchtig auf die Spanier und auf deren Gott, der ganz allein die Erde und die Zeit macht.» Und dann lachten sie gemeinsam über diese Blasphemie, wie früher in der Schule, wenn sie im Hof mit den gelben Säulen in ihre Blusen kicherten, weil sie an der Madonna auf dem Gemälde über ihnen laszive Züge ausmachten, die freilich bloß ihren jugendlichen Köpfen entsprangen. Dass die beiden

Freundinnen sich so gut verstanden, lag sicher daran, dass sie alles, was sie in der Kindheit geteilt hatten und was man gewöhnlich ganz allein mit in die Fremde nimmt, auch im fernen Lissabon miteinander teilten. Die Schließung der Eisdiele, der Brand in der Oper, der erste Tonfilm im Miami-Kino, die Schlaglöcher, die Farbe der Esel, die heutigen Straßennamen und die alten, die ihre Eltern noch verwendeten, die Zeit, zu der die Hähne krähten, die alten Abzählreime, das Chili, von dem einem die Lippen schwollen, und der Spiegelglanz der Kacheln in der Altstadt – alles, was man anderen erst erklären musste, wenn man ihre Nähe suchte, war zwischen ihnen selbstverständlich. Ihren Mitmenschen entging das nicht, weshalb sie sie, vielleicht nicht immer liebevoll, «die Mexikanerinnen» nannten.

In der Vertraulichkeit der Lissaboner Ateliers, in denen sie sich dank Olivia aufhielt, konnte Maria ihrer Abscheu davor Luft machen, was sich im großen Schmelztiegel Europa abspielte. Und sie bildete sich weiter, allein und nur für sich, las den Talmud, um ihn zu verstehen, las noch einmal Dante, um etwas von der Liebe zu Ortega wiederzuentdecken, die sie einmal für nicht minder grenzenlos gehalten hatte als jene von Alighieri zu seiner Beatrice. Sie kritzelte sogar einige Prosaverse in kleine Schreibhefte, simple, doch keineswegs banale Beobachtungen, die sie auf ihren Spaziergängen gemacht hatte. Ja, überhaupt erkannte sie in Lissabon, wie gerne sie zu Fuß ging, eine bescheidene und doch entscheidende Entdeckung. Meistens ging sie morgens los und kam nach dem Mittagessen wieder, zur Siesta. An die Zukunft dachte sie nicht einen Augenblick. Ja, sie dachte insgesamt nicht viel. Dieses Leben reichte ihr vollkommen: ein Leben aus stiller

Betrachtung, fast wie das einer Nonne, das sie – laut meinem Onkel – in ihrer Jugend einmal angestrebt hatte. Zwei Jahre gingen so ins Land, ohne dass Maria ahnte, dass dies die letzten Jahre waren, die sie fernab von Mexiko verbringen würde, und auch die letzten mit Olivia.

6

Ortega, in seiner Eigenschaft als Gatte, war empfindlich. Deshalb erinnere ich mich hinsichtlich Marias Zeit in Lissabon vor allem an seine Version der Geschichte. «Du und deine Revoluzzerfreunde», sagte er oft zu Maria, gegen Ende der ausgedehnten Mittagessen, die wir sonntags bei den beiden einnahmen und zu denen es meine Mutter immer wieder schaffte, sich eine Stunde zu verspäten. «Du und deine Revoluzzerfreunde», sagte er, wenn meine Tante den Fehler beging, über Lissabon zu sprechen. «Die glauben, sie hätten den Faschismus mit ihren Briefen nach London besiegt. Mit Briefen!», sagte er mit schwerer, schneidender Stimme, während Maria das Dienstmädchen um Kaffee und Digestifs bat. Marias Tochter und Schwester hörten Ortega schulterzuckend zu, von Marias Unschuld überzeugt. Greta machte sich über den Aufenthalt ihrer Mutter in Lissabon sogar unverhohlen lustig. «Was glaubst du denn, was sie da getrieben hat?», spottete sie mit sechzehn Jahren, als man uns in den Garten schickte, um eiskalte *horchata* zu trinken, damit die Erwachsenen in Ruhe reden konnten. «In die Kirche ist sie gegangen und hat Kandelaber und Grabfiguren bestaunt, dann abends ein Gebet und ab ins Bett um neun.» Ich kann verstehen, dass

Greta ungern etwas anderes glauben wollte, eine Version der Geschichte beispielsweise, in der Marias dissidente Ader deutlicher hervortritt. Meine Cousine war im Schatten einer frommen, häufig kranken Frau aufgewachsen. Und jetzt sollte sie in dieses karge Bild zwei Jahre Rebellion in Lissabon einbauen, die ihrer eigenen Jugend doch so ähnlich sahen? Akzeptieren, dass sie selbst sich ihre Abenteuerlust nicht wie von Zauberhand auf den staubigen Straßen rings um Mexiko-Stadt eingefangen hatte, sondern geerbt von einer Mutter, die alles daransetzte, sie davor zu bewahren?

Auch meine Mutter traute ihrer Schwester überhaupt nichts zu. Sie unterhielt zu Maria eine wohlwollende, aber distanzierte Beziehung und sagte jedem, der es hören wollte, meine Tante ließe sich von ihrem Mann aushalten. Oft war ich bei diesen morgendlichen Schmähreden in der Küche der einzige Zuhörer. Neben Maria wirkte meine Mutter geradezu verantwortungslos, und sie ertrug es nicht, wenn man sie auf das reduzierte, was sie nun einmal war: eine alleinerziehende Mutter und ein Hippie. Ich selbst empfand für meine Tante immer eine Zuneigung, von der ich glaubte, sie nicht ausdrücken zu dürfen, um meine Mutter nicht zu verletzen, die sich die Liebe wie kommunizierende Röhren dachte: Was man einer zuführte, musste notwendigerweise einer anderen entzogen werden. Heute bedauere ich das, denn es war schön, sich als Kind unter Marias Röcken zu verstecken, geschützt vor der Welt und den häufigen Abwesenheiten meiner Mutter, die – wie alle freigeistigen Frauen – als Mutter nicht sonderlich verlässlich war.

Obschon wir nie so eng vertraut waren, wie Onkel und Neffe es in manchen Fällen sind, duldete mich Ortega, weil ich dem ihm von Maria nie geschenkten Sohn am nächsten kam. Wäre er jünger gewesen, hätte er mir sicherlich das Leben schwergemacht, weil ich nicht die Art kleiner Junge war, die auf Bäume klettert, Mädchen piesackt und mit Steinen Nachbarinnenfenster einwirft. Doch mit fortgeschrittenem Alter war der General sanftmütiger geworden – wenn auch nicht gegenüber seiner Frau. Es ist ein Glück, dass Ortega nie die Negative fand. Im Zorn des hintergangenen Gatten wäre er zu allem Möglichen fähig gewesen. Sie zu verbrennen, beispielsweise. Ortegas Spitzen gegen seine Frau waren umso unerträglicher, als er damit zwar auf ihr Geheimnis abzielte, aber nicht begriff, wie riesig und erstaunlich es tatsächlich war. In seiner Vorstellung hatte Maria in Lissabon nichts als einen kleinen Flirt gehabt, denn sein Stolz ließ nicht mal die Idee einer Affäre zu. Doch das Geheimnis war da, stand zwischen ihnen, in dem von Marias Erinnerungen geformten Hohlraum, unsichtbar wie im Krieg ins Hosenfutter eingenähte Taschen. Ich erzähle das nicht, um all den misstrauischen Ehemännern einen Freibrief auszustellen, die nur darauf lauern, sich auf die mutmaßlichen Fehltritte ihrer Frauen zu stürzen, sondern weil die Geschichte meines Onkels und meiner Tante zeigt, wie Wahnsinn und Realität manchmal eins werden. Wenn man aus ihrer Ehe irgendetwas lernen kann, dann das.

Im Anschluss an eine besonders aufreibende Geschichte mit einer Schauspielerin aus Nantes, die ihn behandelte wie einen Metöken, begann der General, sich für Lissabon zu interessieren. Im April fuhr er sogar einmal hin, zu einem Kurzbesuch bei seiner Frau, etwas besorgt über die Unterkunft bei dieser Künstlerfreundin. Ortega in Lissabon, was für ein Spektakel! Lebhaft kann ich mir Marias Schreck vorstellen, als er seinen Besuch ankündigte, und auch ihre Anweisungen an Olivia, die eilig aufgehängten Vorhänge, die frischen Bettlaken und Blumen, die feinen Restaurants, ungeselliger, teurer und insgesamt eher dem Geschmack des Botschafters gemäß als die Restaurants, in die Maria für gewöhnlich ging. Lebhaft sehe ich auch vor mir, wie Ortega auf den Lissaboner Nebel flucht: «Feucht wie der Laderaum von einer Karavelle, deine Herzensstadt, sicher wimmelt es hier auch vor Ratten.» «Alles schmeißen die ins Öl, damit es überhaupt nach etwas schmeckt, und das nennen sie Gastronomie. In Vichy kann man wenigstens mit Fleisch umgehen.» «Ach, Pastellfarben hast du gekauft? Und was malst du damit? Sonnenuntergänge? Ball spielende Kinder auf der Straße?» Bald nach dieser Stippvisite verkündete Ortega, dass die Rückkehr nach Mexiko bevorstünde. Hatte der General seinen Freund Lujòn im Außenministerium ersucht, ihm aus der Patsche in Vichy zu helfen, wo es 1942 nicht mehr so bequem wie 1940 war? Hatte seine kleine Schauspielerin ihm den Spaß an Frankreich ausgetrieben? Oder fehlten dem General ganz einfach Mexiko und seine Hauptstadt, wo alle ihn behandelten wie einen Fürsten? Wie dem auch sei, es herrschte Krieg, früher oder später musste man nach Hause, weiterer Erklärungen bedurfte es nicht. Doch ich kenne meinen Onkel gut genug, um mir zu denken, dass ihm nicht gefiel, was er in Lissabon gesehen hatte, und dass er einen Weg gesucht hat, seine Frau aus ihrem atlantischen Paradies herauszureißen.

7

Damit komme ich zu jener Episode, die für mich den Anfangs-
mythos in der Geschichte des Koffers bildet, die Wende, aufgrund derer er in Mexiko bei den Ortegas landete, statt in
Nuakschott oder St. Petersburg, geknüpft an einen fremden
Stammbaum. Lissabon stand der Sommer bevor, Maria ihre
Abreise. Ortega hatte die Fahrt seiner Frau bis nach Bordeaux
organisiert, wo die beiden sich treffen sollten, um sich zur
Atlantiküberquerung einzuschiffen. Maria blieben noch zwei
Wochen, um Lissabon zu genießen. Selbstverständlich hatte
meine Tante von dem Koffer nichts gewusst, bis Olivia beschloss, ihr doch noch davon zu erzählen. Maria wusste nur,
dass ihre Freundin ein Verhältnis mit einem in Paris berühmten Fotografen gehabt hatte. Ein paarmal war sie Chim in
Lissabon begegnet. Man kann wohl ohne Übertreibung sagen,
dass Chim und meine Tante sich sehr ähnelten. Schüchtern,
wie sie beide waren, haben sie sich ganz bestimmt hervorragend verstanden.

Wie alle entscheidenden Momente im Leben verlief auch
dieser in geradezu brutaler Flüchtigkeit. Eines Nachmittags
– Maria sah ihrer Freundin gerade bei der Arbeit an deren
neuestem Werk zu und erkannte angesichts der nahen Abreise, dass sie dies nicht oft genug getan hatte – setzte Olivia
plötzlich eine ernste Miene auf und blickte meine Tante an
wie eine Gladiatorin. «Heute wird das nichts mehr, es hat keinen Zweck», sagte sie und ließ ein für ihre Collagen verwende-
tes Wollknäuel zu Boden fallen. Maria kannte das Gejammer
um Zuspruch bettelnder Künstler zur Genüge und mochte es
nicht besonders leiden, auch wenn Olivias Gejammer eine

samtige Note hatte. «Ich muss dir etwas Wichtiges zeigen», sagte Olivia unvermittelt, einen Satz, den Maria an jenem Tag, der bisher ruhig gewesen war wie Blumenwasser in der Vase, nicht erwartet hatte. «Versprich mir, dass du niemandem davon erzählst, nicht einmal Ortega – besonders nicht Ortega.» Meine Tante versprach es, mit allerlei amüsanten Bildern in ihrem einfallsreichen Kopf. Was hatte Olivia wohl angestellt?, fragte sie sich und sah dabei bereits Nationalistenzehen in Gläsern voller Formalin vor sich. Wer weiß, wozu diese Frau imstande ist, dachte meine Tante in erschaudernder Bewunderung. Sehr erstaunt wäre sie nicht gewesen, wenn Olivia ein Kuriositätenkabinett angelegt hätte, in dem in der Dunkelheit eines mit einem Laken verhängten Regals die Körperteile von Feinden der Revolution aufgereiht lägen.

Auf Knien und mit dem Rücken zu Maria griff Olivia in eine Truhe und holte einen gelben Umschlag daraus hervor. Aus diesem wiederum zog sie ohne großes Federlesen einige Kontaktabzüge. Entschlossene Menschenmengen, Männer hinter Gittern. Eine Frau stillte ein Kind, die linke Brust entblößt vorm Objektiv. Als Maria die Porträts dieser Republikaner im Jahre 1942 erstmals sah, waren die meisten bereits tot, und die anderen überlebten in einer Welt aus Habt-Acht und Stillgestanden. Sicher lag in dem hellen, feuchten Atelier derselbe Duft von Niederlage in der Luft, der später auch meine Wohnung erfüllte, setzte sich in Olivias bemalten Tellern fest, in ihren Halstüchern, den Deckenbalken und selbst der kalten Öllampe. «Von Chim», verkündete Olivia, als sei damit schon alles klar. «Chim», wiederholte Maria nachdenklich, als sei es das tatsächlich. Gerda Taro war tot, Robert Capa verschwunden auf den nebeligen Straßen dieser Welt. Blieb also Chim, der emsige Chim, der die Negative zusammengetragen und

Olivia gebracht hatte, im Glauben, sie wisse schon, was damit zu tun sei. In Wahrheit dachte sie des Öfteren darüber nach, sie ihm zurückzugeben. In ihrem Atelier konnte ihnen ja wer weiß was zustoßen: Es zog, und manchmal regnete es herein auf den splitterigen Holzfußboden. Die Mäuse waren nie sehr weit, die Tollpatsche und potenziellen Diebe in Olivias Freundeskreis Legion. Einmal hätte sie sie fast nach London geschickt, doch dafür hätte sie erst sich und dann die Bilder einem Piloten anvertrauen müssen. Das war zu riskant. Piloten starben wie die Fliegen und waren obendrein noch Wichtigtuer. So wartete Olivia, dass sich eine Chance abzeichnete, die sie «Yalla» sagen ließ. Als sie den General sah, sein präsidentenhaftes Auftreten und wie die Leute auf der Straße einen Schritt zur Seite machten, um ihn durchzulassen, und dazu an seiner Seite die Heilige mit der zarten Stimme und den Samthandschuhen, war die Idee geboren. Die Chance war gekommen. Maria. Damit ihre Freundin nicht ablehnen konnte, hatte Olivia bis zum Ende ihres Aufenthalts gewartet. Im Grunde war das emotionale Erpressung, auf die Olivia gewöhnlich nur sehr ungerne zurückgriff, zumal sie zwei Jahrzehnte lang in ihrer Familie gegen diese dort übliche Praxis angekämpft hatte. Aber Maria musste einwilligen. «Dieses Paket nimmst du mit nach Mexiko», verfügte Olivia mit für sie ungewöhnlich tiefer Stimme. «Du nimmst die Truhe auf dem Schiff mit über den Atlantik und versteckst sie in der Ecke deiner Villa in Mexiko, wo sie am sichersten vor Feuer ist, vor Erdrutschen, vor plötzlichen Besuchen neugieriger Kinder – da, wo sie deiner Meinung nach am besten vor der Welt verborgen ist.» Maria war eine vernünftige Frau: Sie sah nicht ein, inwiefern eine Zugfahrt nach Bordeaux, gefolgt von einer Schiffsreise nach Veracruz und einer zweiten Zugfahrt bis Mexiko-Stadt die Bilder retten sollte, statt ihnen nur zu schaden. Ein Blick Olivias genügte allerdings, damit sie verstand, dass Vernunft gar nicht gefragt war. Sie nickte und ergriff die Hände ihrer Freundin. Die Truhe würde mitkommen nach Mexiko.

8

Meine Tante unterschätzte freilich die historische Bedeutung der Negative und damit die Gefahr für ihre Hüter. Wie alle kühnen Unterfangen gedieh auch dieses auf dem Boden der Naivität. Hätte Maria sich das Ausmaß ihres Vorhabens tatsächlich bewusst gemacht, hätte sie womöglich eine gewisse Fiebrigkeit an den Tag gelegt, denn ihr unbestreitbarer Aplomb kannte doch Grenzen. Zu oft und zu eng verkniffene Lippen, unruhige Hände und geweitete Pupillen hätten als verräterische Zeichen die Wolke des Verdachts genährt, die fortwährend über dem Kopf meines Onkels schwebte – und berufsbedingt auch über den Köpfen der Hafenpolizisten, die auf dem auslaufbereiten Überseedampfer die letzte Grenzlinie verkörperten. Misstrauisch beobachtete Ortega, der – wie immer – bereits sentimentale Heimlichkeiten witterte, seine Maria bei ihrer Ankunft in Bordeaux. War sie nicht wortkarger als üblich? Schweiften ihre Augen nicht unruhiger als früher über den Horizont? Maria, die seine prüfenden Blicke spürte, ließ ihn gewähren, noch benommen von der Abreise aus Lissabon am Vorabend und erst recht von der bereits fernen Erinnerung an Olivia, die sie in ein Tuch eingewickelt zum Abschied vor der Tür umarmt hatte, weil sie große Bahnsteigsrituale hasste. So dachte meine Tante beim Anblick jenes französischen Stücks Atlantik, der sich im Hafen von Bordeaux so zahm gab, wie sie ihn gar nicht kannte, kaum an die Negative. Schluss jetzt, betete sie nur. Hoffentlich legen wir bald ab, und es wird Nacht.

Eine kleine Schrecksekunde gab es für die Ortegas aber doch, bevor sie übers Promenadendeck flanieren durften. Der General hatte sich nicht verkneifen können, einige kubistische Gemälde mitzunehmen. Nur Originale selbstverständlich, darunter ein Picasso. Der Louvre hatte diesen Werken achtlos seinen Schutz verweigert und sie damit Opportunisten vom Schlage meines Onkels überlassen. Nach dem Krieg waren sämtliche Kubisten – die Werke wie die Künstler – in New York, und Paris war nicht mehr die Welthauptstadt der Kunst. Zurückerobern konnte es den Titel nie. Ortega plusterte sich mächtig auf, als es um Ausfuhrzölle und Notarsurkunden ging. Er sprach laut und mit dem Selbstvertrauen eines einflussreichen Mannes, baute darauf, dass es in diesem Land während des Kriegs – so wie in seinem Land im Frieden – reichte, wenn man nur etwas Eindruck machte. Ortegas edle Manschettenknöpfe und finsteren Blicke zeigten jedoch nur bedingt Wirkung auf die Beamten aus Bordeaux. Seine Hautfarbe, die große Nase und der seltsame Akzent veranlassten sie, dem Fehler, dem Verbrechen meines Onkels nachzuspüren, trotz seiner Drohungen, die hohen Herren des Hafens anzurufen und diese Taugenichtse, die Gott ihm in den Weg gestellt hatte, zur Verkehrsstreife nach Clermont-Ferrand, Châteauroux oder gleich auf die Insel nach Mayotte abkommandieren zu lassen. Während dieses Hin und Hers lagen ganz unten im Schminkkoffer meiner Tante die Negative unter einem Musselin, bedeckt von Lippenstiften, Nagellack und kleinen Perlmuttspiegeln. Der Koffer, der sie ursprünglich enthalten hatte, kam aus reinem Aberglauben auch mit auf die Reise, wenn auch gefüllt mit anderem Gepäck. Trotz dieser angesichts der Umstände ohnehin nur kleinen Hindernisse gingen mein Onkel und meine Tante schließlich mit ihren Schätzen an Bord.

Da zu jenen Zeiten ein Unglück das nächste jagte, dürften sich auf dem Schiff meines Onkels und meiner Tante damals bereits mehr Juden befunden haben als spanische Republikaner. Für Spanien war der Krieg im Jahre 1942 schon vorbei. Gerne male ich mir aus, dass Maria und Ortega auf dem Schiff Chim begegneten. «Oh, Sie sind doch der Freund von Olivia!», hätte Maria ausgerufen. «Sie fahren auch nach Mexiko?» Chim hätte einen Diener gemacht, die Hand auf dem Herzen und peinlich berührt von Ortegas stillem Groll, während Maria ihm ganz freundlich und natürlich vorgeschlagen hätte, er solle doch in Mexiko vorerst bei ihnen wohnen. Chim hätte noch immer dienernd abgelehnt, gebeugt wie ein Japaner, und sich rückwärts entfernt, bis er mit dem Hinterteil an die Tür stieß. Und Ortega hätte bis zum nächsten Frühstück schon aus Prinzip kein Wort gesprochen. Zu diesem Treffen kam es jedoch nie. Chim hatte zwar dieselbe Reise unternommen, aber ein paar Jahre vorher. Maria war auf diesem Schiff völlig allein. Sie sah zu, wie die Küste zum Verzweifeln langsam hinterm Horizont verschwand, und die Wucht ihrer Traurigkeit nahm ihr den Atem. Woher kam nur diese Überreiztheit, dieser Spleen?, fragte sie sich. Immerhin war sie weder Republikanerin noch Jüdin, da konnte sie doch froh sein. Und dennoch kamen ihr die Tränen, schnell und zahlreich. Wieso war ihr, als sterbe sie ein kleines bisschen, nur weil sie sich an ihren Schwur hielt? Welchen Sinn hatte in dieser Lage denn noch Pflicht? So plagte sich Maria, der es schien, als entgleite ihr der Boden, und ihr Herz ließe sie im Stich. Lissabon war ihr Zuhause. Lissabon war *sie*. Sie beschloss, sich nie mehr zu erholen, denn eine andere Wahl blieb ihr nicht übrig. Die Küste war verschwunden, und Maria zürnte sich selbst noch mehr. Ihr war, als hätte sie persönlich das Ufer fortgeschoben. Mein Onkel und meine Tante gingen nicht ins Exil, sondern kehrten zurück ins Mexiko der Vierziger. Die Hauptstadt glich damals einer Festung, deren Mauern eben eingestürzt waren. Eine verrückte Stadt, ganz nach dem Geschmack Ortegas. Sie zogen wieder in das alte Haus ein, gewöhnten sich erneut an die Gerüche, die Geräusche. Kampfer, Staub, Orangenbäume und natürlich die lärmenden Vögel. Meine Tante adoptierte eine neue Ziege, als Ersatz für Visitación, aus der die Nachbarn längst ein reichhaltiges Sonntagsmahl gemacht hatten. Von Maria auf den Namen Umm Kulthum getauft, zu Ehren der ägytischen Diva, die sie mit meinem Onkel in der Oper von Kairo erlebt hatte, verbrachte auch dieses Tier seine Tage unterm Mangobaum. Und meine Tante zwang sich, nicht an die Negative zu denken. Sie würde sie irgendwo verstauen, vergessen und irgendwann den Kindern hinterlassen, sofern sie einmal welche haben sollte. Ansonsten würde sie für immer schweigen.

9

Eins meiner liebsten Fotos meiner Tante zeigt sie bei der Rückkehr in die Calle Hipódromo, in Mexiko-Stadt, vor einem Stapel Koffer, der jeden Moment einzustürzen droht. Maria ist darauf noch dick gekleidet für die Seefahrt. Ihr nach Mode der Vierziger gewelltes Haar lugt elegant aus dem riesigen Mantel hervor. Sie blickt direkt ins Objektiv, wie ein Reh, das sich verkleidet hat als *pasionaria* – oder vielleicht auch umgekehrt. In ihren Augen liegt ein ungewohnter Schalk, der vermutlich meinem Onkel gilt, dem Fotografen, doch zugleich auch kommenden Generationen. Ortega mochte dieses Amüsement als gutes Omen aufgefasst haben: Nach der anstrengenden Überfahrt war seine Frau nun wieder guter Laune, war die gute Laune auch in ihren Haushalt zurückgekehrt. In Wahrheit aber, das sieht man dem Foto an, dachte Maria: Dich habe ich gründlich reingelegt, Ortega. Du hast mir übel mitgespielt, ich dir allerdings noch übler, und du wirst es nie erfahren.

Olivia Gutierrez

1

Die Olivia von 1936 war noch nicht die von 1940. Verändert hatten sich alle in diesen vier Jahren, doch Olivia war obendrein gealtert. In einem Brief an meine Tante vor deren Umzug nach Frankreich schrieb Olivia über 1936: «Dieses eine Jahr wiegt schwer wie hundert.» Als Medizinstudentin hatte die Vergänglichkeit des Fleisches sie noch nicht schockiert, doch das änderte sich im Laufe dieser Jahre, in denen sie Tausende von Menschen sterben sah. Diese Leichen hatten überhaupt nichts Schönes an sich, und auch nicht bloß ein rotes Loch auf der rechten Brust wie Rimbauds Schläfer im Tal. Da, wo alles hätte fest sein sollen, war stattdessen alles aufgerissen und offenbarte Zivilistenaugen das von moderner Medizin und Militär so wohlgehütete Geheimnis, wie leicht ein Mensch wie ein Stück Fleisch aussehen konnte, so wie bei den Sezierübungen in der Schule, bei denen die Mädchen zu Beginn noch angewidert aufschrien – nein, nie würden sie einer unschuldigen Maus den Bauch aufschlitzen –, eine Stunde später aber freudig das Häuflein kompliziert verbundener Organe betrachteten und jubelten, wenn sie in den Ischiasnerv schnitten und eine kleine Pfote zuckte.

Wie alle, die den Krieg nicht kannten, wusste Olivia vor ihrer Abreise aus Mexiko noch nicht, dass man in von ihm beherrschten Städten dennoch Alltag findet, quengelnde Kinder und Verkehrslärm. Die Jalousien der Geschäfte gehen morgens hoch wie anderswo, zumindest eine Weile lang, die einem vielleicht vorkommt wie ein oder zwei Jahre, bloß dass in vom Krieg beherrschten Städten alles langsam, aber sicher aus dem Leim geht, aus der Spur gerät, und die Gewissheit in der Luft liegt, dass es früher oder später schlimmer, ja unerträglich werden und jedenfalls ganz anders kommen wird, als man erwartet hat. Olivia wusste auch nicht, dass ein Krieg – so wie das Leben selbst – aus unberechenbaren Phasen besteht, die ohne klare Logik ineinander übergehen, und denen man Logik erst hinterher zuschreibt, weil man Zusammenhang und narrative Muster sucht, wo man, wenn man nicht so sehr daran hinge, in allem einen Sinn zu finden, auch einfach anerkennen könnte, dass es nichts gab als eine Folge von absurden Augenblicken. Das Wort «Trauma» war damals noch nicht sehr verbreitet, doch als Olivia 1938 ihr Gepäck in Lissabon abstellte, nach über achtzehn Monaten in Spanien, schlief sie ohne Licht schlecht ein. Überhaupt schlief sie nur schlecht, fürchtete die Rückkehr des vertrauten Donnergrollens, das einen trifft wie eine Faust ins Zwerchfell und den Körper ahnen lässt, wie es ist, von einer Granate zerfetzt zu werden.

Aber fangen wir am Anfang an, als Olivia die Gegenstände in ihrem Zimmer nachts noch nicht für die Schatten der Toten hielt. Von Puebla aus hatte sie im Radio die spanischen Wochen verfolgt, die vielleicht eine Revolution gebären würden. Damals war sie fünfundzwanzig. Emilio, Roberto, Enrique und Ruben rauchten den ganzen Juli über Zigaretten im Garten von Olivias Eltern, in Hörweite des Radios. Nach den Sommerferien stand ihnen das vierte Jahr ihres Medizinstudiums bevor. Olivias Eltern hatten sich damit abgefunden, dass ihre Tochter in ihrer Disziplin nicht viel Gelegenheit hatte, sich mit anderen jungen Frauen anzufreunden, weil es dort nämlich keine gab. Deshalb durfte sie nach Hause mitbringen, wen sie eben wollte. Die Freunde spekulierten laut darüber, wer von ihnen wohl den Mumm hätte, in den Schützengräben Spaniens den Helden zu spielen: Voll charmantem Trotz verkündete Olivia, sie wolle demnächst aufbrechen. Die anderen lachten. Nie würden ihre Eltern ihr gestatten, das Studium zu unterbrechen, das ihr eine für eine Frau im Mexiko der Dreißiger ganz außergewöhnliche Karriere versprach. Ohne jede Reue sollte Olivia später an Emilio, Roberto, Enrique und Ruben und den verpassten Semesteranfang im September 1936 zurückdenken, denn sie war, wo sie sein wollte, mit beiden Beinen in der Wirklichkeit. Ebenfalls ohne Wehmut sollte sie die Freunde noch viel später wiedersehen, als diese bereits Koryphäen ihrer Fächer waren, Spezialisten für Füße oder Milz, schmerbäuchig und verheiratet, zufrieden damit, zu leben, wo sie auf die Welt gekommen waren, und zu tun, was ihre Familien von ihnen erwartet hatten.

Ende August 1936 kam die Medizinstudentin in Spanien an, in einem Kriegsgebiet, von dem ihr niemand gesagt hatte, dass dort alle, auch die Guten, Mörder waren. Olivias Eltern war schließlich keine Wahl geblieben: Auch ohne ihre Hilfe hätte ihre Tochter die nötigen Mittel aufgetrieben, nach Spanien zu reisen, und statt ihr mit Hausarrest zu drohen oder sich trotzig von ihr abzuwenden, was den gefährlichsten Ideen

Tür und Tor geöffnet hätte, beschlossen sie, Olivia zu unterstützen. Überraschen wird das nur diejenigen, die keine dickköpfige Tochter zum einzigen Kind haben. Fürchterliche Szenen spielten sich im August zwischen der Veranda und Olivias altem Kinderzimmer mit den rosa Vorhängen ab, und bittere Tränen wurden vergossen am weichen, warmen Busen von Aïxa, der altgedienten Gouvernante der Gutierrez. Olivias Vater, ein auf Brückenbau spezialisierter Ingenieur, setzte sich dafür ein, dass Olivia bei ihrer Großtante im Dörfchen Baladero unterkam, in der irrtümlichen Annahme, die antirevolutionäre Haltung dieses Teils ihrer Familie würde auf die Tochter abfärben. Olivia war ein zartes, aber wohlgenährtes Pflänzchen, das ein bequemes Bett und gutes Essen wohl zu schätzen wusste, dachte sich ihr Vater, und die ersten Spritzer Blut auf dem Asphalt würden ihr mit Sicherheit gehörig Angst einjagen. Ihre Mutter war da nicht so optimistisch. Schließlich wusste sie genau, was für eine unerschrockene junge Frau sie zur Welt gebracht hatte. Hatte sie sich denn im ersten Präparierkurs nicht als Einzige nicht übergeben? War sie nicht verblüffend unempfindlich gegen die Gerüche, von denen ihre männlichen Kommilitonen klagten, sie würden sich noch in den Fasern ihrer Hemden festsetzen? Freilich war Ana Maria Gutierrez aber auch nur eine Mutter, und sie betete, dass ihre Tochter möglichst schnell wieder nach Hause käme. Doch dunkel ahnte sie, dass ihre Kleine, wenn sie sie eines Tages wiedersehen dürfe, ein ganz anderer Mensch sein würde.

Das Flugzeug war damals noch nicht das billige, mutmaßlich sichere Transportmittel von heute, und so nahm Olivia ein Schiff nach Portugal und dann den Zug in jenes Land, das seit Anfang Juli so viel von sich reden machte. Statt gleich das nächstgelegene Schlachtfeld anzusteuern, wie sie es gern getan hätte, begab sie sich, wie ihren Eltern versprochen, missmutig in das Dörfchen fern der Berge und des Meers im Baskenland, wo ein Teil ihrer Familie lebte. Trotz aller Abenteuerlust, ihre Eltern wollte die Olivia von 1936 lieber nicht verärgern. Baladero entsprach ziemlich genau dem, was sie sich unter Baladero vorgestellt hatte, und ihre Großtante Dolores ziemlich genau dem, was in Puebla über sie erzählt wurde. Um Dolores zu beschreiben, genügt es zu sagen, dass sie die Sorte Frau war, die ihre Katze mit einer rostigen Schere an den Napf rief. Sobald das metallische Klackern durch die Küche hallte, sauste das räudige, bösäugige Tier aus dem Garten herbei und stürzte sich auf die Sardinenreste. Während ihres zwei unendlich lange Wochen dauernden Aufenthalts im Dorf lernte Olivia außerdem einen Onkel und einen Cousin kennen, der eine Arzt, der andere Notar. Zwar waren die beiden weder Sohn noch Enkel der kinderlos gebliebenen Dolores, aber ähnlich sahen sie ihr trotzdem, so wie sich Verwandte eben ähnlich sehen in Dörfern, wo seit Jahrhunderten keine Fremden Fuß gefasst haben. Obwohl ihr Cousin Jorge sich anfangs gewisse Hoffnungen gemacht hatte, zwangsläufig sozusagen, denn der unerwartete Besuch einer Cousine von vertrauenswürdigem, aber doch exotischem Blut hätte leicht in eine Hochzeit münden können, verärgerten ihn doch bald schon ihre Arroganz, die Vehemenz, mit der sie anderen die Welt erklärte, und ihre Vorliebe für die Republikaner, von denen sie sprach wie ein kleines Mädchen über Elfen oder über die Bewohner eines Märchenlandes. Indem sie mit ihren Ansichten nicht hinterm Berg hielt – aus Ehrlichkeit, wie sie sich sagte –, hatte Olivia bald die ganze spanische Verwandtschaft gegen sich. Nur ihr Onkel Francisco hatte noch etwas übrig für die junge Frau, wie von einem Junggesellen um die fünfzig nicht anders zu erwarten. Er sah sie gern vorübergehen, sich das Haar zusammenbinden oder sich Essen in den Mund stecken. Sicher bot sie einen fesselnderen Anblick als Dolores, die aussah, als wäre sie schon mit Stirnfalten, strengem Dutt und fettstarrender Kittelschürze auf die Welt gekommen. Außerdem erinnerte Francisco sich, dass er vor zwanzig Jahren eine ähnliche Begeisterung für die Revolution in Russland aufgebracht hatte wie Olivia jetzt für die Aufwiegler in seinem Land. Das behielt er allerdings für sich.

Die Tage vergingen langsam wie die in der Kindheit, und wenn Olivia auf die große Landkarte blickte, die in der Scheune ihrer Tante, einer pensionierten Lehrerin, hing, ärgerte sie sich über ihre Dummheit. Dann, eines Tages, hörte sie von Klöstern, die medizinisches Personal anwarben. Ein Freund und Patient ihres Onkels sprach von diesen Klöstern in den Bergen, angewidert davon, dass Priester *seiner* Kirche sich den putschenden, von Franco angeführten Generälen widersetzten. Auch er hatte das strenge Aussehen und Benehmen eines Bären, so als hätten die Stürme, die das ganze Jahr durch die Region fegten, die Menschen dort nach ihrem Bild geformt, und nicht der Gott, an den sie glaubten. «Wenn ich einen Rebellenpriester haben wollte, wäre ich Protestant geworden!», sagte der Mann bei einer Partie Domino zu Francisco. Und dann lachten sie herzhaft, die Schufte, denn seit Spanien seine Juden und Muslime fortgejagt hatte, konnte man als Spanier nichts mehr sein außer katholisch. «In den Hügeln im Osten herrscht die reinste Anarchie», fuhr der Mann fort. «Offenbar haben die Pfaffen sogar ihr Kloster zum Lager für diesen verdammten Widerstand gemacht. Ständig werden

Leute zur Erschießung an die Kapellenwand gestellt! Die Speisesäle haben sie in Lazarette für ihre Verletzten umgebaut!» Diese Worte brachten Olivia wieder in Schwung: Jetzt wusste sie, wo ihr Schicksal sich bislang noch ohne sie abspielte. Sie packte ihre Sachen und kündigte ein wenig plötzlich an, sie wolle Baladero nun verlassen. Die hiesigen Gutierrez ihrerseits luden sie herzlich ein, sich doch gefälligst zu ihren geliebten Republikanern zu scheren, was Olivias Eltern ihnen nie verzeihen sollten. Ab jenem 25. August 1936, an dem Olivia das Dorf verließ, machte man sich dort über ihre Unverschämtheit lustig, und das bis zu Francos Tod im Jahre 1975, nach dem es etwas schwerer wurde, unter den spanischen Gutierrez noch überzeugte Nationalisten zu finden.

2

Ende August 1936 zog Olivia ostwärts durch die unter die Biskaya eingezwängte Landschaft, hinweg über die Hügel, die man dort vollmundig «die Berge» nannte. Aus all den Dörfern mit aztekenhaften Namen suchte sie sich das am weitesten von Baladero entfernte aus, um nur ja keinem Gutierrez zu begegnen. Später sollte quer durch dieses Dorf die Front verlaufen, an der die Nationalisten kämpften, um sich Asturien zurückzuholen, und die Republikaner, um es zu behalten, doch fürs Erste wütete der Krieg noch weit im Süden, drohend, aber unsichtbar. Olivia schlüpfte durch eine Straßensperre nach der anderen. Lächelnd präsentierte sie den Arztkoffer, und man ließ sie anstandslos passieren. Damals wie heute stießen alleinreisende Frauen bei Soldaten oft auf Sympathie, denn die Soldaten waren allesamt Männer und weit fort von ihren eigenen Frauen, so sie denn welche hatten. In Elgeta angekommen, fragte Olivia im Postamt nach dem Kloster. «Da oben», lautete die wenig überraschende Antwort, bei der ihr Gegenüber mit dem Kinn auf einen fernen Hügel deutete. Im Kloster nahm man sie so freudig auf, wie ein sakraler Ort und seine Bewohner das eben konnten: mit scheuer, weltabgewandter Herzlichkeit. Auch hier war sie die einzige Frau, die Mönche und sämtliche Verletzten waren Männer. Zum Schlafen wies man ihr eine helle, kühle Zelle zu, mit einem Bett und einem Tisch darin. Dort fühlte sie sich wohl und baute darauf, dass der über ihr wachende hölzerne Jesus dieselben Kräfte besaß wie der, der während ihrer Kindheit über ihrem Bett gehangen hatte. Ja, die Olivia von 1936 war ganz und gar nicht die von 1940.

Im Kloster war man überzeugt, der Himmel habe Olivia geschickt, als Gottesgabe für Elgeta und den Widerstand. Der Sommer war lang und hart gewesen. Gute Omen und Gebete waren bitter nötig, während man den Nachschub für die demokratischen Kräfte in der Gegend erwartete, der jeden Tag kommen musste, wie es unter den Mönchen hieß. Jeden Morgen versteckten zwei Mönche völlig selbstverständlich ein Gewehr unter der Kutte und brachten Olivia wie als Kirchenmänner getarnte Söldner ins Dorf. Dort verhandelte sie mit dem Apotheker, damit dieser seine Schränke öffnete und etwas spendete, mit dem sich die schlimmsten Schmerzen lindern ließen. Die Verwundeten wurden in einen Teil des Klosters gebracht, der damals noch nicht überfüllt war. Später würde man sie auf den umliegenden Wiesen betten, aus weißen Laken Zelte für sie bauen und beten, dass der Winter nicht zu früh käme. Im September allerdings hatte jeder noch einigermaßen Platz und konnte halbwegs anständig versorgt werden. Olivia, die erwartet hatte, Verwundete aus Schützengräben zu verarzten – denn so hatte man sich in Mexiko damals einen Krieg in Europa vorgestellt –, war erleichtert, dass man in dieser Gegend bloß Männer an die Wand stellte. Da ihre ersten Verwundeten nicht allzu schlimm waren, wurde sie ein wenig leichtsinnig und vergaß beinahe, wo sie sich befand. Erst nachdem man ihr einen kaum halbwüchsigen Jungen brachte, von einer Miliz in der Warteschlange vor der Bäckerei niedergeschossen worden war, weil sein großer Bruder sich den Republikanern angeschlossen hatte, Knie und Kiefer zerschmettert, die linke Lunge perforiert, die Augen vorstehend wie überreife Melonen, erst da wachte Olivia nachts oft schweißgebadet auf und griff, um besser einzuschlafen, zum klösterlichen Rotwein, der, wie es scherzhaft hieß, ein Pferd hätte betäuben können, und bei dem, wie Olivia erkannte, man sich am Tisch festhalten musste, wenn man ihn ganz austrinken wollte.

Im September zog der polnische Fotograf ins Kloster ein. Ein bleicher, wohlgenährter Mann mit hoher Stirn und dicken Lippen, in dessen Augen ein spöttisches Funkeln lag und der sich als «Chim» ansprechen ließ, da er zu Recht annahm, dass sich niemand seinen echten Namen würde merken können. Chim und Olivia fanden schnell Gefallen aneinander, und was soll man sagen, inmitten eines Haufens Geistlicher von gleicher Nationalität haben zwei Fremde aus dem Ausland eben ziemlich gute Chancen, sich einander anzunähern. Einige Wochen nach ihrer Ankunft in Elgeta schlug man Olivia vor, mit dem Rad in die umliegenden Dörfer zu fahren, um auch den Leuten dort zur Hand zu gehen, und Chim schloss sich ihr an. In jedem Dorf spielte sich dasselbe Schauspiel ab: Olivia stellte sich als Ärztin aus Mexiko vor, und die Männer überschlugen sich mit Komplimenten, bei denen sie nicht mit Ausrufezeichen geizten. Chim stand hinter ihr, stellte sich schüchtern auf Französisch vor, doch die Würfel waren längst gefallen: Mit Olivia wollten sie alle sprechen, auf sie richteten sich alle Blicke. Die *compañeros* wussten gut Bescheid über die Revolution in Mexiko, und sie waren dem – neben Russland – einzigen Land dankbar, das ihnen Waffen schickte. Olivia fühlte sich überall wohl und verstand sich mit allen. Die Spleens und Launen, die Chim von vielen Frauen ihres Alters kannte, waren ihr fremd. Sie sah den Leuten in die Augen und merkte sich ihre Vornamen, war jedermann sofort sympathisch. Sie erkundigte sich stets, ob jemand etwas brauchte – eine Decke, Wasser, Zitronenlikör, einen frischen Verband –, und diese Aufmerksamkeit, verbunden mit ihrem guten Gedächtnis, machte sie zu einer exzellenten Ärztin. Ein «einfaches Mädchen» war Olivia indessen nicht. Wie in allen Menschen fand sich auch in ihr so mancher Abgrund, nur wollte sie damit keinen belasten, niemanden als Krücke oder als Podest missbrauchen. Am meisten graute es ihr davor, irgendwen um einen Gefallen bitten zu müssen, was sich zu Kriegszeiten jedoch nur schwer vermeiden ließ.

Auf dem Fahrrad folgte Chim ihr über Feldwege. Sie sahen den Mond größer und roter werden, lachten über das Konzert einer einsamen Kröte am Wegesrand. Goldene Landschaften zogen vorbei, bescheiden, tausendjährig. Seit im Sommer die Männer fortgegangen waren, saßen die Dorffrauen in Schürzen auf den Stufen ihrer Häuser und unterhielten sich im Flüsterton, um die Dämonen nicht zu wecken. Nur von den Kirchenglocken, von denen es in jedem Dorf zumindest eine gab, wurden ihre Kränzchen hin und wieder unterbrochen. Selbst die Vögel schwiegen. Und schön war es dort. Die Quadersteine, die sandigen, ockerfarbenen Täler und die glänzend auf Pinien und Eukalyptusblättern liegende Sonne verliehen der Gegend eine leuchtende Anmut. Später sollte Olivia in der Phantasie hierher zurückkehren und sich Inspiration für ihre Werke holen. Es war, als würden die Menschen umso verbissener um einen Landstrich kämpfen, je schöner dieser war. Chim hatte so eine Art, auf den Himmel zu zeigen und dessen Lichtqualität zu analysieren: zu hart, wenn die Sonne am höchsten stand, sanft und warm am frühen Morgen und am Abend. Es war bei diesem Anblick des die Schatten ausmessenden Chim, dass Olivia sich in ihn verliebte. Wie hätte sie auch anders können, in diesem Krieg, in dem man sich so fühlte, als hielte man das Ohr beständig an ein riesenhaftes Stethoskop?

Von diesen Wochen bewahrte Olivia eine verklärte Erinnerung, die ihr allerdings vorkam wie das genaue Abbild eines vollkommenen Moments Vergangenheit. Ja, vollkommen waren diese Wochen, weil Chim ihr über diese Ockerpfade folgte und jeder Morgen das Versprechen barg, sich so lebendig zu fühlen, wie man es sonst nur viel zu selten tat. Deshalb konnte man auch meinen, die Toten und Verwundeten seien nicht umsonst gestorben und verwundet worden, sondern ihr Schicksal schreibe sich in einen Kampf ein, aus dem Spanien als angesehene europäische Republik hervorgehen würde. Man muss wohl selbst dabei gewesen sein, als in Spanien alles durcheinanderwirbelte wie der Plastikschnee in den Glaskugeln mit kleinen Eiffeltürmen, die man Touristen andreht, um zu glauben, dass es möglich war, sämtliche politischen, gesellschaftlichen, juristischen und moralischen Grundlagen einer so alten Nation mit bloßer Willenskraft in Stücke zu schlagen. Für Olivia war dieser Krieg auch eine Weise, die Revolution der Zapatisten nachzuleben. Selbst hatte sie daran nicht teilgenommen, denn während dieser «zehn tragischen Tage» war sie erst zwei gewesen. Dennoch schwor sie Stein und Bein, dass ihre frühesten Erinnerungen aus dem Jahr 1911 in Puebla stammten. Dass sie noch genau wusste, wie ihre Mutter einen Zapatisten mit einer Schusswunde am Knie zu Hause aufgenommen hatte, und, wie ihre Gouvernante Aïxa das Gesicht in einem Taschentuch vergrabend, vor dem Fenster weinte, von dem aus sie den Todeskampf eines jungen Carranzisten mit ansah. Wenn man diese Darstellung zu sehr in Zweifel zog, bestand Olivia sogar darauf, sie habe damals beschlossen, Ärztin zu werden, «um die Revolutionäre zu behandeln». Egal wie richtig oder falsch diese Erinnerungen jedoch sein mochten, sicher ist, dass Olivia – genau wie Maria – in einem Land aufgewachsen war, in dem man Diktatoren ins Exil jagte und Guerillas hin und wieder die Straßen besetzten. Dass sie in der Schule *corridos* gelernt hatte, Balladen zu Ehren von Zapata, deren Noten man freitags für einen Centavo auf dem Markt kaufen konnte. Und dass ihre Eltern, wie alle fortschrittlichen Angehörigen eines gewissen Teils der Mittelschicht, den «wahren Ausdruck des Volkswillens» priesen. Ihre Mutter kam vom Markt mit buntem Tand wieder, bot ihren Gästen mexikanische statt französischer Spezialitäten an und ließ für sich und ihre Tochter Kleider nach dem Vorbild traditioneller Trachten nähen. Ihr Vater nahm Olivia mit in die kleinen Straßentheater, die plötzlich der letzte Schrei unter Opernliebhabern waren, und sammelte mittelamerikanische Statuetten, die seiner Meinung nach die Seele Mexikos und ihr indianisches Erbe widerspiegelten. Hinzufügen muss man dieser knappen Skizze der Generation von Olivias Eltern noch die Arbeits- und Bodenreformen, die Cárdenas im April 1936 auf den Weg brachte, einige Monate vor Olivias Abreise aus Mexiko. Die junge Frau stammte also aus einem Land, in dem die Revolution nach zwanzig Jahren Kampf einen Linken an die Macht gebracht hatte, mit einer Vision für sein Land und den Mitteln, ihr Gestalt zu geben. Kaum vorstellbar, dass Olivia bei ihrem Aufbruch nach Spanien davon nicht inspiriert gewesen wäre.

Ende Oktober kam Chim zu dem Schluss, seine Arbeit in der Gegend sei fürs Erste getan, und er sprach darüber, nach Süden zu gehen. Von der Idee, Olivia könne ihn begleiten, hielt er jedoch nicht viel. Sie habe hier doch ihren Platz, sagte er ihr eines Abends, während er in Blumentöpfen seinen Film entwickelte, und außerdem zeige sich der Krieg in diesen Käffern immerhin nicht von der schlimmsten Seite. Wenn sie nur schön im Baskenland bliebe, so beharrte er, während er die Abzüge an der Wäscheleine befestigte, würde sie nicht verroht und traumatisiert nach Hause fahren. Madrid wäre ganz anders, wäre schrecklich, endete er in überspitztem Kreischen und bemühte für den Anlass seinen besten polnischen Akzent. Olivia beurteilte die Lage zwar genau wie Chim, zog jedoch die umgekehrten Schlüsse. In Madrid spiele sich alles ab, gab sie zur Antwort. Wenn sie nicht in der brennenden Hauptstadt praktizierte, wäre es, als hätte sie Spanien nie betreten. Auf keinen Fall würde sie im Norden Fleischwunden kauterisieren – auch 1936 beherrschte Olivia schon die Kunst des Euphemis-

mus –, während Chim und die anderen die Barrikaden stürm-
ten und den Bomben trotzten. Die baskischen Dörfer hatten
mit den großen Städten nichts gemein, gab Chim ungeduldig
zurück. In den einen herrschte Stille, in den anderen Don-
nerhall und Schreie. Wollte sie das etwa hören? Diese Schreie?
Ganz verstand Olivia die weisen Worte jedoch erst, als Chim
und sie Anfang November 1936 in der Hauptstadt eintrafen.

3

Ich selbst habe Madrid in schöner Erinnerung von einem Aufenthalt mit meiner Exfrau Mireille, bevor wir hinabfuhren
nach Andalusien, als Liebespaar, das einen passenden Rahmen
für seine Gefühle suchte – oder die Gefühle durch den Rahmen
aufzuwerten hoffte, da bin ich mir nicht ganz sicher. Wie man
sich denken kann, fanden Olivia und Chim im November 1936
ein völlig anderes Madrid vor. Neulinge kamen wöchentlich
in Scharen an, und obschon die beiden recht bald Anschluss
fanden, mussten sie doch erst die schwere Anfangszeit durch-
stehen, in der alle anderen einander kannten, man selber
aber niemanden. Am ersten Abend nahmen sie ein Zimmer
in einem Hotel zwischen Nordbahnhof und Palacio Nacional,
das jemand Chim empfohlen hatte. Die anderen Gäste waren
zur Hälfte Journalisten, zur Hälfte Fotografen. Alle außer
Chim sprachen laut in den verschiedensten Sprachen und
fielen sich gegenseitig virtuos ins Wort. «Was hat Spanien auf
Seite sechs von diesem Käseblatt verloren?» «Du weißt genau,
dass Léon Blum bloß niesen muss, damit man ihn ins Pano-
rama abschiebt.» «Diese Trottel haben meinem Artikel schon

wieder jeden heilen Zahn gezogen!» «Komm, ich geb dir einen aus. Auf die heilen Zähne des Journalismus!» «Verlangt man von Ministern denn Objektivität? Oder von Bäckern? Warum also von Journalisten?» «Er *behauptet*, er sei da gewesen, als die Granate einschlug, aber Juan sagt – und du kennst ja Juan, genauer als der nimmt's keiner –, also Juan sagt, dass er um elf Uhr noch im Bett lag und dass er selbst ihn aufgeweckt hat, um ihm ein Telegramm aus Paris zu übergeben, also kann die Granate doch wohl kaum ...» Olivia war hungrig und müde, aber um sie herum wirkten alle hellwach. Diese Leute lebten von Whisky, Zigaretten und Geschichten, und Olivia würde sicherlich nicht gähnen wie ein kleines Kind, während die anderen zeterten, weil die Front mit jedem Tag ein Stückchen näher kam – seit gestern Abend war sie nur noch anderthalb Kilometer vom Hotel entfernt! –, und überlegten, mitten in der Nacht noch einmal nachzusehen, wie sich die Lage in der Nähe der Universität entwickelte. Man muss sich die brüchige Stimme von Vera vorstellen, der Fotografin aus Südafrika, mit der Olivia sich später anfreundete. Die bissige Ironie des britischen Korrespondenten Alan, der sogar Chim zum Lächeln brachte. Die Szenen, die Herbert am Telefon der Abendredaktion der von katholischen Extremisten geführten *New York Times* machte, die aus seinen Artikeln alles tilgten, was sie für republikanische Propaganda hielten. Auch hier fand sich die allen Gruppen eigene soziale Hierarchie: Einerseits Hemingway und Capa im Savoy, andererseits die weniger bekannten Kollegen. Pünktlich wie zu einem Staatsakt waren alle da. Und es waren viele: Dichter und Wahrheitssucher, die aus nächster Nähe dieses unbeschreibliche Etwas hatten sehen wollen, das im Spanischen Bürgerkrieg auf dem Spiel stand, dieses Etwas, das mit Würde zu tun hatte und mit Unschuld, mit der moralischen Größe Europas und mit etwas noch viel Höherem, Ungreifbarem – mit Gnade. Kluge Geister nannten den Spanischen Bürgerkrieg eine Weile lang den «Krieg der Schriftsteller». Und tatsächlich, von den Tausenden Europäern und Amerikanern, die gekommen waren, um sich den Internationalen Brigaden anzuschließen, schrieben einige tausend an Romanen oder Memoiren, sodass die Toten und Granaten dieses Kriegs bereits in Worte verwandelt worden waren, bevor Franco ihn gewonnen hatte. Laut mancher Stimmen waren diese Schriftsteller es überdrüssig, dass extreme Ideologien auf dem Kontinent aufbrodelten wie eine zu lang auf dem Herd stehende Suppe. Als dann einer der ihren, der Dichter Federico García Lorca, dessen Namen sie sich alsbald auf die Fahnen schrieben, am 19. August 1936 erschossen wurde, brachen sie auf, um die Republikaner zu unterstützen und dabei zugleich ihrer eigenen Idee Leben einzuhauchen: der Idee, dass es noch möglich sei, Europa vor der Selbstzerstörung zu bewahren. Ich selbst habe aus Überdruss bedeutend Unbedeutenderes getan, als in einen Krieg um meine Vorstellung von Wahrheit zu ziehen. Man musste dafür schon verdammt von dieser Wahrheit überzeugt sein. Die, die manchmal als das «Who is who» des Bürgerkriegs verspottet wurden, fuhren nicht dorthin, weil es gerade «in» war, sie suchten Nervenkitzel und einen Grund zur Hoffnung. Entsprechend der statistischen Gesetze des Krieges mussten viele hinfahren, damit einige lebendig wiederkommen und davon erzählen konnten, über die Lügen und Hochspannungszäune hinaus.

4

Rückblickend ist die Überheblichkeit der Verlierer doch einfach immer lächerlich. Ich sage «Verlierer», weil ich betonen möchte, dass während ein oder zwei Monaten die Nationalisten die Verlierer waren. Ich bin kein Historiker, doch ein wenig amüsant finde ich es schon, dass die nationalistischen Generäle zu Beginn des Herbsts noch glaubten, sie könnten Madrid so leicht erobern, wie man ein Messer in die Butter steckt. Daraus wurde aber nichts. Zumindest nicht in diesem Herbst. Amüsant ist auch, wie die Diplomaten nach der Zerschlagung des Widerstandes in Toledo in ihren Telegrammen bibbernd die unvermeidliche Eroberung der Hauptstadt erwarteten, zu der es gar nicht kam. Vorerst. Anfang November verfügten die Republikaner in Madrid weder über Ausrüstung noch Lebensmittel oder Luftabwehr. Zwar schickte Moskau erste Flugzeuge, doch niemand in den revolutionären Komitees wusste mit ihnen etwas anzufangen. Der Optimismus der Deutschen und Nationalisten, die hofften, zum Kolumbus-Tag am 12. Oktober in Madrid zu sein, war also verständlich. Doch es gibt Dinge, die kann nicht einmal ein deutscher General vorhersehen, Dinge, bei denen, wenn ich das sagen darf, sogar ein Atheist versucht sein könnte, Gottes Hand am Werk zu sehen, Dinge, ohne die, so würde ich hinzufügen, der Spanische Bürgerkrieg nichts gewesen wäre als ein Brei aus Idealen. Die Offiziere der Artillerieeinheiten konnten nicht vorhersehen, dass ausgerechnet jener von ihnen das Pech hatte zu sterben, der den säuberlich gefalteten Einsatzbefehl fünfzehn in der linken Brusttasche trug, der detailliert die für den 7. November geplante Großoffensive aufschlüsselte. Dass diese Offensive wegen schlechten Wetters aufgeschoben werden musste. Dass der Bursche, der den Einsatzbefehl fand, ihn seinem General gab, einem gewitzten Russen, der mit einer Verschiebung der Operation in die nahe Zukunft rechnete und seine Truppen entsprechend der nun bekannten Absichten des Feindes aufstellte. Dass dieser Clou den Republikanern schließlich einen Monat Aufschub verschaffte und die Nationalisten an Weihnachten Madrid noch immer nicht betreten haben würden.

Ich beginne meine Erzählung von Madrid mit dieser Geschichte aus Madrid, um mir etwas Balsam für die Seele zu gönnen, denn der Rest ist gar nicht angenehm. Der Rest ist nur ein langer Untergang, beherrscht von Schneid und einer Prise Unausweichlichkeit. Doch wie in der Mathematik zählt auch in der Geschichte nicht das Ziel, sondern der Weg, sonst ginge alles auf im Schmelztiegel des Relativismus: «Am Ende sollten sie ja ohnehin verlieren.» Aufgrund meiner Vorliebe für «Loser», wie man sie in der Heimat meines Vaters nennt, bin ich geneigt, mich der die Republikaner zu Helden verklärenden romantischen Maschinerie zu unterwerfen. Dieser heute noch bei jeder Erwähnung des Spanischen Bürgerkriegs aufblühende Romantizismus ist jedoch nichts im Vergleich zu der stürmischen Begeisterung, die Madrid Ende 1936 allenthalben auslöste. Man muss sich eine Stadt vorstellen, in die Revolutionäre und Journalisten aus allen Winkeln Europas strömten, mit klopfendem Herzen unter dem einzigen Hemd. Am 8. November, dem Jahrestag der Oktoberrevolution, fand auf der Gran Vía eine Parade statt, und die Madrilenen schrien: «¡Vivan los Rusos!» Die Madrider Kinos zeigten *Panzerkreuzer Potemkin* und *Wir aus Kronstadt*. Und nun? Statt die Russen auf den Straßen Madrids im Jahre 1936 zu zählen wie in schwarzweißen Wimmelbildern, frage ich mich eher: Wie nur kamen die europäischen Demokratien auf die schwachsinnige Idee, es würde ihnen helfen, ihren Nachbarn untergehen zu lassen? Hat diese Strategie sich jemals bewährt? Aber zurück zu Olivia.

5

Tagsüber versorgte Olivia die von den Krankenwagen gebrachten Verwundeten. Blutige Fuhren, die in umgekehrter Reihenfolge behandelt werden mussten als zu Friedenszeiten in jeder Klinik üblich: die am leichtesten verwundeten zuerst. War ein Schwung abgefertigt, landeten zehn weitere Patienten auf den OP-Tischen, die man jedoch nur der Form halber so nannte, denn die darauf vorgenommenen Eingriffe ohne Strom, Laken, Transfusion oder Narkose hatten mit einer richtigen Operation nicht viel gemein. Wie Sisyphos, nur ohne Abstieg. Nachts, wenn der Beschuss von der Abendessenszeit, zu der längst nicht mehr gegessen wurde, bis zum Morgengrauen aussetzte und die Stadt durchatmen konnte, half Olivia dabei, in der Dunkelheit Verwundete zu suchen. Das einzige Licht spendeten die aus gerade bombardierten Häusern schlagenden Flammen und die Stablampen der Sanitäter, die wie Inselleuchttürme hinausstrahlten auf einen Ozean aus Sterbenden. Man darf wohl davon ausgehen, dass Chim, um sich nützlich zu fühlen, Olivia auf ihren nächtlichen Runden ab und zu begleitete, wie Männer es mit Frauen, die sie lieben, eben tun, in der Hoffnung, ihre bloße Gegenwart behüte ihre Auserwählte vor Gefahr. Fotografiert hat er dabei bestimmt nicht, und zwar aus einem ganz einfachen Grund: Es war zu dunkel. Später sollten diese Nächte Olivias Bilder inspirieren, doch die Fakten erscheinen darin derart sublimiert und indirekt, dass ich nicht umhinkann zu bedauern, dass Olivia – anders als der Journalist Louis Delaprée – kein Tagebuch geführt hat, das uns einen genaueren Eindruck von diesem gefährlichen Leben vermittelt hätte.

Dann verlor Olivia ihre Hand. Grausam detailliert erinnerte sie sich später noch an diesen verfluchten Tag. Unter anderen Umständen hätte man ihre Linke wohl gerettet, aber die Umstände waren nun einmal nicht anders. Eine Verwundung in Madrid zog allerlei Entsetzliches nach sich, das wusste Olivia besser als jede andere. Der Tag begann in trügerischer Ruhe. Ein Dienstag, eigentlich zu schön für sinnlose Gewalt. In den frühen Morgenstunden herrschte Waffenruhe; auch die Gegenseite musste sich mal ausruhen, um hinterher noch schärfer zu schießen und den noch immer unversehrten Enthusiasmus endlich auszumerzen. Olivia wusste nicht, ob die Nationalisten und Republikaner diese Pause abgesprochen hatten. Offiziell bestimmt nicht, aber vielleicht doch in Form irgendeiner Übereinkunft, die die regelmäßige Ruhe zwischen zwei und sechs Uhr morgens erklärte. Manche behaupteten das wenigstens, und Olivia fand es nicht abwegig, zumal Madrid dem Konflikt von Anfang an seine eigenen Regeln auferlegt, einen eigenen Rahmen gesetzt hatte. Das waren Olivias Gedanken, als sie an diesem herrlichen Morgen um sieben Uhr im Hotel am Bahnhof das mit Chim geteilte Zimmer verließ. Chim trank in der Lobby bereits einen Kaffee, umstrahlt von seiner einzelgängerischen Ruhe und dem unschuldigen Morgenlicht, unbeeindruckt von der Kälte und das Hemd erstaunlich faltenfrei. Im Krieg entwickelt jeder seine eigenen Manien, und die von Chim bestand im Tragen ordentlich gebügelter Hemden. Wenn es keinen Strom gab, breitete er sie auf dem Schreibtisch im Zimmer aus und platzierte darauf zwei dicke spanische Wörterbücher, die er in der Lobby gefunden hatte, wo sie in diesen Tagen keinem fehlten. Kaum floss wieder Strom, sah man ihn zur Bügelstube gegenüber hasten, ohne Rücksicht auf die Heckenschützen, und lustig war das nur, weil Chim dabei niemals etwas passierte.

Olivia hatte die Schwäche, Kälte nicht gut zu vertragen. In einem grobmaschigen Pullover und eingewickelt in zwei Halstücher, deren Pailletten in der aufgrund einiger fehlender Fensterscheiben noch kälteren Luft der Lobby klirrten, tauchte sie an jenem Februarmorgen 1937 unten auf, hauchte sich wärmend in die Hände und legte diese dann um die große Schale *café con leche*, mit der sie gerne ihren Tag begann. Später würde sie sich erinnern, wie Chim sie durch die Rauchschwaden seiner Gauloises anlächelte, und an das *bocadillo*, das der Kellner ihr wie jeden Morgen hinstellte, ein Ritual, das angesichts der Lage fast an Zauberei grenzte, zumal es diesem kleinen Mann mit der krächzenden Stimme gelang, in einer Stadt, in der es mehr Trümmer gab als geöffnete Bäckereien, genügend Käse aufzutreiben, um damit ein Brötchen zu belegen und es ihr auf einem Teller mit Papierserviette zu servieren. Das Glück, das Chim und sie bislang gehabt hatten, kam Olivia weder unverschämt noch überirdisch vor. Wäre sie nicht überzeugt gewesen, dass ihr nichts Schlimmes widerfahren würde, ihr Herz wäre im Eiswasser der Angst ertrunken. Woher sie diese Überzeugung nahm? Das ist eine gute Frage. Die anfangs vage, vorsichtige Sicherheit gewann mit jedem Tag an Stärke, den Chim und sie am Leben blieben. Je mehr solcher Tage vergingen, desto offenbarer wurde ihre Unverwundbarkeit, wurde sie ihr zu einer Rüstung, die alle Sorgen so gut abhielt, dass sie an diesem Februardienstag den Ausdruck «Glück gehabt» schon ganz aus ihrem Wortschatz verbannt hatte. Olivia hatte sich nicht waschen können, bevor sie sich zu Chim gesellte, denn im Hotel gab es kein Wasser. Manchmal tagelang nicht. Bei dieser Kälte machte ihr das nicht viel aus. Im Sommer, da müsste man schon etwas Galgenhumor aufbringen, um aus verschwitzter Bettwäsche zu steigen und den Tag ohne frisches Wasser für den Hals zu beginnen und für all die anderen feuchten Körperstellen, die wie lauter kleine Dschungel röchen – das dachte Olivia an jenem Vormittag, während sie ihr *bocadillo* aß und zusah, wie Chim sich über das goldene Morgenlicht freute. Damals ahnte sie noch nicht, dass sie den Sommer in Madrid nicht mehr erleben würde. Ohne das Bombardement, das sie an jenem Tag erwartete, wäre sie vermutlich in der Stadt geblieben. Wäre sie dort wohl gestorben, wie vier Monate später ihr Kollege Peter? Das Schicksal des Koffers wäre jedenfalls ein anderes gewesen – was mich betrifft, ist das die einzige Gewissheit.

Seit Olivias Abreise nach Spanien waren ihre Angehörigen besessen von dem Gedanken, sie könne dort ums Leben kommen. Da Olivia diese Möglichkeit nicht ernsthaft in Erwägung zog, ja andernfalls gar nicht gefahren wäre, zumal sie ganz entgegen dem, was offenbar alle um sie herum glaubten, keineswegs verrückt war, gingen ihr die aufgeregten Ratschläge gewaltig auf die Nerven. «Pass gut auf dich auf.» «Sei vorsichtig.» «Wir beten für dich.» Sie war nicht nach Spanien gefahren, um zu sterben, sondern um Leben zu retten, die ohne sie einfach verflogen wären wie ein Seufzer im blauen Himmel. Sie war gekommen, um den Tod in seine Schranken zu verweisen, ihm zu sagen: Nicht so schnell, mein Lieber! Das ist der Traum von allen, die den Arztberuf ergreifen. Wer ihn nicht träumt, der macht etwas anderes, pflanzt Karotten oder malt. War das den Leuten denn nicht klar, die ihr diese Ratschläge mitgaben? Olivia wusste es nicht. Was sie wusste, war, dass man im Krieg nur selten starb, weil man nicht auf sich aufpasste. Das dachte sie am Morgen jenes Tages, an dem sie ihre linke Hand verlieren sollte.

In genau dieser Reihenfolge waren da erst der Lärm, dann die Dunkelheit, und schließlich der Augenblick, in dem sie wieder zu Bewusstsein kam, jenseits der Raumzeit, die sonst von Menschen um einen herum markiert wird, und von anderen Zeichen der fortschreitenden Zeit wie Uhren oder dem Lauf der Sonne. Olivia erinnerte sich später, dass es stickig roch – wie unter einer warmen Decke, nur nicht so gemütlich. Dass das Krankenhaus beschossen wurde, hatte sie begriffen, noch bevor die Granate die Mauer und alles dahinter in die Luft gejagt hatte – sie selbst, drei Ärzte, zwölf Krankenschwestern und sechsundvierzig Patienten. Es war dieses Pfeifen, an das sie sich noch später gut erinnerte und das sie noch lange auf der Straße zusammenzucken ließ, wann immer irgendein Geräusch der Stadt eine ähnliche Frequenz erreichte. Das Pfeifen *vor* dem Einschlag. Das *sich ereignende* Ereignis. Die verräterische Geschwindigkeit dieses Objekts von unabänderlicher Macht. Ohne etwas zu sehen, ohne auch nur den Kopf drehen zu können, spürte Olivia, dass ein Berg von Steinen auf ihr lag. So klar im Kopf war sie sogar, dass sie sich fragte: Wie viele Meter? Wie viele Meter trennten sie von der kalten Luft, über die sie zwei Stunden zuvor in der Hotellobby geklagt hatte? Von der Antwort hing ihr Überleben ab. Auch konnte sie ihren linken Arm nicht bewegen. Die Beine schon, genug, damit sie schmerzten, doch sie fürchtete, dadurch den Trümmerberg über ihr einstürzen zu lassen. Ein mütterliches «Zappel nicht» stieg aus ihrer Kindheit auf und brachte sie zum Lachen, das ihr jedoch gleich in der Kehle steckenblieb. Nervöse Unruhe ergriff sie. Sie hatte Angst, dachte jedoch keinen Augenblick darüber nach, was Chim oder ihre Eltern von ihrem Unglück halten würden – vielleicht ein Zeichen dafür, dass es ihr so weit ganz gutging.

Und tatsächlich, gestorben ist sie nicht. Gestorben bin ich nicht, würde sie später denken, mehrere Wochen danach, im Überschwang berauschter Abende, an denen dennoch der Phantomschmerz und die düsteren Gedanken an ihr zerrten wie ein Hund. So viele Meter trennten sie am Ende nicht vom freien Himmel, und sie hatte nie zuvor im Leben so gerne gefroren. Man wickelte sie in eine Decke ein und legte sie auf die Rückbank eines Autos wie ein gestohlenes Möbelstück. Gesichter mit lächelnden Mündern und panischen Augen tauchten vor ihr auf. Sie fragten sie nach ihrem Namen und wie sie sich fühlte. Ihre Kollegen waren das nicht. Ihr ging auf, dass die vermutlich im selben Zustand wie sie waren, da ja das ganze Krankenhaus, *ihr* Krankenhaus beschossen worden war. Erfolgreich redete Olivia sich ein, dass nicht alle tot waren. Wenn sie es geschafft hatte, warum nicht auch die anderen? Später würde man ihr erklären, sie habe das Glück gehabt, zum Zeitpunkt des Einschlags in einer Ecke zu stehen, weshalb sie weniger von den einstürzenden Wänden und oberen Stockwerken abbekommen habe. Das Gerüttel des Autos verursachte ihr unerhörte Schmerzen überall im Körper, so, als müsste umgehend bestätigt werden, dass all ihre Nervenbahnen noch intakt waren. Wäre sie imstande gewesen zu sprechen, sie hätte verlangt, dass man sie mit einem chloroformgetränkten Wattebausch knebelt, um sie fortzubringen in eine wolkige Welt ganz ohne Explosionen. Leider war sie jedoch bei Bewusstsein, als zum ersten Mal das Wort «Amputation» fiel. Auch Mediziner verweigern sich der Wirklichkeit nicht weniger als andere Patienten. So bezog Olivia das Wort «Amputation» gar nicht auf sich, obwohl sie die einzige Patientin in dem Raum war, den sie übrigens nicht erkannte. Erst als sie Peter sah, begriff sie – Peter, von seinen Kollegen liebevoll «die Schneiderin» genannt, der junge Brite, liebenswert und ungeschickt mit Worten, aber furchtlos mit Skalpell und Nadeln. Er sah Olivia mit einem Blick an, bei dem ihm tiefes Karmesinrot in die hohlen Wangen schoss, hohl wie die eines jungen Manns, der länger keine warme Mahlzeit mehr gegessen hatte. In knappen Worten erklärte er die Lage. Olivia hörte nichts als: «Es ist deine linke Hand.» Wollte auch er ihr etwa sagen, dass sie Glück gehabt hatte? Wäre es nicht eher Glück gewesen, an diesem Vormittag wie Peter keinen Dienst gehabt zu haben? Wo hatte er eigentlich gesteckt? Im Krankenhaus herrschte chronischer Mangel an zwei Dingen: Blut und Anästhetika. Olivia schloss die Augen und ließ es über sich ergehen. Der Eingriff war um vieles hässlicher als das bloße Wort «Amputation».

Auf den Schock, den Schmerz und den Verlust folgten die Ratschläge. Als glaubten ihre Mitmenschen, man habe ihr das Hirn amputiert und nicht die Hand. Voll kränkendem Nachdruck riet man ihr: «Geh nach Hause», und fragte, ob sie ihre

Eltern angerufen habe. Alle außer Chim, natürlich. Falls Chim entsetzt war, behielt er es für sich; falls er dachte, er habe sie doch gewarnt, sie solle nicht nach Madrid mitkommen, sagte er es nicht; falls er es für idiotisch hielt, in einer belagerten Stadt zu bleiben, wenn man sich besser ausgiebig erholen sollte, verkniff er sich missbilligende Blicke. Stattdessen umhegte er sie wie eine Mutter und setzte keinen Fuß mehr vor die Tür ihres Hotelzimmers. Sosehr Olivia ihm auch versicherte, dass sie nicht aus Zucker war, dass sie eine Hand verloren hatte, weil ein ganzes Haus über ihr eingestürzt, nicht, weil sie aus dem Bett gefallen war, und dass sie, wenn sie das schon überlebt hatte, doch wohl auch alles andere überstehen würde, Chim rührte sich trotzdem nicht vom Fenster, wo er von früh bis spät nervös rauchend den Himmel im Auge behielt, als wollte er eine neuerliche Katastrophe verhüten. Nach zwei Wochen Zurückgezogenheit gab Olivia schließlich nach, zumal sie doch befürchtete, Schlaf- und Wassermangel wären nicht sehr förderlich für die Heilung dessen, was sie noch immer nicht ohne Verband betrachten konnte und immer nur als «meine abgeschnittene Hand» bezeichnete. Sie kehrte zurück nach Elgeta, ins Kloster auf dem Hügel, alleine diesmal. Dort war sie nun erst recht willkommen. Seit ihrer Abreise hatte das Kloster sich gefüllt. Die Verwundeten schliefen im Freien, unter von den Frauen aus dem Dorf gespendeten Decken und dem mondlosen Himmel. Olivia bekam eine eigene Zelle, damit sie schnell wieder auf die Beine käme – zwei der Mönche teilten sich dafür eine andere. «Das Arztzimmer», so sagten sie. Als Olivia das hörte, konnte sie kaum an sich halten, durch den ganzen Flur zu brüllen. Wenn sie nun keine Ärztin mehr sein konnte, was sollte dann bloß aus ihr werden?

Nachts, wenn sie nicht schlafen konnte, ging sie hinaus aus dem Kloster und hinauf auf den Hügel, wo sie auf dem kalten Boden kniend mit ausgestreckten Armen inbrünstig dem Himmel dankte. Es war, als wäre ihr Glaube durch die Prüfung nur gewachsen. Das mag zwar nicht erstaunlich sein, kommt unter Überlebenden sogar häufig vor, doch für Olivia war es etwas Neues, zugleich beunruhigend und angenehm, ein bisschen wie der Anfang einer neuen Liebe. Dunkel ahnte sie, dass der Abschied von Madrid ihr unendlich viel schwerer gefallen wäre ohne den Trost, sich nun auf ewig mit dem spanischen Boden verbunden zu wissen, der ihre Hand verschlungen und ihr Blut getrunken hatte. Unversehrt zurückzukehren, wäre unerträglich gewesen. Wo hätte sie den Platz für alles finden sollen, was sie dort gelassen hatte? Der Himmel hatte ihr ein Geschenk gemacht. Wenn sie sich später nach Spanien sehnen würde, würde sie ihre verlorene Hand ansehen und sich daran erinnern, dass sie dieses Land geliebt hatte wie niemals irgendeinen Menschen.

6

Zwischen den Klostermauern tat Olivia dann auch die ersten Schritte in einer der einzigartigsten künstlerischen Laufbahnen von ganz Südamerika. Die Verbindung ihrer Werke mit dem Kloster wird keinen überraschen, der einmal eine Kirche in Italien besucht hat. Zuerst machte Olivia sich über die Teller her, verzierte sie mit geflügelten Totenschädeln und stellte sie zum Trocknen in die Sonne, draußen auf dem großen Holztisch im Hof. Dann, nachdem einige weniger aufgeschlossene Klosterbewohner sich an zuständiger Stelle beschwert hatten, und das, obwohl unter diesen Umständen eigentlich jede Ablenkung willkommen war, gab Olivia die Teller zurück. Niemand wagte, sie zu übermalen, doch auch essen wollte keiner mehr davon. Ungerührt von diesem Rückschlag machte sie sich nun daran, ein Fresko auf diejenige der vier Klosterwände zu malen, die den wenigsten Blicken ausgesetzt war. Die Nörgler störte das nicht so wie bei den Tellern, denn um das Bild zu sehen, das Olivias erstes Mosaikfresko werden sollte, musste man von Stein zu Stein springend den abschüssigsten Hang des Hügels hinabsteigen, wozu nicht jeder in der Lage war.

Mehrere Monate lang dachte Olivia darüber nach, zu gehen, ohne dass es ihr jedoch gelang, sich von der monotonen Klosterwelt loszureißen. In dieser Wartezeit, in der jeder Tag ein wenig finsterer aussah als der davor und die Fronten immer näher kamen, fühlte Olivia sich wohl wie ein Fisch in einem warmen Tümpel, in dem der Sauerstoff knapp wird. Im Grunde quälte sie weniger die Frage, *ob* sie gehen, als *wohin* sie gehen sollte, wenn sie schließlich fortmusste. Indem der Krieg sich Elgeta näherte, tat er ihr einen letzten Dienst. Das Dorf wurde evakuiert, und mit ihm auch das Kloster, mit Ausnahme von ein paar halsstarrigen Mönchen. Olivia staunte, wie gelassen sie ihre Sachen in ihren kleinen Koffer packte. Sie hatte sich gut vorbereitet. *Be it. Vale. Certo. Maalesh.* Dann würde sie eben woanders hingehen. Eine andere Umgebung, andere Menschen, andere Gespräche, aber ändern würde sich nichts. Was sie Zuhause nannte, war weder eine Region noch ein Staat, eine Grenze oder eine Hauptstadt – es war die Stelle unter ihrem Zwerchfell, ihr Schwerpunkt mitten im Bauch, der ihr, wann immer sie es nötig hatte vor einer neuen Abreise, zuflüsterte: «Du kannst alles.» Ohne echte Absicht kehrte sie auf demselben Weg zurück, auf dem sie vor beinahe zwei Jahren gekommen war (zwei Jahre nur!), und fand sich in Lissabon wieder, am Meer. «Du kannst alles», flüsterte die Stimme in ihrem Bauch, und mit diesen drei Worten als Sprungbrett beschloss Olivia, nicht nach Mexiko zurückzukehren.

Chim

1

Chim hatte sich einen Namen in den kommunistischen Zeitungen von Paris gemacht, in den Tagen des *Front populaire*, als man in der Hauptstadt Frankreichs noch fünfundvierzigtausend Maler zählte und auf den Linienbussen Schilder prangten, die für die Abwertung des Franc warben. Die Armut grassierte damals in Paris, und die Straßenhändler waren ihre lebende Verkörperung. Marktschreier, Maronenverkäufer, Schuhputzer, Gasflaschenlieferanten. Häufig wurden die Geschäfte zwischen Bürgersteig und Fenster abgewickelt, und die Amerikaner, die der Kunst wegen herbeigeströmt waren, weil Paris so zahllose Genies hervorbrachte, störten sich nicht an dem Rummel. Sie fanden ihn exotisch. Sie fanden ihn französisch. Chim war natürlich am Rive Gauche gestrandet; er machte sich kaum eine Vorstellung davon, dass Paris nördlich der Seine, jenseits des Louvre, der Tuilerien und der Opéra Garnier, noch weiterreichte bis hinauf in die Faubourgs, die Ende des 19. Jahrhunderts noch berühmt gewesen, nun aber vorübergehend aus der Mode waren. Abends stand man auf dem Bürgersteig herum und erwartete lachend den Zusammenbruch Europas, eine verzweifelte Fröhlichkeit, die ernsthaftere Projekte leicht im Keim erstickte. Auch Chim verbrachte zwar viel Zeit in den Cafés, doch er hatte obendrein vier Jahre lang mit etwas karger Präzision die Welt der Arbeiter und der neuen Kaste der Arbeitslosen dokumentiert, was ihn innerhalb der kleinen Szene ausländischer Fotografen in Paris zu einer nicht gerade populären, aber doch sehr angesehenen Figur machte. Er hatte sich einer Gruppe osteuropäischer Juden angeschlossen, allesamt Fotografen wie er selbst. Auch wenn man wie Chim jede Form von Nationaldenken verachtete, war es für Neuankömmlinge schlichtweg leichter, mit Hilfe von Empfehlungen aus der Heimat die ersten Halme für ein neues Nest zu finden, was erklärt, weshalb Chim sich in Paris zunächst so sehr an Slawen hielt. Anfang der dreißiger Jahre konnte man von den Angehörigen dieser Gruppe ebenso gut sagen, sie seien aus ihren jeweiligen Ländern wegen der dort erschallenden nationalistischen Parolen geflohen, als auch, dass die Lichter von Paris und sein Versprechen von Ruhm sie angezogen hatten. Chim sah seinen Freund Robert Capa, das fünfundzwanzigjährige Genie, unter seinem Pseudonym brillieren. Berühmte Freunde, eine sagenhafte Liebesgeschichte – Chim bewunderte den Freund auf eine Weise, die an schlechten Tagen auch wie Neid aussehen konnte, weil ihm selbst, integer, wie er war, die Gabe fehlte, sich zu verkaufen. Sein Platz war anderswo, auf den Feldern, in Fabriken und bei Kundgebungen, fernab der Büros und fernab der Intrigen. Kargheit schreckte Chim nicht ab, im Gegenteil, sie gehörte zu der Suche, die er lang vor seinem Studium an der Leipziger Kunstakademie begonnen hatte. Er war der Erste aus seiner Familie, der in der polnischen Hauptstadt das Licht der Welt erblickt hatte. Die anderen Szymins stammten aus dem für Polen so charakteristischen frommen Hinterland: grau im Winter, grün im Sommer, und überall sprießen Kohlköpfe und Kartoffeln. Die Luft auf den nordfranzösischen Abraumhalden, wo Chim in dem Jahr des *Front populaire* arbeitete, war seiner Heimatluft nicht unähnlich. Ich weiß noch, wie baff ich war beim Anblick eines von Chims Fotos aus dieser Zeit, das ich unter den Negativen fand, angesichts der blonden Haare zweier Bergarbeiterkinder mit kohleschwarzen Wangen. Auf mich als Mexikaner wirkten diese zwei kleinen Pikarden wie waschechte Polen. Chims Arbeiten unterscheiden sich deutlich von denen der beiden anderen Künstler im Koffer. All seinen Porträts gemein ist die gefasste Ruhe. Sein Blick dehnt die Zeit eher aus, als eine Handlung zu verewigen, verwandelt die von seiner Linse gebannten Spanier in Gemälde, in Ikonen. Im Gegensatz zu Capas Porträts von Stars und Generälen, von seinen Schriftstellerfreunden und Ministern in spe, die mal eine Landkarte betrachten und mal in der Wintersonne rauchen, mal vor einem Bären fliehen und mal vor einer Rakete, bemerkt man auf Chims Bildern nicht die Schönheit des Lichts, sondern seine Flüchtigkeit. Asturische Bergarbeiter, Bauern aus der Extremadura, baskische Fabrikarbeiter, Gebärende auf der Entbindungsstation in Barcelona, Piloten, die im Schatten ihrer Polikarpow zu Mittag essen, einfache Leute, Zivilisten, bewohnen die Gegenwart darauf mit einer Kraft, an die auch Capas berühmtestes Bild, das vom fallenden Soldaten, in meinen Augen nicht heranreicht.

Als er im September 1936 mit dem Zug von Paris nach Süden fuhr, hielt Chim es für sinnvoll, im Norden Spaniens einen Zwischenstopp zu machen, um schon mal mit der Arbeit anzufangen. Wie wir wissen, ist er im Kloster von Elgeta Olivia begegnet und war ebenso erstaunt wie sie, dass es dort zuging wie auf einer Militärbasis. Anfangs folgte er von früh bis spät den Kriegermönchen. Wer ihn suchte, brauchte nur auf das Klicken seiner Leica zu lauschen inmitten all der alten Steine. Abends entwickelte er seine Fotos in einer improvisierten Dunkelkammer in der Krypta, umringt von Blumentöpfen. Von dort aus hörte er, noch ehe er sie sah, zum ersten Mal Olivia, wie sie Anweisungen wegen einer Ladung Wäsche gab, die nicht richtig gewaschen worden war – oder nicht rechtzeitig, das war ihm nicht ganz klar. Sein Spanisch war zu schlecht, um alles zu verstehen. Doch er begriff, dass diese Stimme etwas in ihm auslöste, dass sie den Dingen Sinn zu geben schien, eine Richtung, einen Weg. Dass die Besitzerin der Stimme obendrein noch Augen hatte, die strahlten wie das Sternbild der Andromeda, war ebenfalls kein Schaden, wie er fand. Mit seinem gebrochenen Spanisch ging er tapfer auf die junge Frau zu, die so viel Wärme um sich ausstrahlte. Zum Glück sprach Olivia hervorragend Französisch, und in dieser Sprache kamen sie sich näher. Bald ließ er die Mönche Mönche sein und folgte nunmehr ihr von früh bis spät, und dann von spät bis früh.

2

Der November in Madrid war geprägt vom Einsetzen der Bombardierungen. Am 4. eine erste, einzelne. Dann Ruhe bis zum Abend des 16., und von da an zählte niemand mehr mit. Die ersten beiden Wochen verbrachte Chim berauscht von den Parolen und Hurrarufen: «Madrid wird das Grab des Faschismus!» Dass er Olivia nicht hatte überreden können, in Elgeta zu bleiben, machte ihm nicht lange Kopfzerbrechen.

Es war ihm eine Freude, mit ihr dieses Chaos zu bereisen. Wie alle anderen fuhr Chim mit der Metro an die Front. Bis zum 16. gab es in Madrid noch Hoffnung, das ist Chims Fotos anzusehen. Einige erfolgreiche Gegenangriffe der Republikaner rund um den Jahrestag der Oktoberrevolution hatten genügt, um die Moral der Stadt wiederherzustellen. Denn in der Tat kämpfte die ganze Stadt mit. Allein die stattliche Erscheinung der beschürzten Frauen auf den Bürgersteigen! Sobald sie Chims Leica erblickten, spannten sie den vom sonntäglichen Hühnerrupfen und vom Rühren in den Suppenkesseln gestärkten Bizeps und hoben die Faust zu einer Pose, die an die kantige Schönheit sowjetischer Statuen erinnerte. Doch als die ersten Bomben fielen, verschwanden die *mamás*. In den Kellern fanden höchstens hunderttausend Menschen Platz, aber eine Million Madrilenen suchte Schutz. Wer nicht mehr hineinkam, ließ sich notgedrungen etwas einfallen. Man floh in die Metro, wie später auch in London und Paris. Als das Gerücht umging, das Viertel Salamanca solle verschont werden, brach ganz Madrid dorthin auf. Chim war ebenfalls dort und machte Fotos von den wie zu einem ausgiebigen Picknick auf den Bürgersteigen sitzenden Familien. Hoffnung hatte da schon niemand mehr, das erkannte Chim.

Man muss sich vorstellen, wie Chim mit seinem kompasshaften Messgerät das Licht prüfte, sich an sein Motiv anpirschte, sich dann auf leisen Sohlen wieder entfernte, das Objektiv einstellte und: klack. Wenn man bedenkt, wie klein sein Sucher damals war, erscheint die raffinierte Komposition seiner Bilder nahezu unglaublich. Ich denke da vor allem an das Porträt der um einen langen Holztisch im Freien sitzenden Soldaten, in einem der baskischen Dörfer, in denen Chim im Winter 1937 noch einmal etwas Zeit verbracht hat. Auf einer quer durchs Bild gestreckten Leine hängt Wolle, die die Soldaten zu Knäueln wickeln. Es ist Januar, und die größte Kälte steht erst noch bevor, kein Wunder also, dass die Soldaten sich dieser niederen Arbeit widmen. Das Bild besteht aus fünf verschiedenen Ebenen, bis hin zum Dunst im Hintergrund. Weder *Regards* noch *Life* interessierten sich für derartige Kriegsmomente. In dieser Hinsicht hat sich die Branche bis heute kaum verändert. Man muss nur einmal die dem Spanischen Bürgerkrieg gewidmeten Titelseiten der beiden genannten Zeitschriften betrachten, die gerade erst begonnen hatten, ihre Brötchen mit großen Bildaufmachern zu verdienen: «Die gepeinigte Hauptstadt» prangt als Titel auf der *Regards* vom 10. Dezember 1936, darunter der Schriftzug «Capas unglaubliche Fotos». Capa steht in Großbuchstaben, in einer anderen Schriftart. Das alles auf dem ganzseitigen Foto einer Frau um die vierzig, die händeringend inmitten der Trümmer eines offenbar bombardierten Hauses steht. Am 17. Dezember titelt dieselbe Zeitschrift: «An vorderster Front mit den Freiwilligen der Freiheit. Capas erstaunliche Fotos.» Und so weiter. Bis der Koffer meinen Weg kreuzte, hatte ich geglaubt, die Presse sei erst spät zu dem geworden, was sie heute ist. Eine kurze Recherche zeigte jedoch schnell: Sobald Fotos die Oberhand über den Text gewannen, nahm auch der Sensationalismus zu, um Leser anzulocken, die Geschmack fanden an spektakulärem Realismus. Dennoch, diese Zeitschriften ermöglichten der europäischen und amerikanischen Öffentlichkeit, sich ein Bild von den Geschehnissen zu machen, auf Grundlage von Daten, die zwar – gelinde gesagt – nicht gänzlich ungefiltert waren, aber immerhin eine Geschichte erzählten. Möglich, dass diese Morgenlektüren im Kopf von Hinz und Kunz nicht mehr hervorriefen als ein «Gott, wie schrecklich, zum Glück bin ich kein Spanier!», aber abgesehen von diesen Gemeinplätzen, die man nachplappert, weil das Denken angesichts der Schrecken eines Bürgerkriegs erstarrt, glaube ich doch, dass diese Zeilen hin und wieder etwas angestoßen, zu Mitgefühl oder gar Taten motiviert haben. Heißt es nicht, dass selbst Picasso, der sich vorher nur bedingt für die Ereignisse in Spanien interessiert hatte, anfing, *Guernica* zu malen, nachdem er eine Reportage von Louis Delaprée gelesen hatte? Mir gefällt die Vorstellung, dass manchmal, wenn die Politiker vollkommen auf dem Holzweg sind, die Journalisten merken, was gespielt wird. Der Spanische Bürgerkrieg ist dafür das beste Beispiel. Léon Blum, so heißt es, weinte späte, nutzlose Tränen, als er über Madrid sprach. Roosevelt bekannte eines Tages, die spanischen Republikaner im Stich gelassen zu haben, sei sein größter außenpolitischer Fehler gewesen. Chims Generation hatte das längst gewusst.

3

Auf dem Weg nach Spanien fuhr Chim entlang der französischen Küste, und sosehr sein vom Krieg erfüllter Geist sich auch zerstörte Landstriche ausmalte, entdeckten seine Augen doch durchs Fenster eine der schönsten Regionen, die er jemals hatte sehen dürfen: Sète, Narbonne, Béziers, Perpignan. Hätte er seine Arbeit nicht so ernst genommen, er wäre aus dem Zug gestiegen, um mit dem Rad die Heide zu erkunden, deren sandiger Boden hier und da getränkt von Wasser war wie die Bluse einer Frau bei Milcheinschuss. Doch er nahm sie ernst und fuhr, wie wir schon wissen, weiter bis nach Spanien. Erst Monate später, 1937, trieb der Sommer ihn in mildere Regionen. Chim hatte von Flüchtlingslagern in Argelès-sur-Mer erfahren und brach kurz entschlossen dorthin auf. Unterwegs wollte er Olivia in Elgeta besuchen: Seit sie Madrid verlassen hatte, hatten die zwei sich nicht gesehen. Für «später» war in Chims Leben nicht viel Platz, doch die Vorstellung, Olivia zu treffen, stürzte ihn in einen Tagtraum, in dem die Zukunft Umrisse gewann. Olivia würde ja wohl kaum ihr Leben lang in diesem Kloster bleiben, da könnte sie ihn doch gut nach Paris begleiten. Er würde ihr das Leben in den Cafés zeigen, die, seit die Inflation des Franc die spanischen Pesos quasi in Goldbarren verwandelt hatte, nicht mehr teuer waren. Um den Preis eines Laibs Madrider Brot würden sie Champagner kaufen und am Quai trinken, oder in Montparnasse, oder wo immer Olivia auch wollte. Sie würden ihre Freunde aus Spanien wiedertreffen und müssten sich nie wieder über irgendetwas Neues unterhalten, weil ihre Geschichten, die sie erzählten, um zu prahlen, sich zu trösten oder um zu lachen, sich zwischen ihnen zu einer Art dickem Mantel weben würden, den sie an langen Winterabenden miteinander teilen könnten.

Chim hatte mit Vorwürfen gerechnet, weil er Olivia nicht schon früher besucht hatte. So war er es aus seinen vorherigen Romanzen gewohnt, mit Frauen, die sich frei nannten, aber eine Art Besitzerliebe praktizierten, in der es nur um Eigentum und Schuldigkeit ging. Olivia dagegen kannte keinen Pflichtenkatalog. Sie begrüßte ihn mit der stürmischen Freude einer Frau, die trotz widriger Umstände beschlossen hatte, dass es ihr gutging. Sie zeigte ihm das Mosaik, das sie gerade an die Klostermauer malte, führte ihm vor, wie sie einhändig mit dem Fahrrad zurechtkam, und zeigte ihm die grünen, fleischigen Oliven, die dank ihrer Mühen auf dem Hügel gegenüber wuchsen. Offensichtlich tat ihr die Abgeschiedenheit gut. Chim entdeckte eine ganz neue Olivia, stärker noch als die, die er gekannt hatte, und er war hingerissen davon, wie sie sich quasi umgekehrt entwickelte als andere Erwachsene: Je mehr Zeit verging, desto freier wurde sie. Das sagte er ihr auch. Er sagte nicht: «Du wirst dich auch von mir befreien», aber er dachte es, und einen Teil des Abends lang huschte der Gedanke ihm übers Gesicht.

Der Zufall wollte es, dass Chim in Elgeta war, als das Telegramm von Herbert kam, in dem dieser vom Tod Gerda Taros berichtete. Olivia war einfühlsam, brachte Chim zum Beten in die Hügel. Chim hätte die Einzelheiten lieber nicht gewusst, denn aus Einzelheiten wurden Bilder. Herbert jedoch hatte im knappen Rahmen eines Telegramms sein ganzes erzählerisches Talent entfaltet: Gerda, die den Ort Brunete im Auto verlässt. Gerda, die in einer Kurve aus dem Fahrzeug geschleudert wird. Gerda, überfahren von einem republikanischen Panzer, der ebenfalls vom Ort der Niederlage floh. Die Elemente des Berichts hatten etwas Grobes an sich, das zu Gerda gar nicht passen wollte. Später würde Chim sich nicht einmal an diesen Namen mehr erinnern: Brunete. Doch die Schlacht beherrschte die Schlagzeilen, und der Name des Orts war mit dem Gerdas untrennbar verbunden, nachdem die Zeitung, für die sie am häufigsten gearbeitet hatte, die zweifelhafte Entscheidung traf, mit den «letzten Fotos vor ihrem Tod» aufzumachen, dem Tod eben der Frau also, die sie ohne rot zu werden ihre Korrespondentin nannten, obwohl sie ihr keinerlei Spesen erstatteten, sie – wenn überhaupt – immer zu spät bezahlten und von der sie bis wenige Monate vor ihrem Tod in Wahrheit nicht einmal gewusst hatten, dass sie ihre Bilder schon so lang veröffentlichen, weil Gerda sie unter Capas Namen eingereicht hatte. Nichts war richtig, weder der Zeitpunkt – Capa war geschäftlich in Paris gewesen – noch die Art und Weise ihres Todes. In den folgenden Wochen wachte Chim oft wütend auf, nachdem er Gerda im Traum begegnet war. Eine Zigarette in der Hand, baute sie sich darin vor ihm auf und sagte in sarkastischem Ton, der alle Sanftheit aus ihrem Blick fegte: «Wirklich, Chim? Du hast geglaubt, ich sei tot?», und Chim begriff, dass er falschgelegen, dass Herbert sich getäuscht hatte, dass er Capa Bescheid sagen musste, sicher, aber dass sie jedenfalls am Leben war, dass er sich freuen sollte, dass er ... Der Traum kam immer wieder, und mit ihm die Erleichterung und dann die Wut am frühen Morgen, wenn Chim erwacht in seinem Bett saß und den Kopf zwischen den Händen wiederholte: «Verrückt ist das, verrückt», und dann den Kopf schüttelte, in der Hoffnung, der Zauberbann möge verfliegen.

Als er von Olivia fortging, war Chim völlig am Boden. Er hatte keine Lust, nach Brunete zu fahren, Madrid wiederzusehen, von Gerda zu sprechen. Plötzlich sehnte er sich nach einem Leben, in dem Gewalt keine so große Rolle spielte. Lehrer würde er werden, oder Postbeamter. Für eine Rückkehr nach Polen war der Zeitpunkt schlecht, doch wenn der Krieg vorbei wäre, wenn die Epidemie kollektiven Wahnsinns sich gelegt hätte, wie sie es früher oder später immer tat, dann würde er ein Stückchen Land kaufen, Ziegen züchten und lernen, wie man käst wie die Franzosen. Auf der Caféterrasse, wo Capa, Taro und er sich gesagt hatten: «Das ist unser Krieg», war ihnen die Idee noch gut erschienen. Hatten sie sich in Paris gelangweilt? Nein. Doch wie hätten sie schlafen sollen, während es im Süden brodelte, wie hätten sie nicht in einen Zug steigen sollen? Chim hätte es gern gewusst, hätte sich gewünscht, dass jemand ihm erklärte, wie man den Kitzel ignorierte, der ihm durch Brust und Beine jagte, während der Rest der Welt mit hängenden Mundwinkeln auf Abstand blieb. Am Ende fuhr er trotzdem nach Brunete und traf Herbert und Vera. Herbert ging es schlecht. «Ist Robert nicht da?», fragte Vera, doch Capa war verschwunden in Paris. Paris kam Chim weit weg vor, wie eine Stadt, die es gar nicht mehr gab, ja, schlimmer noch, wie eine Stadt, in die er nie wieder zurückkehren würde. Er zog es vor, sich an den Wahnsinn dieser Tage später nicht mehr zu erinnern, genauso wenig wie an den Beschuss des Krankenhauses. Das konnte er recht gut, sich nicht erinnern.

Als alles geklärt war, fuhr Chim weiter nach Andalusien, um seinen Kummer in der dortigen Landschaft zu ertränken. Das war seine größte Stärke: seinen Stoizismus in der Welt spazieren führen. Im Gegensatz zu Capa liebte er nicht die Gefahr im Stile eines russischen Roulettes, eins, zwei, drei und tot. Chim blieb gerne in Bewegung. Mit Vorliebe verlor er sich in den Wölbungen der vor einem Zugfenster vorbeiziehenden Landschaft. Der Süden war ein gutes Ziel. Ihm als Polen kam alles westlich vom Rhein und südlich der Loire schon ganz und gar exotisch vor. Und dann erst Andalusien! Die Häuser wurden immer weißer, das Gras immer gelber, die Olivenbäume immer größer. Schlank reckten sich Palmen über den Horizont.

Sonnenblumen überwucherten die Hügel. Manchmal dachte er bei sich, er würde nie mehr aus dem Zug aussteigen, würde nie mehr etwas anderes tun, als durchs Fenster zuzusehen, wie die Welt mal gelber und mal grüner wurde, je nach Breitengrad und Jahreszeit. Fast wäre ihm dieses Vorhaben genug gewesen. Er träumte davon, alt zu sein, nichts mehr durch seine Arbeit beweisen zu müssen. Doch er war nicht alt, und irgendetwas musste er wohl tun.

4

Nach ein paar Wochen fuhr Chim deshalb doch noch nach Südfrankreich, an jene Strände, an denen man die Flüchtlingslager eingerichtet hatte. Argelès, weit wie ein Strand in Brasilien, und dahinter die Berge und die darüber hängenden Wolken. Im Allgemeinen sieht ein Strand ja doch recht harmlos aus. Auch ich dachte zuerst, es gäbe sicher unschönere Orte für ein Flüchtlingslager. Allerdings herrscht in Argelès kein Klima wie auf Bora Bora. Schon der Name, in dem das französische *gelé*, erfroren, anklingt, erinnert an Frostbeulen. Ich weiß weder, wer in Regierung oder Präfektur auf die Idee kam, Stacheldrahtzäune durch den Sand zu ziehen, noch wem zuliebe diese Lager überhaupt – ich wage kaum, es so zu nennen – «errichtet» wurden. Wer dort nach tagelangem Fußmarsch über von Beschuss bedrohte Straßen anlangte, litt im Lager unter denselben Übeln wie zuvor: Kälte und Hunger, Hunger und Kälte. Und Erniedrigung, die manch einer nicht überlebte. Einige, so habe ich gelesen, kehrten lieber nach Spanien zurück, um sich dort umbringen zu lassen, als auf den Tod zu warten in dieser Gruft aus Sand und Salz. Die Flüchtlinge waren allesamt Republikaner, die mit ihren Familien aufgebrochen waren, nachdem sie, was sie konnten, auf einen Karren oder Esel geladen hatten. Die Franzosen hatten für diese Menschen nichts übrig, was in gewisser Hinsicht ganz normal ist, denn aus der Außenperspektive wirken Geschichten wie die ihren immer überzeichnet. Wenn man sie hört, denkt man zwangsläufig dasselbe, wie wenn man von Leuten erfährt, die mit neunundzwanzig an Krebs gestorben sind, oder mit vierzehn bei einem Autounfall: Dass uns so etwas nicht passieren wird, aufgrund des zufälligen Irrsinns unserer Lage. Man denkt: Die Ärmsten. Und später dann sagt man: «Das habe ich nicht gewusst.» Auch Chim schlief dort im Sand, doch er konnte gehen, wann er wollte. Viele Fotos hat er in Argelès gemacht. Und erstaunlicherweise begegnete er dort Robert Capa. In Argelès ging bereits etwas zu Ende – man musste das Schicksal der Republikaner akzeptieren und sich geschlagen geben. Chim freundete sich mit einer Familie an und beschloss, mit ihr den Ozean zu überqueren. Sie hatten genügend Geld, um zum Hafen zu gelangen und das Schiff zu nehmen, das sie nach Mexiko bringen würde. Mexiko hatte seine Grenzen für die spanischen Flüchtlinge geöffnet, was mich wie viele Mexikaner immer noch mit Stolz erfüllt. Die Überfahrt bezahlte Mexiko den angeblich so willkommenen Flüchtlingen allerdings nicht. Die Reise unternehmen konnte also nur, wer die finanziellen Mittel dafür hatte.

Oft gingen ganze Familien gemeinsam fort. Eine Fotoserie, die Chim auf dem Meer geschossen hat, vermittelt einen Eindruck davon, wie ein Mann aussieht, der seine Heimat aufgegeben hat. In den Blicken der Frauen und Kinder – die ich freilich nicht in einen Topf werfe, ich weiß schon, wie man das verstehen könnte – liegt nicht derselbe dunkle Glanz verlorener Ehre. Auch den Frauen wurde sicher bang dabei, zu sehen, wie ihr Land hinter dem nassen Horizont verschwand. Gebrochen wirken sie allerdings nicht. In ihren Gesichtern zeichnet sich – und vielleicht lese ich das nur hinein, doch wer soll mir schon widersprechen? – eine unverwüstliche Kraft ab, die Fähigkeit, sich eine Zukunft auszumalen. Wie alle Mexikaner meiner Generation kenne ich die Nachkommen dieser Kinder. Sie stellten sich Veracruz als magischen Ort vor, wo berittene, bunt gekleidete Mexikaner schwere, süße Früchte an den Piers abluden. Wo die Pflastersteine in der Sonne glänzten. Wo die Menschen abends auf einem Platz tanzten, auf dem man wie bei einem Bacchanal nichts hörte außer klirrenden Gläsern und lachenden Männern. Diese Kinderträumereien waren gar nicht weit entfernt davon, wie es in Veracruz tatsächlich aussah, in dieser Stadt, die umso mehr friedlichen Charme versprühte, als ihre Einwohner sich freuen durften, dass vom Himmel über ihnen nichts Zerstörerisches fiel.

Was Chim von Veracruz gesehen hat, kann ich nur ahnen. Hat ihn die Karibikschwüle, die einen überwältigt wie das samstägliche Feuerwerk über dem Zócalo, in ihren Bann gezogen oder irritiert? In Mexiko sagt man von Veracruz, es sei die «schwärzeste Stadt» des Landes, woraus sich eine Reihe von Legenden speist; dem Neuankömmling dürfte sich das jedoch kaum gezeigt haben. In der nach einer kostbaren Reliquie benannten Stadt, in der die Möwen tief und träge flogen, staunte Chim über den weiten, klaren Himmel. Nur die schmiedeeisernen Laternen kratzten an den Wolken, und in der Ferne die Masten der Schiffe, die seit dem Bau des Panamakanals aus Europa und Afrika kamen, um nach Asien zu fahren. Nicht selten sah man das Gerippe eines Schwertfisches auf sonnenüberfluteten Treppenstufen trocknen, und vor den Strandhäusern aus gewelltem Holz die schimmernden Wedel einer Palme sich im Wind wiegen wie im Rhythmus eines sinnlichen Jazz. Ob Chim in Veracruz getanzt hat? Schüchtern, wie er war, gab er sich bestimmt damit zufrieden, aus der Ferne den fünfzigjährigen Paaren zuzulächeln und ihre krummen Rücken zu bewundern, die muskulösen Beine und die glänzenden Dutts der triumphierend über die Schultern ihrer Kavaliere blickenden Frauen. Nein, Chim blieb in Veracruz nichts anderes zu tun, als auf Caféterrassen zu sitzen. Mit Freuden sah er zu, wie die Ober den *café con leche* aus großen Kannen mit derselben rituellen Anmut einschenkten, mit der man anderswo Minztee servierte. Ja, er bekam gar nicht genug davon; ein Glas nach dem anderen konnte er davon trinken – denn in Veracruz trank man den *café con leche* aus großen *horchata*-Gläsern. Für Chim war Veracruz eine Atempause fernab der Toten und Verdammten, eine Rast zwischen zwei Farcen. Wie immer, wenn er sich wohl fühlte an einem Ort, malte er sich aus, einfach zu bleiben, stellte sich sein Haus vor, Spaziergänge am Hafen, Abende auf den großen Sesseln der Innenstadt-Cafés, von denen er das Défilé der Straßenhändler beobachten würde, Männer in scharf gebügelten Hosen und ihr Angebot an Armbanduhren, korpulente, raffiniert frisierte Frauen und ihr Sortiment an Abendkleidern – und natürlich die beliebtesten, die Verkäufer der Schaumstoffkrokodile, um die sich stets die Kinder scharten, denn in Veracruz waren die Kinder abends draußen und am Hafen unterwegs wie alle anderen. Dann, wie jedes Mal, verblasste diese Träumerei neben der vorgestellten Langeweile eines sesshaften Lebens. Chim fand das Glück der Einwohner von Veracruz nicht sehr beneidenswert. Er hatte schon vor langer Zeit entschieden, dass sein Leben sich nicht um Bequemlichkeit drehen sollte, dass er so wenige Gasrechnungen wie möglich erhalten wollte. Sein Komfort bestand in der Bewegung – und in der Illusion, dass die Bewegung ihn die Zeit beherrschen ließ. Was konnte er dafür, dass er das Temperament der Szymins geerbt hatte, und deren Hang zu kurzsichtiger Schwarzmalerei? Immer das Schlimmste in der Zukunft sehen, und dazu der stille Vorsatz, sich bloß nicht überrascht zu zeigen, wenn es eintraf. Die Ereignisse des Sommers gaben ihm Gelegenheit, die Nichtigkeit dieses Prinzips neu zu überdenken: Gerda war tot, und Europa wählte Faschisten, in der Hoffnung, dass sie den Arbeitslosen wieder Arbeit gäben und den Entehrten wieder Ehre – auch wenn nicht ganz klar war, wann sie die verloren hatten. In gewisser Hinsicht war das Schlimmste bereits eingetroffen, und doch erwartete Chim noch immer tapfer die eine große Katastrophe, die alles aus den Angeln heben und ihn endlich überraschen würde.

5

Nach Veracruz verliert Chims Spur sich eine Zeitlang. Man darf wohl annehmen, dass er wie viele Exilanten vor ihm – darunter einige wenige Polen – auch durch meine Stadt kam, durch Mexiko-Stadt. Dass er dort – soll heißen: hier – Paris eine Weile lang entsagte. Wie bitter ihm diese Entscheidung geschmeckt haben muss, kann ich mir nur vorstellen. Ich, der ich so sehr an meiner Stadt hänge und es für mein natur-, ja gottgegebenes Recht halte, hier mein Leben zu verbringen, frage mich, wie sehr es Chim wohl quälte, dass er Paris hatte verlassen müssen, ihn, der so sehr darauf achtete, nirgends Wurzeln zu schlagen, und der sich zu seiner Überraschung in Paris plötzlich «zu Hause» gefühlt hatte, inmitten «seiner» Gruppe heimatloser Juden, die in den letzten Monaten in Scharen verhaftet worden waren. Hat Chim in Veracruz beschlossen, die Negative zusammenzusuchen und so sorgsam zu sortieren, wie es nur jemand mit einem Auge auf den Zeiger der Geschichte tun kann? Oder doch in Mexiko-Stadt? Vielleicht ist er auch von Veracruz nach Lissabon zurückgefahren. Aber nein, das kann nicht sein, denn er musste ja die Negative aus Paris holen, sofern wir einmal davon ausgehen, dass er sie vor der Abreise nach Mexiko bereits zusammengesucht hatte. Außer wenn ... außer wenn ein Dritter ihm die Negative nach Lissabon gebracht hätte, was bedeuten würde, dass in Olivias Atelier die Rollen nummeriert und die Abzüge zurechtgeschnitten wurden – «Vorsatz» nennt so etwas die Kriminologie! Wahrscheinlicher ist aber, dass Chim, so wie er es gewohnt war, unangekündigt aufkreuzte und Olivia von einem Koffer erzählte. Er erklärte ihr, dass seine Pariser Dachkammer nicht sicher genug war, und auch sein Elternhaus in Warschau nicht. Sicher, fügte er gewitzt hinzu, es gab da auch noch Hannah in Berlin, eine ehemalige Kommilitonin an der Hochschule in Leipzig. Doch auch ohne Hannah hätte Olivia nie daran gedacht, Chim seine Bitte abzuschlagen. Wie hätte sie das tun sollen? Beruhigt reiste Chim wieder ab. Danach, nun ja, trafen Chim und Olivia sich noch sieben Jahre lang – und liebten sich, das darf man ruhig so sagen. Nach ihrer Trennung schrieben sie einander regelmäßig, bis Chim im Jahre 1956 am Suezkanal von einem ägyptischen Scharfschützen erschossen wurde. Die Szymins wären stolz auf ihn gewesen: Im Angesicht der Katastrophe machte er eine hervorragende Figur.

DRITTER TEIL

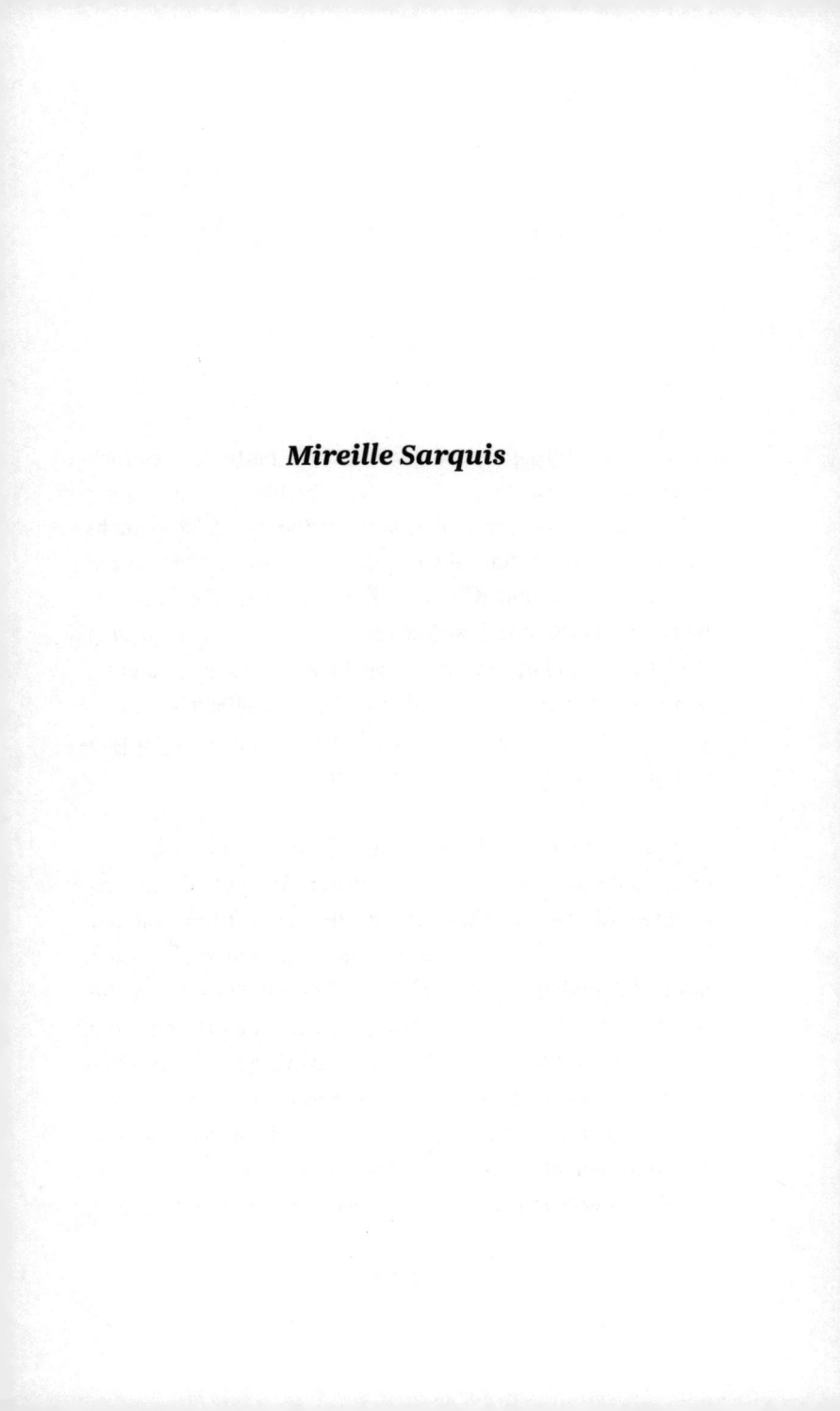

Mireille Sarquis

1

Hier, genauer gesagt in meinem Schrank, hätte die Geschichte enden können. In gewisser Hinsicht hätte sie das sogar sollen und wäre dann überhaupt keine Geschichte mehr gewesen, sondern nur eine ungeöffnete Kiste. Lücken in der Zeit, die die Zukunft niemals füllen wird, wie alles, was verlorenging. Doch, ob ich wollte oder nicht, die Geschichte ging nach Gretas Tod noch weiter. Manche würden sagen, dass sie damit erst begann. «Wenn Greta nicht verunglückt wäre ...» – seit sie nicht mehr da ist, habe ich diesen Satz häufig begonnen, jedoch nie gewagt, ihn zu beenden.

Bald, ja vermutlich schon am Abend ihrer Ankunft bei mir, oder vielleicht auch erst am nächsten Morgen, drang das Magnetfeld der Negative durch die Flügeltüren meines Schranks, obwohl diese aus dickem Kakaobaumholz waren. In den folgenden Tagen machte ihre Wirkung sich zuerst im Schlafzimmer breit, dann auf den Fluren, dann in der ganzen Wohnung, ein Phänomen, das ich in Ermangelung eines besseren Begriffs fast als «Präsenz» beschreiben möchte. Gretas Worte kamen mir wieder in den Sinn, und was ich einst für irrational gehalten hatte, leuchtete mir jetzt völlig ein, als wäre mir der Koffer am Boden eines klaren Sees erschienen.

Anfangs hoffte ich, die Negative würden mich nicht mehr stören als ein im Nebenzimmer laufender Fernseher, würden mir vielleicht sogar Gesellschaft leisten wie ein etwas sonderbares Haustier, doch stattdessen schlief ich immer schlechter. Entweder schlief ich gar nicht erst ein, oder ich wachte immer wieder auf, bis ich schließlich das Radio anstellte und auf den Tagesanbruch wartete. Dann nisteten mir unbekannte Knoten sich in meinen Wirbeln ein. Ein stechender Impuls ergriff mich, der niemanden mehr erstaunte als mich selbst: Ich, der ich Mexiko-Stadt noch nie verlassen hatte und für ferne Horizonte – Steppen, Buschland, Nordlichter, eisige Endbahnhöfe – nichts übrig hatte als an Verachtung grenzende Gleichgültigkeit, erlebte durch den Koffer erstmals, wie der Drang davonzulaufen innerlich an einem nagen kann wie der kleine Fuchs, der in der antiken Sage die Eingeweide des ihn unter seinem Mantel versteckt haltenden jungen Spartaners zerfleischt. In meinem heutigen ehrwürdigen Alter weiß ich wohl, dass man vielleicht gerade dann, wenn Flucht einem die beste oder einzige Lösung zu sein scheint, doch besser bleiben sollte. Aber was weiß man schon mit vierundzwanzig, außer dass man jung ist?

Weit kam ich zwar nicht, doch ein Aufbruch war es trotzdem, ja sogar ein Versuch, sich völlig aus dem Staub zu machen. Mit dem Bus fuhr ich nach Puebla – Mireille musste erst noch in mein Leben treten, damit ich zum Mitbesitzer eines Autos wurde, und wie wir noch sehen werden, liegt diese Lebensphase mittlerweile auch schon wieder hinter mir. Entschlossen, mich der Welt und ihren lästigen Pflichten zu entziehen, sagte ich niemandem, wohin ich ging oder wie lang ich bleiben würde. Alleine in dem rosa Haus, das auf ewig die

Adresse meiner Großeltern bleiben würde, auch wenn schon seit geraumer Zeit höchstens noch ihre Geister darin lebten, streifte ich durch die langen Flure und grübelte darüber nach, wie ich die Negative wohl verschwinden lassen könnte. Man müsste sie einfach über eine Reling werfen – eine Lösung, die auch für sich hatte, dass sie filmreif war. Oder sie dem Feuer übergeben, gleich hier, im Kamin des kühlen Wohnzimmers. Doch während ich so meine Möglichkeiten als Amateurganove durchging, erschien mir plötzlich Greta. Erst als Pfeifen – zum Unmut unserer Großeltern hatte Greta immer gerne vor dem offenen Fenster sitzend vor sich hin gepfiffen: *L'amour est en-fant de bo-hème, il n'a ja-mais, ja-mais connu de loi –*, dann als Erinnerung. Die Vergangenheit wurde zu einer klebrigen Masse, einer Wanne voll schillernder Melasse, in der ich am liebsten untergetaucht wäre, aber die Strömung war stark.

«Du brauchst mehr Pfeffer im Leben, Jamón», hatte Greta mir gesagt, als ihre Affäre mit Beppe dem Schwimmer gerade ihren Anfang nahm.

«Wieso denn Pfeffer?», hatte ich geantwortet, und sie musste lachen.

«Du verstehst ja nicht mal, was das heißt.»

Ich sah sie an, und sie strich mir spielerisch über die Brauen. Dann ging sie zum Grammophon, und kurz darauf erklang das Saxophon von Charlie Parker, hektisch, rasant wie ein Fahrrad inmitten hupender Autos, blinkender Neonlichter und laut sprechender Menschen an einem Freitagabend in den Straßen von Mexiko-Stadt. «*Salt peanuts, salt peanuts*», sang Greta die Phrase des Jazzers nach. An anderen Tagen zog sie dem großen Charlie die Balladen der Panchos vor, oder die von Antonio Machín. Deren Lieder hatten – genau wie Greta – eine Nostalgie an sich, die der Sinnlichkeit eine ganz eigene

Farbe verlieh. Um mich zum Lachen zu bringen, imitierte Greta manchmal einen dicken Amerikaner, der in einem Spanisch mit massakrierten Diphthongen und mit Rs sang, die so breiig klangen, als hätte man sie in Guacamole getunkt. *«Que se quede el infinito-o-o sin est-w-ellas, o-o-o que pie-w-da el ancho ma-w su inmensidad, pe-w-o el neg-w-o de tus ojos ue no mue-w-a.»* An jenem Tag aber, dem mit dem Pfeffer, wandte sie sich zu mir um und sagte: «Eines Tages wirst du es verstehen, Jamón», in einem Tonfall, der mir, alleine in dem Haus in Puebla, ganz und gar diffus erschien. Inzwischen hatte ich verstanden. Ich verstand es bestens. Die Geschichte war so durchsichtig wie Eingeweide in der Sonne. Greta hatte mir einen Pfefferstreuer hinterlassen. Einen verstopften Pfefferstreuer – durchsichtig, aber verstopft –, bei dem man fürchtet, alles könnte sich beim Schütteln auf einmal lösen, über den ganzen Teller verteilen und das Gericht, auf das man sich gefreut hat, völlig ungenießbar machen.

Das ging mir durch den Kopf, während ich zwischen den Möbeln des rosa Hauses umherirrte und mich fragte, was mit all dem, was diese Wände bargen, wohl passieren mochte, jetzt, wo seine Hüterin nicht mehr am Leben war. Hätte meine Mutter wohl die Kraft, sich darum zu kümmern? Hätte ich sie? Abwesend zog ich Schubladen auf, aus denen in Schwaden vergangene Leben aufstiegen, von denen ich manche nicht einmal gekannt hatte. Zaghaft betrat ich den Raum, den Greta «mein Zimmer» genannt und dessen Wände sie smaragdgrün gestrichen hatte, weil Smaragdgrün ihrer Meinung nach die Kreativität förderte. Zum ersten Mal stand ich allein vor der Louis-XV-Kommode und dem Bodenspiegel. Auf der grauen Marmorplatte der Kommode thronte ein intarsiertes Schmuckkästchen, das Gretas Eltern aus Ägypten mitgebracht hatten. Ich rechnete damit, in den lackierten Holz-fächern eine Sammlung bunter Ohrringe zu finden, fischte stattdessen aber eine Schachtel Maspero heraus, erkennbar am Pferdekopf auf orangenem Grund, umrahmt von einer gol-denen Bordüre. Greta hatte sie von einem Dreh in Argentinien mitgebracht und auf diese Zigaretten geschworen, angeblich weil ihr Geschmack sie an das trockene, wogende Gras der Sierra erinnerte. In Wahrheit hatte ihr nur die Aufmachung der Schachtel gefallen, die gut zu ihren Kleidern passte und zu den glitzernden Taschen, die sie sich unter den Arm klemmte, wenn sie abends ausging. Ohne nachzudenken, steckte ich die Schachtel in die Jackentasche, bevor ich mich in Ruhe weiter umsah. Wer hätte mich auch daran hindern sollen?

Nach zehn langen, schlaflosen Nächten in Puebla, während derer ich mich nicht einmal ins Erdgeschoss traute, um aufs Klo zu gehen, sondern stattdessen lieber in eine Wasserfla-sche neben meinem Bett pinkelte – meine Art, den Geistern aus dem Weg zu gehen –, fuhr ich wieder in die Stadt, ohne wegen des Koffers irgendetwas entschieden zu haben. Ein-fach zu verschwinden, erfordert ein Knowhow, das mir ganz offensichtlich fehlte, und die einzige Gewissheit, die meinen kurzen Aufenthalt in Puebla krönte, war, dass ich die Negati-ve schließlich doch nicht loswürde. Als ich meine Wohnung in Coyoacán betrat, wo ich im Vorjahr, am Ende meines Stu-diums, eingezogen war und auch noch heute lebe, lagen die Negative unberührt am selben Ort, an dem ich sie zurück-gelassen hatte.

2

Fünf Jahre später war der Koffer fast zu einem Teil von mir geworden. Ich hatte akzeptiert, dass er sich zu einer tragenden Säule meines Daseins entwickelte, die sich in den Boden dessen grub, was ich für meine Identität hielt, auch wenn diese Erdverschiebungen von außen unsichtbar blieben wie die langsame Alterung der Zellen. Immer wieder schweiften meine Gedanken zu ihm hin. Ich musste ihn nur ansehen, dort am Fußende meines Betts, mit Büchern überhäuft, und schon spürte ich unweigerlich die Präsenz der Negative, doch sie hielt mich längst nicht mehr vom Schlafen ab und breitete sich längst nicht mehr in den engen Fluren meiner Wohnung aus.

An dem Tag, an dem ich Mireille kennenlernte, ging ich zusammen mit zwei Freunden zu einer Vernissage. Mein dreißigster Geburtstag war nur noch wenige Monate entfernt, und langsam beschäftigte mich der Gedanke, dass ich noch keinerlei Erfahrungen mit dem gemacht hatte, was ich damals Wohngemeinschaft genannt hätte und heute einen gemeinsamen Haushalt nennen würde. Unter dem Titel «Natur + Zukunft» stellten mehrere befreundete Künstler ihre Werke aus. Einer hatte den Einfall gehabt, eine Topfpflanze auf einem Rollbrett zu befestigen. Motorbetrieben fuhr sie durch die Gegend und wechselte die Richtung, sobald sie auf ein Hindernis stieß. Verärgert, dass so eine Erfindung es in eine Kunstgalerie schaffte, sah ich das Ding missmutig an, als ein achtloser Wärter zufällig die Eingangstür aufließ. Die Pflanze, die zum ersten Mal in ihrem Leben laufen konnte, tat, was jeder an ihrer Stelle getan hätte: Sie floh. Ich hatte mich von meiner Überraschung noch nicht ganz erholt, da lachte zu meiner Linken jemand schallend auf. Es war Mireille. Sie sprach mich freundlich an, machte die Scherze, die man bei solchen Gelegenheiten eben macht. Sie gefiel mir auf der Stelle, denn hinter der mondänen Oberfläche machte ich eine freisinnige Note aus. Wir stahlen uns davon, durch dieselbe Tür wie die von ihrem Schöpfer eben wieder hereingebrachte Pflanze. «Das Problem ist, die Leute wollen immer *verstehen*», sagte Mireille. «Aber wenn jemand etwas macht, das wirklich nur er selbst versteht, wenden sie sich auch nicht ab. Nein, sie unterstützen ihn. Sie gratulieren ihm zu seiner Modernität.»

Ich hätte sie küssen können.

Und nicht viel später küssten wir uns wirklich.

Daran, wie ich mich fragte, wo im Universum Mireille zuvor gesteckt hatte und wieso wir uns nicht früher schon begegnet waren – als wir noch klein waren, zum Beispiel –, an dem, wie ich alleine durch die Straßen ging und über Dinge grinste, die sie gesagt hatte und die jenseits der Blase unserer Zweisamkeit weder einen Sinn ergaben noch besonders lustig waren, daran merkte ich, dass die Sache eine für mich ungewohnte Wendung nehmen würde: die zur Dauerhaftigkeit nämlich. Mireille Sarquis – meine Exfrau, wie man sagt, auch wenn das kaum dem Herzklopfen gerecht wird, das die bloße Erwähnung ihres Namens noch heute in mir auslöst – sollte tatsächlich zwölf Jahre mit mir verheiratet bleiben. Ihren Nachnamen verdankte sie einem libanesischen Großvater, angelockt wie viele andere libanesische Großväter von den verheißungsvollen Gestaden des Landes der Aztekensonne. Zuerst hatte ich den Namen für griechisch gehalten, das erste einer langen Reihe von Missverständnissen zwischen uns. Obwohl ich ihr

versicherte, ich hätte nie zuvor eine verführerischere Frau erobert, war sie immer überzeugt, ich sei enttäuscht von ihren
arabischen Wurzeln. Von mir aus hätte ihr Großvater aber
auch Uigure sein können, das wäre mir völlig gleich gewesen. Ich war stolz, hingerissen und konnte mein Glück nicht
fassen. Unsere Ehe war für uns beide die erste, und, als sie
vorbei war, auch für uns beide die längste Beziehung gewesen.
Im Grunde hatten wir, als wir uns kennenlernten, von Liebesdingen beide keine Ahnung. Inzwischen – habe ich das schon
erwähnt? – hat Mireille erneut geheiratet, einen Actionfilm-
Produzenten. Ich war zur Trauung selbstredend nicht eingeladen. Wie alle außer den vierhundert Gästen erfuhr ich
davon aus der Zeitung.

Wer aus der Familie Sarquis hatte wohl die Eitelkeit besessen,
das arabische «k» zu einem französischen «qu» zu machen?
Vermutlich Émile Sarquis selbst, jener Großvater väterlicherseits, den Mireille, der Familienlegende folgend, als jungen,
des Lesens und Schreibens nicht mächtigen Händler beschrieb, der den Hafen von Tampico in einer von seinem großen Bruder, einem Priester, gesegneten Nussschale erreicht
hatte. In Wahrheit entstammte Émile einer Bürgerfamilie aus
der Gegend von Tripoli, die dank des am Ende des 18. Jahrhunderts von einem findigen Urahn begonnenen Handels mit
über Aleppo aus Zentralasien kommenden Seidentüchern ein
Vermögen gemacht und dieses Vermögen dann in drei Generationen wieder verschleudert hatte. Émile hatte bestenfalls
noch Luftschlösser geerbt, und insofern ist es sicher richtig,
den Einundzwanzigjährigen, der damals, ohne ein Wort Spanisch zu sprechen, in Tampico ankam, als «pleite» zu bezeich-
nen. Aber ein Analphabet? Nein, das war er nicht gewesen,

und es zu behaupten wäre undankbar gegenüber Georges, der seinen jüngsten Bruder erfolgreich bei den Jesuiten untergebracht hatte, damit er dort Französisch und die Bibel studierte. Die anfängliche Armut des alten Sarquis derart zu übertreiben, erlaubte Mireille – und vor allem ihrem Vater Horacio – allerdings, sich in eine Linie von Selfmademen zu stellen, die niemand etwas schuldig waren außer ihrem Gott. Horacios Motto «Wer will, der kann» hieß eigentlich nichts anderes als «Wer nicht konnte, wollte nicht genug». Dieser perfide Glaube an die Willenskraft ist nicht so erstaunlich, wenn man weiß, dass Horacio das sichere Gefühl geerbt hatte, stets noch etwas mehr verdient zu haben als die anderen. Mit Vorliebe schilderte er anlässlich der Mahlzeiten, die bei den Sarquis des Öfteren zu Vorlesungen ausarteten, wie gesetzestreu und voller Bewunderung für ihre neue Heimat Mexiko die libanesischen Einwanderer angeblich waren. Die Hand auf dem Herzen gemahnte er daran, wie sein Vater Emilio Sarquis ihm einst geschworen hatte, er liebe Mexiko mehr als alles andere auf der Welt, und in diesen Augenblicken musste ich unweigerlich an meinen Onkel denken, mit dem Horacio die patrizierhafte Schwülstigkeit gemein hatte, die Heuchelei, und auch die Schatten, die tief in seinen Augen tanzten. Seine Frau Gabriela Sarquis nahm sich stets vornehm zurück, hielt die Hände auf dem Tisch gefaltet und blitzte ihre Tochter an, wenn diese sich hinreißen ließ, demonstrativ die Brauen hochzuziehen. Wie meine Tante Maria war sie von stiller Eleganz und gefiel sich in der Rolle der Hausherrin. Der kleine, aber feine Unterschied war jedoch, dass ich an Gabriela nie die unterirdischen Beben einer verhinderten Freiheit bemerkte. Im Gegenteil, sie wirkte glücklich und erfüllt davon, nichts anderes zu tun, als auszuschlafen, ins Kino oder in ein Museum zu gehen und lange Wochenenden am Meer zu verbringen, kurz, den Traum der Ältesten von neun Geschwistern zu leben, die schon in jungen Jahren in den Haushalt eingespannt worden war und nun den Weg zu einer langen, wohlverdienten Rast gefunden hatte. Dieser genussvolle Müßiggang verärgerte Mireille, und sie verübelte mir meine Sympathie für ihre Mutter, die wiederum daher rührte, dass ich Gabrielas Sorglosigkeit gut von meiner geliebten Cousine Greta kannte. Ich wusste, dass man diese Sorglosigkeit nicht auf die leichte Schulter nehmen durfte und sie beschützen musste vor der Außenwelt, die derart nutzlose, fragile Dinge mit Vorliebe zu Staub zerschlug. Was man von Horacios Methoden jedenfalls auch halten mag, fürs Erobern und Anhäufen hatte er Talent. Er liebte Mexiko so sehr, dass er es gierig aufschlürfte wie eine Schale Milch, nur dass seine Zunge dabei niemals an das Steingut stieß. Sie badete bloß in der Milch. Und auch seine Tochter war in Milch gebadet aufgewachsen. All der Überfluss hatte Mireille zum Schönen und zum Geld getrieben – in die Welt der modernen Kunst.

Damals genoss ich eine gewisse Anerkennung innerhalb meiner Kreise, der Videoinstallationsszene im DF. Mein neuer Kurzfilm *Splash* hatte zum ersten Mal in meiner Karriere ein wenig Aufsehen erregt. Er zeigte mich in Nahaufnahme, mit während des gesamten Films stoischer Miene, obwohl anonyme Hände mir eine Reihe flüssiger Lebensmittel – Würzsoßen, Milch, Sprudel und Honig – über den Kopf gossen. Die Hände waren die meines Freundes Paulo, der großen Spaß dabei gehabt hatte, mir diesen Gefallen zu erweisen. Die Flüssigkeiten rannen mir unterschiedlich schnell übers Gesicht, was den erhofften asymmetrischen Effekt erzielte. Die dickflüssigeren blieben mir an den Wangen kleben, wurden langsamer auf den Nasenflügeln und in den Mundwinkeln, während die wässrigeren schnurstracks auf mein T-Shirt flossen, das ich, der erwartbaren Wirkung zuliebe, bewusst schwarz gewählt hatte. Dieser Film und sein Erfolg bei der Vorführung im Museo de la Inocencia führten Mireille in die Irre: Sie glaubte, sie habe den mexikanischen David Lynch gefunden, was sicher daran lag, dass sie nicht so viele seiner Filme kannte, wie sie sagte, und seine Bilder bestimmt auch nicht. Mit dem Geld ihres Vaters eröffnete Mireille mit siebenundzwanzig in einer belebten Straße im Viertel San Ángel eine Galerie, die sie noch heute führt. Vermögend, wie sie war, hätte Geld für Mireille im Grunde kein Problem sein sollen, und doch blieb dieses Thema während unserer zwölf gemeinsamen Jahre ein immer wieder neu zu erkundendes Minenfeld. Das störte mich umso mehr, als ich aus einer Familie von Verschwendern stammte, von denen Greta nicht eben die zahmste war. «Besser so, als sich mit seinem Gold begraben lassen», rechtfertigte meine Cousine ihre Ausgaben. Mireille dagegen hielt mir vor, ich verdiene nicht genug, während sie selbst keinen Peso einzunehmen brauchte, um sich einen Lebensstil weit über dem Durchschnitt dieses und vieler anderer Länder zu leisten. Böse sein kann ich ihr deshalb aber nicht: Schließlich ist sie nicht die einzige Frau, die meint, ihr Mann müsse, wenn er schon nicht reicher ist als sie, doch wenigstens mehr für sie ausgeben als sie für ihn.

Trotzdem war Mireille gegenüber denen, die ihr Vater «Habenichtse» nannte, nicht so gleichgültig wie die Reichen aus reichen Ländern. Für die Reichen aus reichen Ländern ist Armut häufig eine Frage geistiger Anstrengung. Solange keine schwarzhändigen Kinder ihnen auf dem Markt am Ärmel ziehen, keine Schwangeren ihnen im Feierabendstau Taschentücher verkaufen wollen, keine Teenager, die aussehen, als hätten sie zu Fuß einen Kontinent durchquert, ihnen Seife auf die Windschutzscheibe schmieren und sie in der kurzen roten Ampelphase abschrubben, solange keine Achtzigjährigen am Steuer ihrer Taxis sitzen und die von ihren Unternehmen krank gemachten Krebspatienten still und leise sterben, so lange können sie das Schuldgefühl betäuben, das sie – weil sie nun einmal Menschen sind – häufiger heimsucht, als sie bereit sind zuzugeben. Singend lullen sie es in den Schlaf, dieses Schuldgefühl darüber, dass sie mächtig sind, dass sie mit beiden Händen zugegriffen und sich vollgestopft haben, denn das Leben ist kurz und sie wollen es genießen, sie wollen, dass ihre Kinder es genießen, nicht unbedingt in diesem Ausmaß, aber wo der Tisch schon mal gedeckt ist, wie soll man da nicht tüchtig zulangen, und dann noch einmal, weil's so schön war? Mein liebes, teures Schuldgefühl, säuseln sie leise, die anderen bedienen sich doch auch aus der Gemeinschaftskasse, sie kriegen Kinder und beziehen doppelt Arbeitslosengeld, und damit geht es ihnen doch ganz gut, jeder trickst nun mal auf seine Weise. All das sagen sich die Reichen aus den reichen Ländern, damit sie besser schlafen. Mireille schlief schlecht, denn sie war reich in einem armen Land. Wie alle in Mexiko schmorte sie im Sud der alles erfassenden Gewalt, unendlich wie das WLAN in unseren Parks und schicken, vollklimatisierten Bussen. Die körperliche Unversehrtheit aller Mexikaner war bedroht, egal, ob arm oder reich. Man musste sich ja nur mal ansehen, wie viele Präsidentschaftskandidaten seit der Revolution bis zum Ende der Neunziger ermordet worden waren, dazu die sonstigen Morde, Entführungen und Autounfälle, und diese gesalzene Rechnung enthielt noch nicht einmal die Opfer von Erdbeben, Überdosen, häuslicher Gewalt und Luftverschmutzung. Im Tausch für die von zwei Sarquis-Generationen angehäuften Reichtümer, dank derer die Familie keinen Finger krümmen musste, und deren Überfluss aus ihrer Bequemlichkeit und ihren Witzen drang wie ein Kartoffelkeim, lebte Mireille in ständiger Angst davor, entführt oder gar ermordet zu werden, und musste sich hüten vor der Straße und der Nacht. Diese Einschränkung war den Sarquis derart in Fleisch und Blut übergegangen, dass manche von ihnen unter der Woche gar nicht vor die Tür gingen und die Stadt am Freitagabend verließen, um das Wochenende auf ihrer Ranch zu verbringen. Sicher, sie mussten nicht täglich um ihr Überleben kämpfen wie ihre Landsleute, die es mit ihrem Körper als Sprungbrett und ihrer Gesundheit als Seitpferd gerade so über die Schwelle von zwei Dollar pro Tag schafften, aber letztlich fragte man sich doch, wer eigentlich gewonnen hatte, wenn man im Tausch für so großes Vermögen stets mit dem Schlimmsten rechnen musste.

3

Außenstehende konnten Mireille für ihre privilegierte Herkunft leicht kritisieren, und viele hielten sich damit auch nicht zurück, doch mangelnde Tatkraft konnte man ihr nicht vorwerfen. Stark wie ein Baum war sie, der beschlossen hatte, sich von seinen Wurzeln loszureißen. Zauderhaft, wie ich war, bot ihr Ehrgeiz mir einen hervorragenden Zeitvertreib. Ich habe Mireille in dem Jahr kennengelernt, in dem sie ihre

Galerie eröffnete, und kann bezeugen, dass «Misserfolg» für sie ein Fremdwort war. Was für ein Anblick, wenn sie auf Seemannsbeinen einen Raum betrat, von den Wellen um sie herum völlig ungerührt! Vor Publikum war Mireille eine begabte Rednerin. Privat sprach sie laut und fiel anderen oft ins Wort. Viele halten diese Eigenschaften für bei einer Frau nur umso schlimmere Charakterfehler. Ich nicht. Nichts tat ich lieber, als ihr zuzuhören, denn Mireille hatte zu allem eine Meinung: zum politischen Programm des neuen Bürgermeisters von London, zur Fälschung von Bordeaux-Weinen, zur Schließung von Guantánamo, zur Entdeckung von Exoplaneten, zum Aussterben der Hälfte aller dem Menschen bekannten Meereslebewesen in weniger als dreißig Jahren und was weiß ich noch alles. Ihr Selbstvertrauen faszinierte mich, und ich glaube, es faszinierte auch sie. «Wie meinst du das, souverän?», sagte sie stets, wenn ich ihr auf ihre Bitte hin erzählte, wie sie bei unserer ersten Begegnung auf mich gewirkt hatte. Meistens machte sie auf Männer einen schlechten Eindruck, blickte gönnerhaft auf sie herab, als wären *sie* das schwache Geschlecht. Nachdem wir miteinander geschlafen hatten, sagte sie oft: «Ich verstehe nicht, wie ihr überhaupt *arbeiten* könnt, mit diesem Ding zwischen den Beinen, das den ganzen Tag lang an- und abschwillt. Eigentlich ein Wunder, dass ihr so produktiv seid.» Dann betrachtete sie meinen Penis wie eine Insektenforscherin, die sich in der Sahelzone über einen Termitenhügel beugt. Auch das zog mich so zu ihr hin: Ihr Verhältnis zu Männern stand dem Gretas klar entgegen. Mireille hielt nichts von morbiden Leidenschaften, die einen erst in Lichtwesen verwandeln und dann völlig zerstören. Außerdem fand sie sich selbst nie hübsch genug, um ihre Karriere oder ihre Beziehungen nur darauf aufzubauen.

Mit den Jahren erwies sich dieses Selbstvertrauen gleichermaßen als Segen der Götter, die sich über ihre Wiege gebeugt hatten, wie als Fluch, denn nie hatte Mireille sich darauf vorbereitet, dass etwas sich nicht ganz nach ihrem Wunsch entwickeln könnte. Sie musste nur hart arbeiten, so hatte sie geglaubt, und das Vertrauen ihrer Kollegen gewinnen, dann würde ihr Talent schon anerkannt werden und die Verkaufszahlen sich von «gut» zu «außergewöhnlich» steigern. Die Galerie lief ordentlich, und finanzielle Engpässe währten nie lang. Trotzdem, als Mireille auf die vierzig zuging, zwang ihr kluger Kopf sie zu der Erkenntnis, dass sie noch immer auf den großen Durchbruch wartete, der den Blick der anderen auf ihre Arbeit für alle Zeiten ändern würde – und den auf sie selbst, darauf, wer sie schon immer gewesen war, denn solche Dinge wirken stets in die Vergangenheit zurück. Mit großen Schwallen Seifenwasser überspülen sie, was längst vorbei ist, lassen glänzen, was zuvor nur wie ein Kieselstein aussah. Hier lag Mireilles messianische Ader: Sie glaubte an ein großes Ereignis, das früher oder später eintreten und alles um sie verwandeln würde. In dieser Hinsicht zählte sie auf mich genauso wie auf sich, und ich glaube, das trug dazu bei, dass unsere Liebe schließlich in die Binsen ging. Auch hierin unterschied sie sich von Greta, die ohne Schwierigkeiten im Moment leben, ihn fröhlich oder intensiv gestalten konnte, ohne einen Gedanken an den nächsten Tag oder die nächste Woche. Dabei erwartete Greta keineswegs weniger vom Leben als Mireille, nur sah sie es als bunten Strauß aus einzelnen Minuten, die es immer wieder neu zu pflücken galt, während Mireille es anpackte wie einen Zeitpfeil – vermutlich hätte Greta über diese Eigenschaft nur affektiert die Nase gerümpft und gesagt: «Kein Wunder, sie ist ja auch ein Stier.»

Den Gedanken, wie wenig sie bisher erreicht hatte, ertrug Mireille nur, indem sie an eine von einer künstlerischen Offenbarung verwandelte Zukunft glaubte. Doch die Zeit verging, und «der große Knall», wie ich ihn nannte, um Mireille zum Lachen zu bringen, blieb aus. Und Mireille, inzwischen eine elegante Frau in ihren Dreißigern, die gern in Steppwesten herumlief, einen Pappbecher Kaffee in einer Hand, die Schlüssel ihrer klimatisierten Galerie in der anderen, verzweifelte. Sie hätte daraus leicht dasselbe machen können wie so viele andere, die «sich selber finden» wollen, hätte sich zum Yoga bekehren lassen können, zu Ashram-Schweigewochenenden oder zu makrobiotischer Ernährung. Sie hätte vieles tun können, um die kalte Empiriedusche für ihre Träume zu vergessen, doch sie wählte die Option, die einer Frau am leichtesten verfügbar war und ihr zugleich die höchste gesellschaftliche Anerkennung versprach: die Mutterschaft. Mir schien, diese Ablenkung würde bestenfalls zwei oder drei Jahre vorhalten. Sobald das Kind laufen und sprechen könnte und wir uns an den Schlafmangel gewöhnt hätten, würden die Wolken an Mireilles Himmel erneut aufziehen. Aber ein vernünftiges Gepräch über die Frage unseres Nachwuchses mit Mireille führen zu wollen, war, als versuche man, mit einem Franzosen über die Kopftücher muslimischer Frauen zu sprechen, mit einem Briten über die EU oder mit einem Amerikaner über Mexiko. Anfangs waren wir uns einig: Uns fortzupflanzen hatte keine Eile und war auch nicht unbedingt erforderlich. Dann bekam unser Einverständnis schleichend Risse und zerbrach schließlich in zwei getrennte Teile, die noch eine Weile aneinanderhingen, aber schließlich wie Kontinente auseinanderdrifteten. Nach einer Weile, während ihre Freundinnen und deren Freundinnen, ihre Bekannten, ihre

Kundinnen, ihre Nachbarinnen, die Töchter der Freundinnen ihrer Mutter, kurz, ihr gesamtes Umfeld sich nach und nach ins Großprojekt der Mutterschaft stürzte, verbrachte Mireille einen immer größeren Teil ihrer Freizeit in Läden für Spielzeug und Kinderkleidung.

Im Grunde war ich kein unflexibler Mensch, aber doch einer, für den die Dinge eben passieren oder nicht. Wie bereits gesagt, war mir schon klar, dass ein Kind Mireilles Probleme nicht lösen würde: Wäre die Schwangerschaft, jener Höhepunkt gesellschaftlichen Ansehens, erst einmal vorbei, lägen immer noch dieselben Schwierigkeiten auf unserer Türschwelle, und dazu sicherlich noch ein paar neue. Ungefähr zu dieser Zeit hat wohl Mireilles Affäre mit der dafür körperlich und moralisch am besten geeigneten Person begonnen: ihrem Assistenten. Sebastián war ein höflicher, kompetenter und sogar integrer Kerl, dem ich die Geschichte niemals übelnahm, zumal er den Anstand hatte, mir während der gesamten Dauer der Beziehung möglichst aus dem Weg zu gehen, und bei den seltenen Gelegenheiten, als eine Begegnung unvermeidbar war, errötend zu Boden blickte, was mir paradoxerweise das Gefühl gab, ich sei irgendwie wichtig. Das Wort «gehörnt» kam mir nie in den Sinn, nur Mireille nahm ich die Sache krumm, denn wie alle Männer werde ich lieber geliebt als betrogen.

Wir heirateten an einem Samstag im Februar. Mireilles Familie hatte darauf bestanden, auf der Motorhaube unseres Autos einen weißen Blumenkranz anzubringen. Ich weiß noch, wie ich das Auto kommen sah, die Schnauze beladen mit diesem Gebilde auf ein leichtes Holzgerüst genagelter Blumen, und wie unmöglich ich das fand. Greta stand nicht hinter mir, lachte nicht ihr tiefes Lachen, das alles fortblies wie der Wind. Greta war nirgends, und an diesem Tag fehlte sie mir mehr als sonst und mit ganz neuer Gewalt. Damals wusste ich noch nicht, dass die Trauer mich genauso hartnäckig verfolgen würde wie meine peinlichsten Erinnerungen. Gretas Name schoss mir in den Kopf, weit, warm und lebendig, doch hinter dem vertrauten Klang war nichts – wie eine Leuchttafel, die mehr schlecht als recht einen Abgrund verbirgt. Mireille bemerkte meine Traurigkeit, doch die Anforderungen dieses besonderen Tages ließen alles Mitgefühl meiner zukünftigen Ehefrau versiegen. Falls sie, wie ich glaube, den Grund meiner Stimmung ahnte, hatte sie doch keine Geste und kein Wort des Trostes für mich übrig. Mireille, die glückliche Mireille, hatte noch niemanden verloren, nicht mal einen Großvater – wodurch die männlichen Sarquis mich übrigens in der Überzeugung bestärkten, dass man umso länger lebte, je mehr man seine Mitmenschen ausnutzte. Weil ihr diese Erfahrung fehlte, mangelte es ihr auch an einer gewissen Reife, die man erst durch Schmerz erlangt, und durch die alles sich für immer neu sortiert, das Wichtige auf eine Seite, das Unwichtige auf eine andere. Schon früh in unserer Beziehung hatte Mireille begonnen, Greta «dein Gespenst» zu nennen, was mich jedes Mal aufs Neue kränkte, ohne dass ich wagte, ihr das vorzuwerfen. In Mireilles Eifersucht gegenüber Greta spiegelte sich die, die ich als junger Mann gegenüber Beppe empfunden hatte, was mir zwar nicht entging, ich aber doch nicht akzeptieren konnte. Anfangs war Mireille noch begeistert davon gewesen, dass Greta und ich so eng verwandt waren, denn sie hatte die Schauspielerin verehrt, mit dem Überschwang des Fans und einer dornigen Bewunderung, in der der Neid die Schwesterlichkeit übertraf. Erst spät merkte sie – dank des Instinkts, den sie in Liebesdingen manchmal hatte –, dass Greta, die tote, idealisierte Greta, vielleicht keine Rivalin, aber doch ein Gegenmodell war, ein weibliches Absolutes, ein pyramidenhoher Maßstab für alle Frauen. Ich widersprach natürlich so heftig, wie man es eben tut, wenn man sich etwas für alle Offensichtliches nicht eingestehen will, doch am Tag meiner Hochzeit überraschte ich mich selbst bei dem Gedanken, dass ich womöglich Mireilles aufbrausendes Wesen und ihre Stimmungsschwankungen mit Gretas wildem Glanz verwechselt hatte. Und wenn ich auch klug genug war, zu begreifen, dass es nichts Gutes hieß, solche Vergleiche während meiner Hochzeit anzustellen, wusste ich doch auch, dass man im Leben manchmal etwas wagen muss, obwohl man völlig sicher ist, dass es nicht funktionieren wird.

Von unserer Hochzeit reicht es aus, zu sagen, dass sie stattgefunden hat. Glaubten wir in diesem Augenblick, dass wir zusammenbleiben würden bis ans Ende unserer Tage? Nein, doch die Gesellschaft sagte uns, das sei die produktivste Weise des Erwachsenwerdens, und daran hielten wir uns gern, denn Mireille und ich waren beide kleine Angsthasen. Horacio hätte sicher einen Schwiegersohn bevorzugt, mit dem er das Sarquis-Imperium hätte fortführen können, aber meine

Zurückhaltung und meine offensichtliche Freude daran, die zweite Geige zu spielen, ließen ihm gar keine andere Wahl, als mir zu vertrauen. Ich glaube, er, der so darauf versessen war, es der ganzen Welt zu zeigen, war von meiner Passivität überrumpelt und zugleich fasziniert. Andere hätten mit dieser Schwiegerfamilie vielleicht Schwierigkeiten gehabt, oder wenigstens vage moralische Bedenken. Mir stellte sich die Frage gar nicht, da ich ja sah, wie Mireille mit aller Kraft versuchte, sich von ihr loszureißen. Ich sagte ja schon, dass ich Mireilles Mutter Gabriela mochte, und auch meinen späten Ersatzvater Horacio hatte ich gern. Dennoch galt meine Loyalität ganz Greta und der Familie meiner Mutter. Abergläubisch ging ich lange davon aus, dass mich, falls ich den Koffer nicht weggab, ebenfalls das frühe Schicksal seiner Vorbesitzer ereilen würde. Man wird mir zu Recht entgegnen, dass Olivia fast hundert Jahre alt wurde. Das widerspricht allerdings nicht meiner Logik: Ich denke mir, dass sie dem Fluch entging, indem sie den Koffer meiner Tante gab – doch das ist bestimmt diskutabel. Sicher ist, dass ich einigermaßen damit rechnete, ebenfalls früh dahingerafft zu werden, und obwohl ich längst nicht so gefährlich lebte wie die drei bewussten Fotografen, obwohl es ziemlich unwahrscheinlich war, dass ich wie Capa in einem Reisfeld auf eine Mine treten würde, musste ich doch daran denken – und, schlimmer noch: Ich war davon überzeugt. Doch ich bin alt geworden. Ein Jahrzehnt nach dem anderen brachte ich hinter mich, ohne dass eine Krankheit oder ein Unfall mich aus dem Leben rissen. So habe ich also überlebt und muss nun Rechenschaft ablegen. Damals konnte ich der Vorstellung nichts Amüsantes abgewinnen, heute muss ich darüber herzlich grinsen. Auch das ist ein Privileg des Alters.

5

Es war zwar nicht Venedig, doch für uns war es genauso gut. Mireille und ich fuhren eigentlich nie in Urlaub. Uns fehlte jedes Talent für das, was manche «richtig ausspannen» und andere «Kraft tanken» nennen. Ohne Übertreibung kann man sagen, dass wir selbst verblüfft waren, plötzlich einen Monat lang in Spanien zu sein. Dass die Reise meine Idee war, machte das Ganze noch erstaunlicher, ja unwirklich geradezu. Als stolze Touristen schlenderten wir eines Morgens durch die Seitenstraßen der Gran Vía – unseren einzigen Orientierungspunkt –, ohne Reiseführer, ohne Programm, noch zerschlagen vom Schlafmangel der langen Reise. Ein paar Monate zuvor hatte eine Begegnung, auf die ich noch zurückkommen werde, in mir den Wunsch hervorgerufen, das Land zu sehen, aus dem der Koffer mit den Negativen stammte. Voll Rührung denke ich heute zurück an diesen schönen Sommeranfang in Spanien. Während der ersten Woche spazierten wir durch lange, rosige Madrider Abende, und das Leben schien uns nicht mehr ganz so kurz, nicht mehr ganz so sehr zum Verzweifeln. In diesem Sommer herrschte eine Ruhe, wie es sie nicht gab bei uns zu Hause, wo die heiße Jahreszeit von ohrenbetäubenden Gewittern durchsetzt war und von den Bürgersteig überflutenden Regengüssen. In der Luft lag das Versprechen, dass alle Wünsche in Erfüllung gehen, was in uns Gefühle füreinander und den Rest der Welt aufknospen ließ, zu denen wir uns gar nicht mehr imstande glaubten, ein Wohlwollen, an dem es uns zuletzt gemangelt hatte. Von morgens bis abends schlenderten wir unter dem üppigen Himmel umher, beeindruckt von den gepflasterten Straßen und den bunten kleinen Geschäften, durch die wir uns in die sechziger Jahre zurückversetzt fühlten. Gern wollte ich Mireille von dem Koffer erzählen, hatte es mir fast schon vorgenommen, wollte ihr sagen, dass Greta ihn mir hinterlassen hatte und ich seither neugierig auf Spanien gewesen war, aber die Gelegenheit verflog über den rosa Pflastersteinen, in den Sträßchen, die so eng waren, dass das morgens von beflissenen Hausmeistern daraufgeschüttete Wasser bis Mittag noch nicht verdunstet war, während überall sonst in der Stadt die Sonne auf die Parks und breiten Avenidas niederbrannte. Mireille war verzückt vom Charme der Madrilenen, besonders dem der Frauen. Ihre Faltenröcke, die schweren Halsketten und ihre Gleichgültigkeit gegenüber der Hitze sprühten, fand Mireille, vor ganz eigener Ästhetik. Sie malte sich aus, wie diese Frauen in einem Esszimmer hinter hölzernen, geschickt den Straßenlärm aussperrenden Fensterläden eine kalte Suppe löffelten und ihre hinfälligen Gatten pflegten, wozu sie aus ihren Gebetbüchern Kraft schöpften. Ich sagte, sie habe zu viel Phantasie, und während sie noch protestierte – «Man kann gar nicht zu viel Phantasie haben!» –, war der Augenblick, vom Koffer zu erzählen, schon wieder verflogen. Er verflog erneut, als wir betrunken vom *tinto de verano* offen über schwere Dinge sprachen, die in meinem Fall mit meiner Kindheit zu tun hatten, in ihrem mit der Nichtigkeit all unserer Ambitionen, und hinsichtlich uns beiden mit dem Absterben von Liebe und ihren vielfältigen, rätselhaften Auferstehungen. Er verflog auch, als ich angesichts der Schaufenster von Buchhandlungen, in denen sich Bücher über Populismus, nationalistische Verführungen und die jüngsten Migrationsbewegungen stapelten, dachte, dass Europa sich erneut so abschottete wie zur Entstehungszeit der Negative, und mich fragte, welche neuen Koffer diese Abschottung hervorbrächte. Und obwohl auf dem Rathaus von Madrid eine große Fahne mit der Aufschrift «Refugees Welcome» flatterte und ich überall Spuren des Kriegs in den Gesichtern suchte, verflog der Augenblick, Mireille alles zu erzählen, immer wieder aufs Neue, und die Tage gingen ins Land, ohne dass ich den Koffer erwähnte.

Bevor wir den Zug an die lieblichen Küsten Andalusiens nahmen, verbrachten wir halbe Tage in den Museen der Hauptstadt. Wir sprachen nicht viel, waren benommen von der Fülle an klug gehängten und ausgeleuchteten Meisterwerken, die hier für alle Welt zu sehen waren. Rückblickend war ich wohl umso faszinierter davon, weil in mir langsam die Idee reifte, die Negative ausstellen zu lassen. Lang stand ich vor *Guernica*, das, wie man sich denken kann, im Museo Reina Sofía einen großen, schönen Saal für sich alleine hat. Selbst in der Nebensaison riss der Andrang nicht ab. Fünf oder sechs weitere Besucher standen mit mir vor dem Bild, die Frauen leicht zur Seite geneigt und das Gewicht auf einem Bein, die Männer mit verschränkten Armen; alle waren um die vierzig, also ungefähr so alt wie Mireille und ich, und offensichtlich Europäer. Als ein Pärchen weiterging, nutzte ich die Chance, zwischen die anderen Betrachter zu schlüpfen und genauer in Augenschein zu nehmen, was ich da vor mir hatte – was ich umso entspannter tat, als ich Mireille zwei Säle weiter wusste. Obschon ich *Guernica* bereits von Reproduktionen kannte, war ich doch ergriffen von der riesenhaften, schwarz-grauweißen Leinwand, die keineswegs die Auswirkungen eines Bombenteppichs auf eine mittelgroße Stadt zeigt, wie man erwarten würde, keine ausgebombten Häuser und vor allem keine Leichen. Nein, alle sind lebendig in Picassos *Guernica*, abgesehen vielleicht von dem zerstückelten Soldaten. Getrieben vom Willen zu überleben, diesem erstaunlichen Impuls, drücken die Menschen auf dem Bild das Rückgrat durch. Frauenmünder mit herausgestreckten Zungen verleihen den Gesichtern eine Angst, die nur dann lächerlich wirkt, wenn man zügellose Panik nie erlebt hat. Eine Infotafel neben dem Gemälde erinnerte daran, dass Picassos Frauen häufig seelisches und körperliches Leid ausdrücken – was das betraf, war der Maler sicherlich Experte. Auch in anderen seiner Ende der Dreißiger entstandenen Werke ist dieses Leid zu sehen, in der *Weinenden Frau* etwa, oder in der *Frau mit Taschentuch*. Als ich zwei Schritte näher trat, entdeckte ich erstaunt, dass es auf dem Bild drei Frauen gibt, von denen eine ein Kind bei sich hat. Unweigerlich sah ich in den drei Gesichtern die von Olivia, Maria und Greta. «Hast du ihre Füße gesehen?», fragte da Mireille, die unbemerkt hinter mich getreten war, und ich schreckte fast hoch. «Die sehen aus wie Seeigel nach einem Nuklearangriff.» Das war ganz die respektlose Mireille, die mich bei unserem ersten Treffen so bezaubert hatte, und die Erinnerung wischte die drei Gesichter weg, die ich vor Augen gehabt hatte.

Nach diesem Museumsbesuch gingen die Wochen, wie sie es manchmal tun, harmonisch ineinander über. Mireille genoss wie nie zuvor unsere Freizeit, die sich tatsächlich frei anfühlte. Ich muss gestehen, auch ich ließ mir die Landschaft gern unter die Haut gehen und warf alles, was mich in unserem Leben in der Stadt belastete, mit Freuden in die gelblichen Panoramen, die vor den Zugfenstern vorbeizogen. In diesem Geisteszustand wandelten wir durch die Gärten der Alhambra und entlang des Ufers des Guadalquivir. Eines Abends, in Córdoba, kamen wir auf dem Rückweg von einem Restaurant, in dem wir köstlichen Wein aus großen Gläsern getrunken hatten, an den Mauern der Mezquita vorbei und blieben stehen, um sie zu betrachten. Jetzt, in der Einsamkeit der Nacht, wo ihre Umrisse vor dem schwarzen Himmel erstrahlten, war sie noch schöner als bei Tag. Vor den Mauern dieses Bauwerks, bei dem man nie recht wusste, ob man gerade einen Glockenturm betrachtete oder ein Minarett, vor der mit Blattgold verzierten Pforte und all den steinernen Zinnen, die zwar aussahen wie Wasserspeier, aber keine waren, verkündete Mireille ganz sachlich: «Es ist wirklich schade, dass die Spanier all ihre Juden und Muslime fortgejagt haben. Auf das nächstes Goldene Zeitalter können sie lange warten.»

Bald nach unserer Rückkehr nach Mexiko haben Mireille und ich uns getrennt. Gemessen an meinem insgesamt nicht sehr bewegten Leben, waren die folgenden Monate eine Qual, weshalb ich mit der Spanienreise wohl auch so viel Schönes verbinde. Doch ich behalte auch die schmerzliche Erinnerung zurück an diese Sache, die nicht gesagt, nicht offenbart und erst viel später ausgesprochen wurde, und nicht von mir, zumindest nicht von mir persönlich, und die ebenso gut für immer unter Verschluss hätte bleiben können, so wie andere Dinge auch, die man so heftig spürt und so geschickt verbirgt, dass man schließlich nicht mehr weiß, ob ihre Enthüllung Begeisterung oder Entsetzen säen würde, ob sie donnern würde wie ein Tsunami oder nur leise zischen wie eine Flasche Mineralwasser beim ersten Öffnen.

Francis Blanche

1

Es war ein klarer, trockener Tag im Mai, noch bevor die Juni-regen den brüchigen Asphalt der Bürgersteige durchweichten und Mexiko-Stadt einen wunderbar sakralen Duft verliehen. Die Krähen flogen hoch am Himmel, verkündeten ausgelassen krächzend eine Art von saisonaler Hoffnung. Ich hatte den Nachmittag damit verbracht, die Luft in tiefen Zügen vom Balkon aus einzusaugen und mir Notizen zu machen für eine Installation in einem Museum in Acapulco. Mireille hatte mich dort empfohlen – im September, zu Beginn der neuen Saison, sollte ausgestellt werden. Die Idee der Veranstalter war, dass auch Literatur einen Platz im Museum finden könne. Die Ausstellung konzentrierte sich auf die Beat Generation, deren wichtigste Protagonisten auf ihren in Briefen und Gedichten verewigten Reisen einige Monate in Mexiko zugebracht hatten. Im Eingangsbereich sollte die sechsunddreißig Meter lange Schriftrolle gezeigt werden, auf der Jack Kerouac *On the Road* verfasst hat. Dem Schriftsteller war das Seitenformat zu beschränkt gewesen für das freie, assoziative Schreiben, das ihm vorschwebte; dank der Rolle musste er die Arbeit nicht so häufig unterbrechen. Hätte er das konsequent zu Ende gedacht, sagte ich damals zu Mireille, dann hätte er auf Wände schreiben müssen, ja sogar an Hausfassaden. Mireille fand das jedoch nicht lustig. Aus irgendeinem Grund hat mich von allen Büchern Kerouacs immer *Big Sur* am meisten inspiriert. Auf der Flucht vor den Lichtern der Stadt und dem Titel als «König der Beatniks» strandet Kerouac darin in der Hütte seines Freunds Monsanto. Dort sitzt er dann, allein mit dem Ozean und seinen Dämonen, knapp über vierzig, verängstigt und nüchtern, und hat keine Ahnung, ob er noch ein zweites *On the Road* zustande bringen kann. Meine Idee war, seine Wege zwischen Strand und Hütte mit einer Soundinstallation nachzubilden, in der die Geräusche von Wind und Möwen zu einer den Einfluss Edgar Allan Poes nicht leugnenden Schauerversion des Ozeans moduliert würden. Der Gedanke jedenfalls gefiel mir. In dafür völlig ungeeigneter Umgebung arbeitete ich nun also das Werk aus, das ich mit *Betrunkene Albträume* betitelt hatte, auf meinem Balkon, über dem die Krähen ihre sommerlichen Übungen veranstalteten, und dachte unbeschwert darüber nach, ob es wohl schon spät genug für einen Drink war und wo Mireille und ich nach der Vernissage, zu der sie zu begleiten ich versprochen hatte, wohl essen gehen würden. Mireille war mit dem Auto von ihrer Galerie in San Ángel gekommen, um mich nach Roma mitzunehmen, wo die Vernissage stattfand. Weil ich wie so oft weder auf die Uhr geachtet noch das Telefon gehört hatte, musste sie extra nach oben in die Wohnung kommen. Sie trug ein weißes Kostüm, und ich weiß noch, wie ich sie trotz ihrer entnervten Miene, die mit der Zeit eher Gewohnheit als echter Gefühlsausdruck geworden war, im Auto von der Seite ansah und dachte, dass ihr Charme unsere Streits viel interessanter machte. So fuhren wir die Avenida de los Insurgentes hinauf, so schnell, wie es die abendliche Rushhour erlaubte, und Mireille nörgelte wegen meiner Verspätung, während ich durchs Fenster die

Leute beobachtete, die durch das gelbe Licht spazierten, das die Schatten weicher zeichnet, um uns besser auf den Einbruch der Nacht vorzubereiten.

Als ich an jenem Abend Francis Blanche kennenlernte, standen Mireille und ich am Anfang unseres neunten Ehejahrs. Es ist kein Wunder, dass ich Francis Blanche bei einer Vernissage begegnete, denn in den neun Jahren seit meiner ersten Begegnung mit Mireille hatten wir kaum etwas anderes unternommen. Dummerweise hatte ich vorher nicht auf das Thema der Ausstellung geachtet. So fand ich mich nun, mehr als zwei Jahrzehnte, nachdem Carlos mir den Koffer übergeben hatte, mit meiner Frau auf einer Vernissage wieder, die ganz im Zeichen des Spanischen Bürgerkriegs stand. Verblüfft und etwas zittrig ließ ich den weiß gedeckten Tisch voller Weingläser links liegen, an dem ich sonst bestimmt geblieben wäre, und trat in den Gang, in dem die Exponate in ihren Vitrinen der Betrachtung harrten. In einer kommunistischen Zeitschrift aus den Dreißigern entdeckte ich mehrere Fotos von Robert Capa, deren Originale ich aus dem Koffer kannte. Darunter war auch das Bild vom Tag nach der Schlacht von Teruel. Zu sehen ist von dieser Auseinandersetzung darauf nur die fett gedruckte Schlagzeile **TERUEL** auf der Titelseite einer Zeitung, die ein Mann gerade liest. In seiner Miene liegt die Gleichgültigkeit eines Menschen, der gelernt hat, schlechte Neuigkeiten wegzustecken. Hinter ihm lehnen zwei weitere Männer an der Fassade eines Cafés und strecken die Nasen in den Wind, als hörten sie von ferne den Widerhall der Niederlage, von der die Zeitung berichtete. Es wäre nur logisch gewesen, Mireille diesen Zufall einfach zu erklären – ja, je mehr ich darüber nachdenke, desto mehr scheint mir, ich hätte es tun *müssen*, mit der ganzen Souveränität eines Mannes, der gewohnt ist, anderen Aspekte seines Leben zu enthüllen. Doch dann sah ich Mireille auf der anderen Seite des Raumes, ein weltgewandtes, kontrolliert herzliches Lächeln auf den Lippen, und ließ es bleiben. Ich hätte ja nicht einmal gewusst, wie ich den Satz hätte beginnen sollen: «Du wirst lachen, aber ...», «Was würdest du sagen, wenn ich ...», «Du weißt doch, meine Cousine Greta ...»? Nein, das wäre grotesk gewesen, und Mireille hat auch nicht auf eine so gute Gelegenheit gewartet, um sich aus dem Staub zu machen.

Statt mich meiner Frau anzuvertrauen, steuerte ich also den kurz zuvor noch ignorierten Weintisch an. Die drei Gläser herben Rotwein, die ich hinunterstürzte, während ich auf einen passenden Zeitpunkt wartete, um Mireille zu unterbrechen und ihr zu sagen, dass ich gehen wollte, zeigten die erhoffte Wirkung und wärmten mir den Nacken. In diesem Moment tauchte Francis Blanche auf. Ebenfalls mit warmem Nacken stand er vor dem Tisch, auf dessen Stoffdecke sich langsam Flecken und Krümel sammelten. Ich wurde schnell warm mit ihm, zumal er etwas nachlässig gekleidet war und ein wenig Mundgeruch hatte. Greta hätte eingewendet, man könne nicht «ein wenig» Mundgeruch haben; entweder man hat welchen, oder eben nicht. Allerdings handelte es sich hier nicht um einen dieser grauenhaften Magendünste, die jegliches Sozialleben sofort beenden, sondern nur um die Spuren regelmäßiger Medikamenteneinnahme, gepaart mit einer langen Rauchervergangenheit, die den schmalen Mann noch älter wirken ließ. Sein Blick war klar, doch seine Haare angegraut, das gelbe Hemd war längst nicht mehr in Mode. Francis Blanche stammte gebürtig aus Québec, was man seinem verwaschenen Englisch noch anmerkte, und unterrichtete Fotografiegeschichte an der Universität Toronto. Redselig war er obendrein und hielt mir einen leidenschaftlichen Vortrag über Nadar, Jacques-Henri Lartigue und Man Ray, deren Namen er mit dem erwartbaren Akzent aussprach. Aus irgendeinem Grund – ich könnte es auf den Wein schieben, doch auch der erklärt nicht alles – hatte ich plötzlich das Gefühl, ich sei ihm etwas schuldig. Ich musste ihm einfach meine kleine Offenbarung machen. «Ich staune, dass ich hier Fotos sehe, die ich von meiner Cousine geerbt habe», setzte ich scherzhaft an. «Ich weiß aus sicherer Quelle, dass sie von Chim sind, Capas gutem Freund.» Der Blick des Professors verfinsterte sich misstrauisch. «Von Chim, sagen Sie? Was macht Sie da so sicher?», fragte er mit seiner fisteligen Stimme, die in der Aufregung ein wenig lauter wurde. Ich wusste damals noch nicht, dass man auf der ganzen Welt nach diesen Fotos suchte, dass Capas Bruder ganze Heerscharen von Konservatoren ausgesandt hatte, um Keller, Gärten und Konsulate in Mexiko-Stadt zu durchforsten, und dass eine Handvoll Spaßvögel sich direkt bei Cornell Capa gemeldet hatte, nachdem er in einer Fotografiezeitschrift eine Anzeige mit seiner privaten Telefonnummer geschaltet hatte. Ich muss wohl nicht erwähnen, dass ich mich andernfalls nicht so geöffnet hätte. Statt nun aber abzuwiegeln, wie es sonst meine Art gewesen wäre – soll heißen: ohne den Schock darüber, einige der Bilder unter Glas gesehen zu haben –, blieb ich am Ball, entschlossen, mir den Respekt dieses sympathischen Mannes zu verdienen: «Weil meine Cousine mir gesagt hat, sie seien von Chim, und weil ihre Mutter – meine Tante – die Negative höchstpersönlich aus Europa rausgeschafft hat.»

Was ein Triumph hätte werden sollen, verursachte mir stattdessen auf der Stelle Sodbrennen. Meine Waden fühlten sich an, als hätte jemand mein Blut durch gestoßenes Eis ersetzt. Francis Blanche wollte ganz genau wissen, unter welchen Umständen ich in den Besitz des Koffers gelangt war, wer ihn davor besessen hatte, und vor allem, wieso ich erst jetzt darüber sprach. Wusste ich denn nicht, dass Capas Bruder seit Ende der Siebziger jährlich Suchanzeigen schaltete? Ich wollte zurückrudern, doch es war zu spät. Ruder gab es nicht in dieser Unterhaltung, nur ein Steuerrad, und über dem baumelte mein Kopf. Mehr schlecht als recht meine innere Unruhe verbergend, wobei der Wein zugleich hilfreich und hinderlich war, erklärte ich, dass ich von Capas Bruder nie gehört hatte, und setzte meinem Gegenüber dann die verschiedenen Stationen des Koffers auseinander, viel knapper allerdings als hier. Der Professor erkannte die historische Plausibilität meines Berichts, und seine Aufregung wuchs. Er ergriff meinen Arm, klopfte mir auf den Rücken. «So was! Cornell wird Augen machen!», rief er aus, und die kleine Menge um uns wurde aufmerksam. Mireille warf uns einen erstaunten Blick zu. Strahlend stand sie da in ihrem weißen Kostüm, ein Glas ebenfalls weißen Wein in der rechten Hand. Später würde sie höflich darauf warten, dass ich ihr erzählte, worüber Blanche und ich uns so angeregt unterhalten hatten. Sie würde warten, aber keine Fragen stellen, denn sie wusste, wann man Fragen besser für sich behielt. Als Sprössling einer Familie, in der die Wahrheit nicht viel galt und oft sogar gefährlich war, ließ Mireille die Finger von verschlossenen Türen, Tagebüchern, Briefen und dem Inhalt digitaler Postfächer. Sie wäre Blaubarts Lieblingsfrau gewesen. In diesem Fall hätte es allerdings geholfen, wenn sie mich gedrängt hätte. Hätte sie sich auch nur nach dem Namen des Mannes erkundigt, der mir so herzhaft auf die Schulter geklopft hatte, ich hätte in unserer Küche die Hände in die Luft geworfen und gesagt: «Ich gebe auf.» Wenigstens glaube ich das, und daran kann mich keiner hindern.

Francis Blanche verabschiedete sich mit festem, langem Händedruck, nachdem er sich meine Nummer und Adresse notiert hatte, die ich ihm zweimal buchstabieren musste. Auf der Fahrt nach Hause sagte ich keinen Ton, außer um Mireilles Vorschlag abzulehnen, noch etwas essen zu gehen, weil ich das plötzliche Bedürfnis hatte, früh zu schlafen und schnellstmöglich eine Nacht zwischen mich und diesen Abend zu bringen. Als ich eine Stunde nach unserer Heimkehr die Tür zufallen hörte, war ich schon fast eingeschlafen und kümmerte mich nicht darum, dass Mireille noch mal allein ausging. Am nächsten Tag war ich zwar groggy, hielt mich aber aufrecht, und da der Himmel mir nicht auf den Kopf fiel, redete ich mir erfolgreich ein, dass all das nie passiert war und Francis Blanche nichts weiter war als ein dem Merlot entsprungener Geist. Doch dann, drei Tage nach der Vernissage, rief Blanche mich an. Er war eben wieder in Ontario angekommen, hatte Cornell Capa die Neuigkeit erzählt und wollte mich nur vorwarnen, dass dieser sich bald melden wolle, um mich nach New York einzuladen. Ich stammelte einige höfliche und unbestimmte Phrasen und knallte dann den Hörer auf. Was wollte dieser Mann von mir? Durfte man denn nicht einmal von der Familie etwas erben? Waren denn wirklich alle Mexikaner dazu verdammt, von den Amerikanern wie gewöhnliche Hühnerdiebe behandelt zu werden? Ich hatte weder Greta noch meine Tante um irgendwas gebeten. Etwas wurde mir verheimlicht, dann wurde mir etwas übergeben, und jetzt ging man mir auf die Nerven, obwohl ich nichts, aber auch gar nichts dafür konnte.

Nach diesem Gespräch war ich gereizt. Mireille spürte, dass sich etwas verändert hatte, beschloss jedoch zu schweigen und – so ist mir heute klar – ihren Argwohn als Ausrede für häufigere Abwesenheiten auszunutzen. Sicher, auf meine Weise war auch ich untreu, aber im Gegensatz zu ihr verzichtete ich darauf, an meinem Arbeitsplatz mit anderen Leuten zu schlafen, ihnen die Unterwäsche auszuziehen oder ihre Geschlechtsorgane in den Mund zu nehmen, und zwar aus Respekt für das Versprechen, das ich vor ihrer gesamten Familie und meiner Mutter gegeben hatte. Aus dieser moralischen Überlegenheit bezog ich einen fragwürdigen Stolz. Mireille war bass erstaunt, als sie Jahre später, als alles an die Öffentlichkeit kam, aus der Zeitung erfuhr, dass ich der Besitzer dessen gewesen war, was jedermann inzwischen «den mexikanischen Koffer» nannte. Vermutlich war sie ähnlich überrascht wie ich, als ich erfuhr, dass sie wieder geheiratet hatte und wer ihr neuer Mann war. Auch wenn Mireilles Wahl ganz ihren Vorstellungen entsprach, fand ich ihr Casting doch recht unschön. Und mit unschön meine ich erschütternd.

Ich hätte das nur ungern zugegeben, solange ich noch mit Mireille zusammenlebte, aber Lügen machten einen großen Teil unseres Alltags aus. Wie in japanischen Zeichentrickfilmen war das Monster anfangs böse, aber noch zurückhaltend. Erst mit der Zeit blähte es sich auf, fraß sich mit allem voll, was ihm vors Maul kam, bis es schließlich einem jener mythischen Ungeheuer glich, um die die Luft dünn wird und alles Menschliche verschwindet. Mireille und ich entstammten derart weit entfernten Universen, dass wir, um zueinanderzufinden, um die Hürden zwischen uns zu übersehen, nicht anders konnten, als einander anzulügen. Trotzdem – und ich hoffe, der Epilog dieser Geschichte wird das zeigen – habe ich nie vorgehabt, den Koffer zu behalten bis zu meinem Tod. Irgendwo in meinem Kopf spukte immer die Idee herum, dass ich, sobald sich die Gelegenheit ergäbe und jemand so Würdiges und Engagiertes wie dieser Francis Blanche auftauchte, die Pflicht hätte, von den Negativen zu erzählen, zu verraten, dass ich sie besaß, und eine Leine auszuwerfen, um zu sehen, wer sich danach strecken würde. Und genau das habe ich getan. Nur hatte ich nicht vorhergesehen, dass ich es genau in diesem Moment tun würde, in dem die Worte gegen meinen Willen über meine Lippen kamen. Ich war überrascht und hatte Angst, mehr kann ich zu meiner Verteidigung nicht vorbringen.

Wie von Francis Blanche versprochen, meldete sich bald schon Cornell Capa. Er schrieb mir hübsch formulierte Briefe und versuchte es in angemessenen Abständen am Telefon. Cornell wollte mich nicht drängen, sondern nur erreichen. Ich ließ die Tage verstreichen, setzte mir selbst Fristen, die ich immer wieder aufschob, und antwortete am Ende gar nicht. In dieser Lebensphase war es mir ganz und gar unmöglich, Mitgefühl für einen Achtzigjährigen zu empfinden, der wahrscheinlich seit Blanches spektakulärer Nachricht nicht mehr richtig schlafen konnte.

2

Sechs Monate nach der Vernissage kam der Sommer und mit ihm der Regen, vor dem es mir in jedem Jahr aufs Neue graut. Diese hochperformative Jahreszeit ist mir noch nie sehr gut bekommen, aber diesmal war es besonders schlimm. Die *Betrunkenen Albträume* sollten bis Mitte August fertig sein. Tagsüber dachte ich nur selten an Francis Blanche, war vollauf damit beschäftigt, den Wind und die Vogelrufe am Strand von Big Sur zusammenzustellen. Aber nachts plagte mich mein schlechtes Gewissen in Form unschwer zu deutender Träume. Ich sah Cornell vor seinem New Yorker Fenster einen Brief erwarten, der nie kommen würde. Manchmal klopfte jemand an seine Tür, um ihm persönlich mitzuteilen, dass er keine Post hatte. Manchmal ging er selbst nach unten, um im Kasten nachzusehen. Immer stand er am Ende mit leeren Händen da, in seinem riesigen Apartment mit Blick über den Park. Vermutlich lag darin ein Wortspiel mit García Márquez' Roman *El coronel no tiene quien le escriba*, den ich in dieser Woche las.

Die heiße Jahreszeit war also nicht schön, ging jedoch vorbei wie alle Dinge, und mit ihr verschwanden auch die Mücken und der Frozen Yoghurt, der klebrige Asphalt und die zu stark klimatisierten Taxis. Zu Mireilles Überraschung wurde die Installation rechtzeitig fertig. Grausam pragmatisch, wie sie sein konnte, hatte sie wahrscheinlich einen Notfallplan bereitgehalten, für den Fall, dass ich die Frist verpasste, doch angesprochen haben wir das nie. Es kam der Tag der Ausstellungseröffnung. Mireille und ich waren natürlich eingeladen. Beim Anblick der Hafenlichter seufzte ich erleichtert auf: Der Abschluss der Installation war eine gute Nachricht, ja, mehr noch, er war ein wahres Kap der Guten Hoffnung. «Fertig», dachte ich, indem ich die im Küstensonntagsstaat gekleidete Menge anlächelte. Da tauchte ganz plötzlich, inmitten all der kurzen Ärmel, hohen Säume und bunten Muster, der lässige Schemen von Francis Blanche auf, erkennbar am wippenden Gang und dem dünnen Jungmännerhaar. Bemüht, mir meinen Schrecken zu nehmen, versicherte er mich seiner guten Absichten, von denen wenigstens er selbst wohl überzeugt war. «Eine tolle Installation, die Sie da gemacht haben», sagte er freundlich und nickte in Richtung der *Betrunkenen Albträume*. «Ich wusste ja gar nicht, dass Sie Kerouac-Fan sind.» Er wirkte frischer als bei unserer ersten Begegnung, verjüngt geradezu. Vielleicht lag es am himmelblauen Kurzarmhemd in Verbindung mit der cremefarbenen Hose: Elegant war beides nicht, aber es stand ihm. Vorsichtig formulierte ich eine Antwort, da tauchte auch Mireille aus der Menge auf wie ein Haifisch aus den Tiefen vor einem Korallenriff. Francis war charmant und sprach, als hätte er das Geschrei in meinem Kopf gehört, mit keinem Wort den Koffer an. Auch Mireille zeigte sich von ihrer reizendsten Seite und erwähnte kein einziges Mal die Vernissage, auf der Francis und ich uns kennengelernt hatten. Alles lief bestens. Mireille wechselte zu einer anderen Gruppe, und als ich mich gerade von Francis verabschieden wollte, lud dieser mich zum Abendessen ein.

Francis Blanche war von ähnlich einnehmendem Wesen wie Bill Clinton und kein Mensch, dem man leicht abschlagen konnte, eine Mahlzeit mit ihm einzunehmen. Trotz allem Mangel an körperlichen Vorzügen kam er bei den Frauen höchstwahrscheinlich an, und auf gewisse Weise gefiel er auch mir. So nahm ich seine Einladung einer simplen Überlegung folgend an: «Bringen wir es hinter uns», dachte ich. Francis kannte Acapulco nicht – ganz offensichtlich war er nur gekommen, um mir zu begegnen –, und während der Fahrt, ich saß am Steuer, ergab sich ganz natürlich ein Gespräch über die Stadt. Ja, ich kannte sie gut, da die Familie meiner Frau hier Immobilien besaß und auch geschäftlich zu tun hatte, denn das ging in Acapulco immer Hand in Hand; ja, die Stadt hatte sich verändert seit dem goldenen Zeitalter Hollywoods, als Ava Gardner, John Huston und all die anderen herkamen, um gesehen zu werden; nur das orangefarbene Felsgeripppe von La Quebrada an der Steilküste war von damals noch geblieben. Ich riet ihm, sich dort die *clavadistas* anzusehen, diese kaum der Pubertät entwachsenen Najaden, die gegenüber dem Hotel von der Klippe sprangen. Gegen ein geringes Entgelt konnte man sich von ihren kleinen, braunen, gut gebauten Körpern unterhalten lassen, während man Maiskolben mit Mayonnaise, Schokobananen oder Popcorn aß. Francis wollte wissen, ob ich einmal erlebt hätte, dass beim Sprung einer ums Leben kam, und ich sagte nein, obwohl es hin und wieder durchaus übel ausging, nicht unbedingt tödlich, aber doch wenigstens im Rollstuhl. Francis reagierte wie erwartet: Wie konnten die Familien ihre Angehörigen bloß derart ans Messer liefern?, fragte er. Ich erklärte ihm, dass das Klippenspringen für sie eine Quelle von Stolz, aber auch Einkommen war, auf die sich schwer verzichten ließ. Und in Acapulco, fügte ich ominös hinzu, war ein tödlicher Sturz von einer Klippe nicht unbedingt die schlimmste Art zu gehen.

Durch die offenen Fenster strömte der Duft von Eukalyptus herein, vermischte sich mit dem gegrillten Fleischs aus den angrenzenden Villen, was der von Kormorangurgeln durchsetzten Nacht einen besonderen Charakter gab. Schön wäre all das gewesen, hätte nicht das Damoklesschwert eines unerwünschten Gesprächs über mir gehangen. Zu meiner Erleichterung war Francis, der Acapulcos schlechten Ruf ein wenig kannte, neugierig auf regionale Anekdoten. So erzählte ich, die neueste, wahrscheinlich von kolumbianischen Drogenschmugglern abgekupferte Methode, offene Rechnungen zu begleichen, bestünde darin, seine Opfer zu enthaupten. Francis staunte, und ich berichtete, was ich in dieser Woche in der Zeitung gelesen hatte: Zwei junge Männer waren in einen Club eingedrungen und hatten fünf Köpfe auf die Tanzfläche geworfen. Nicht in einen dieser Clubs mit Blick über die Bucht, versteht sich, in die die Söhne und Töchter der Fernsehproduzenten gehen, sondern in einen oben in den Hügeln, fernab vom Meer und den Touristen, wo die Knoten der Stadt sich zusammenziehen und nach Tod riechen, wenn sie sich wieder lösen. Ich riet Francis, sich von den Hügeln fernzuhalten, besonders in der Nacht. Der Ärmste wurde ganz blass bei der Vorstellung von über Linoleum kullernden Köpfen, sodass ich ihm rasch versicherte, Touristen würde so was nicht passieren, was jedoch nicht stimmte.

Wir erreichten die Bucht, wo sich Hotels mit abgeschmackten Namen und schäbigen Gipsfassaden drängten, in deren Schatten Geld gewaschen wurde. Der Anblick des Meeres und der Straßenhändler und sogar der raue Wind, durch den wir spazierten, schienen Francis aufzumuntern. Ich warnte ihn, dass man im ganzen Land nirgends so schlecht aß wie in Acapulco, und er folgte mir vertrauensvoll in eine von einer Deutschen geführte Pizzeria. Die Chefin ging von Tisch zu Tisch und sprach in perfektem, wenn auch hartem Spanisch mit den

Gästen, und ich fragte mich, wie sie wohl hier gelandet war. Eine Liebelei mit einem heißblütigen Baulöwen vielleicht? Mireille wüsste es sicher, Mireille wusste alles. Jedenfalls musste man schon dringend von irgendwo wegwollen, um sich hier niederzulassen. Francis sah mich großmütig an, und ich ließ eine weitere Anekdote über die Stadt vom Stapel. Erst heute Vormittag waren sieben Menschen ermordet worden, an ebenjenem Strand, der jährlich zweihunderttausend brünstige junge Amerikaner anzog, in der Woche, die für uns die *semana santa* war und für sie der *Spring Break*. So sind sie, die Amerikaner: Sie bringen es fertig, ihren mexikanischen Gärtner oder Klempner zu Unrecht des Diebstahls zu bezichtigen, einen Präsidenten zu wählen, der verspricht, eine Mauer zwischen unseren beiden Ländern zu errichten, und noch in derselben Woche ihren Sprösslingen ein Flugticket in die gefährlichste Stadt Mexikos zu kaufen, ohne einen Gedanken an die Gefahr, dort ins Alkoholkoma zu fallen oder am Strand ins Bein geschossen zu werden. Doch Francis wollte nichts mehr über Acapulco hören, sein höflicher Blick sagte das deutlich, und ich hielt mich in meiner neuerlichen Verzweiflung an der Muscheldeko und dem blauen Plastiktischtuch fest – ein Firlefanz, den sich die Wirtin in Bonn wohl kaum hätte erlauben können. Mein Stündlein hatte geschlagen, und ich bestellte bei der Deutschen noch einen Mai Tai. Francis fand heraus, dass sie Französisch sprach, und während ihres kurzen, augenscheinlich herzlichen Gesprächs sah ich meine Chance zur Flucht gekommen. Das Auto stand gleich gegenüber. In vier Stunden wäre ich in Mexiko-Stadt, um diese Zeit vielleicht sogar in drei, wenn ich aufs Gas drückte. Für Francis und Mireille würde mir schon eine Ausrede einfallen, und ich wäre zurück in unserer gemütlichen Wohnung in Coyoacán, fernab vom Tropenzirkus und meinen Dämonen. Doch dazu fehlte mir der Mut. Noch bevor die Deutsche unsere Bestellung brachte – Pizza mit Chorizo für mich, mit Gemüse für Francis, der offenbar Vegetarier war –, verkündete Francis:

«Ich habe ein wenig nachgeforscht, müssen Sie wissen. Über Olivia Gutierrez.»

«Die Malerin?», fragte ich, als wüsste ich nicht ganz genau, von wem die Rede war.

«Die Malerin, ja», bestätigte er freundlich, und ich war ihm dafür dankbar.

Ich erwartete, dass er nun ebenso von den unterschiedlichen, komplexen Phasen von Olivias Werk schwärmen würde wie einige Monate zuvor von Jacques-Henri Lartigue, doch stattdessen sprach er an, was Männer oft ansprechen, wenn sie über Frauen reden, selbst wenn diese Frauen große Künstlerinnen sind, und fiel dadurch ein Stück in meiner Achtung.

«Man kann wohl sagen, dass sie keine Frau für nur einen Mann war», rief er aus, womit er wohl auf eine Art männlicher Komplizenschaft zwischen uns abzielte. «Und Frauen war sie auch nicht abgeneigt!», fuhr er fort, mitgerissen von der eigenen Begeisterung.

«Ich dachte eigentlich, in Kanada sei man in solchen Dingen weiter», gab ich zurück, aufrichtig enttäuscht, aber auch froh, dass diese Diskussion mir Zeit verschaffte.

Francis wurde bleich. In Acapulco als rückständig bezeichnet zu werden, hatte er wohl nicht erwartet.

«Ah, Sie sind also im Bilde?», sagte er, was mich vollends auf die Palme brachte. «Und glauben Sie … glauben Sie, da war etwas, zwischen Olivia und ihrer Tante?», fragte er scheinheilig.

Also wirklich, brauchte diese Geschichte ernsthaft Liebe unter Frauen, um richtig interessant zu sein? Ich holte tief

Luft, um mich nicht dazu hinreißen zu lassen, meinem Gegenüber die Faust in den rosaroten Hals zu rammen.

«Ich wüsste nicht, wieso das wichtig wäre», entgegnete ich, «zumal es keine bisexuelle Malerei gibt.»

«Verzeihung», lenkte Blanche ein, «ich wusste ja nicht, dass ich mit einem Feministen zu Abend esse.»

Ich ertappte mich, wie ich auf meinem Zeigefingernagel kaute, während Francis lautstark mit den Zähnen knirschte.

«Und Chim?», fragte er.

«Ich weiß nur, dass er mehrmals in Lissabon war, weil meine Tante ihn dort kennengelernt hat. Und dass Olivia und er einander auch danach besuchten. Ihnen ist bestimmt bekannt, dass Olivia mehrere Jahre in Tanger gelebt hat, dann in der Toskana und sogar kurz in Addis Abeba. Dort hat sie ihre Serie mit den zerdrückten Baumwollblüten begonnen. Chim wurde 1956 von einem ägyptischen Heckenschützen erschossen, zwanzig Jahre, nachdem er Olivia kennengelernt hatte. Sieben dieser zwanzig Jahre waren die beiden zusammen. Mehr weiß ich nicht.»

«Sie wissen nicht, wie es weiterging?»

«Mit ihrer Beziehung, meinen Sie?»

«Genau.»

«Weiß man das je?»

«Es gibt doch wohl Indizien, mögliche Erklärungen.»

«Sind Sie verheiratet?»

Francis schüttelte schwermütig den Kopf.

«Treue Seelen, die sie beide waren, standen sie sich sicher weiter nahe.»

Francis machte sich ein wenig lustig über diese Treue. Etwas Besseres hatte ich aber leider nicht zu bieten. Dann fuhr er die schweren Geschütze auf.

«Seltsam, dass Sie nie versucht haben, Olivia Gutierrez zu kontaktieren. Schließlich haben Sie den Koffer doch sozusagen dank ihr geerbt, nicht wahr?»

Da waren sie, die Wörter «Koffer» und «geerbt».

«Stimmt. Sie weiß es, und ich weiß es, und dabei belassen wir es. Ein stillschweigendes Einverständnis.»

Wie hätte ich Francis erklären sollen, dass keiner der Vorbesitzer des Koffers ihn je zurückgefordert hatte? Olivia, Chim, ja selbst der erst 1964 verstorbene Capa hätten zehn-, zwanzigmal Gelegenheit dazu gehabt. Doch sie hatten es nicht getan. Wieso? Das blieb ein Rätsel.

Über seinen Pulverkaffee hinweg blickte Francis mich verständnislos an, suchte in meinen Augen eine Lüge.

«Olivias Erfolg lässt sie mir weit weg erscheinen», fuhr ich fort. «Ich habe nicht gewagt, mich wegen des Koffers bei ihr zu melden, weil mir schien, dass niemand, der damit zu tun hatte, gern darüber sprechen wollte. Übrigens bin ich mir sicher, dass sie nichts Genaues über seinen Inhalt weiß.»

Francis sah mich immer noch an. Mir war, als hätte er schon eine ganze Weile nicht geblinzelt. Verärgert über sein immer offensichtlicheres Misstrauen, rang ich mich zu einer kleinen Provokation durch.

«Außerdem gibt es Dinge, über die man besser schweigt, meinen Sie nicht?»

Nein, das meinte er nicht. Ganz offensichtlich gehörte er zu jenem Schlag moderner Menschen, die zwar niemals an Gott glauben würden, aber doch die Vorstellung vertraten, es gebe die eine, einzige, einzigartige und mächtige Wahrheit, die letzte Wahrheit, sozusagen, die alles zu erklären vermag, a priori und a posteriori. Und er glaubte nicht nur, dass diese höchste Wahrheit existierte, sondern auch, dass es ihm,

Francis Blanche, zufiel, sie zu suchen und zu verteidigen. In diesem Szenario stellte ich die Hürde dar zwischen ihm und dieser Wahrheit, weshalb man leicht verstehen wird, wieso über unserem Tisch der beißende Geruch der Inquisition hing.

«Möchten Sie noch Kaffee?», fragte da die Deutsche, die von ihrem Wirtinneninstinkt getrieben aus dem Nichts aufgetaucht war. Wir nickten.

«Wenn Chim ihr irgendetwas anvertraut hat, werden wir es jedenfalls nie erfahren, weil sie sich weigert, mit uns zu sprechen», erklärte Francis, wobei er aggressiv das «wir» betonte, das außer ihm vermutlich Cornell Capa umfasste.

«Sie haben Olivia geschrieben?»

Francis grinste, offensichtlich überzeugt, meine Beichte stünde kurz bevor. Aber welche? Dass ich gelogen hatte? Dass ich den Koffer eigentlich gar nicht besaß?

«Sie hat uns höflich abgewiesen, aber immerhin bestätigt, dass der Koffer sich in Mexiko-Stadt befindet.»

«Also wissen Sie genauso viel wie ich», brachte ich hervor und log diesmal tatsächlich, zumal mein Gegenüber ohnehin nichts anderes erwartete.

Einen Augenblick sah ich Olivia so deutlich vor mir, mit schwarzem Rollkragen und kurzem Haar, dass ich ihre Hand erneut auf meinem Kopf zu spüren glaubte.

«Wir haben noch nicht über Geld gesprochen», versuchte Francis ungeschickt sein Glück, und die Rolle des Bestechers stand ihm nicht gut zu Gesicht.

Um Geld war es mir nie gegangen; mein Stolz lag nicht im Finanziellen, und meine Ängste auch nicht. Besitz war mir, wie mittlerweile klar sein dürfte, im besten Falle eine Last.

«Lassen wir es doch für heute gut sein, ja?», sagte ich

schließlich, und Francis kapitulierte vor meiner erschöpften Miene.

Bevor er sich verabschiedete, schlug er vor, das Wandgemälde zu besichtigen, das Diego Rivera ans Haus einer seiner Geliebten in den Hügeln Acapulcos gemalt hatte, denn wie alle Gringos war auch Francis fasziniert vom Werk der «Kröte». Aus Höflichkeit sagte ich zu, wusste jedoch schon, dass ich nicht kommen würde. Francis' Reise hatte das Ziel, mir die Negative zu entlocken, und nach diesem Abend hatte ich entschieden, dass er sie nicht verdiente. Vielleicht hatte ich das sogar schon in dem Augenblick entschieden, als er aus der Menge aufgetaucht war. Am nächsten Tag versuchte er, mich zu erreichen, gab jedoch schnell auf. Auch er hatte gespürt, dass die Möglichkeit eines für ihn glücklichen Ausgangs der Geschichte über zwei deutschen Pizzen verflogen war.

Mireille war mir nicht böse, weil ich die Ausstellung verlassen hatte, ohne ihr Bescheid zu sagen – ein kleines Wunder –, und sie versuchte auch nicht mehr zu verstehen, weshalb mich die Anwesenheit dieses Kanadiers auf Vernissagen so beschäftigte. Aus mir unerfindlichen Gründen genügte der Umstand, dass er Professor für Kunstgeschichte war, um sie zu beruhigen. Zugleich war sie stolz auf die exzellente Resonanz auf meine *Betrunkenen Albträume*, sodass ich sie bester Laune in der Küche des Apartments vorfand, das ihr Vater uns bei unseren seltenen Besuchen in Acapulco zur Verfügung stellte. Unsere Rückkehr nach Mexiko-Stadt war ein Fest, begossen mit einem Schwall von *micheladas*. Irgendwo vor Coyoacán, in einer mexikanischen Nacht voll strahlender Neonlichter und verlorener Menschen, parkte ich vor einem Fresh Burritos, um Mireille zu necken und zum Lachen zu bringen, denn wie sollten wir unseren Triumph wohl besser feiern als mit Fastfood? Sie machte mit und bestellte tatsächlich einen *burrito*, Pommes frites und eine Margarita. «Das ist meine Frau», dachte ich und staunte selbst über meine Gefühle. In ihrem schlichten Sommerkleid neben dem Auto stehend sagte sie: «Ich liebe dich», und wie schön es mit ihr war in diesem Augenblick, kam mir so natürlich vor, dass ich mich hinreißen ließ zu glauben, all unsere Probleme seien gelöst, obwohl durch diesen Strom der Zärtlichkeit der Schmerz aus Monaten der Apathie schimmerte. Doch an diesem Abend hatte keiner von uns beiden Lust, an irgendetwas anderes als an Erfolg zu denken, und ich schlief ein, nackt unter der eisige Wellen über meinen Körper jagenden Klimaanlage, endlich zu Hause, zutiefst erfüllt von Mireille und dem Umstand, dass der Koffer immer noch in meinem Schrank stand.

Eigentlich wollte ich lange ausschlafen, doch Francis Blanches Worte – und all das Bier, das ich unterwegs getrunken hatte – trieben mich aus dem Bett, bevor es hell wurde. Das heftige Bedürfnis, Olivias Stimme zu hören, führte mich zu meinem Computer. Verschlafen und mit zerknautschtem Gesicht fand ich bald einen ihrer Radioauftritte aus den Siebzigern, ein einstündiges Interview, das irgendwer auf YouTube hochgeladen hatte, unterlegt mit Fotos ihrer Werke.

«Es ist eine große Ehre, Sie kennenzulernen», hob der Moderator eitel an. «Bisher kannte ich nur Ihre Bilder. Wie erklären Sie sich, dass es nur so wenige Maler*innen* gibt – und sogar noch weniger einigermaßen bedeutende? Die meisten haben doch eigentlich gar nichts verändert, wie mir scheint.»

«Nein», antwortete Olivia höflich, vielleicht weil sie von ihrem Gegenüber nichts Klügeres erwartet hatte, vielleicht weil das noch eine Zeit war, in der es niemanden erstaunte, wenn man so über Frauen sprach. «Aber ihre Bilder sind besser als die des durchschnittlichen Mannes.»

«Ach, glauben Sie?»

«Ja, weil Frauen gewissenhafter sind.»

«Meinen Sie das ernst?»

«Ich für meinen Teil habe immer alles um mich herum verändert», fuhr Olivia fort. «Immer habe ich Skizzen gemacht. Skizzen von allem, das uns umgibt. Von der Wirklichkeit. So kommt die moderne Malerei ins Leben. Früher war sie doch nichts weiter als ein schwarzes Monster.»

«Bedauerlicherweise werden Ihre Werke häufig nachgeahmt, und nicht immer gut.»

«Ich sehe das als Kompliment. Wer nachahmt, ist nicht dreist genug, in der Welt einen Platz für seine eigenen Ideen schaffen zu wollen. Wenn man nachgeahmt wird, ist einem das bereits ein Stück weit gelungen.»

«Sie meinen, Sie haben eine Bewegung begründet?»

«Ich weiß nicht, ob ich es Bewegung nennen würde, aber ich habe Erben.»

Im Wohnzimmer war es stockdunkel, abgesehen von dem leuchtenden Rechteck meines Computers, das mein Gesicht und meine nackten Arme anstrahlte.

Désirée Wonton

1

Ich fühlte mich wohl, sogar glücklich, in meiner Einsamkeit, hatte mich in der Entsagung recht behaglich eingerichtet, als Désirée des Weges kam und mich am Schlafittchen packte. Über Mireille tröstete ich mich mit großen Tellern Eier mit Soße zum Frühstück hinweg, mit Bier und Mezcal, aber auch mit Streifzügen durch Antiquariate, denn schließlich lebte ich in der Hauptstadt der gebrauchten Bücher. Wie viele aus Coyoacán begann auch ich meine Tage auf den Bänken am Markt, eine einfache Routine, hinter der die fünf Jahre zurückliegende Begegnung mit Francis Blanche verblasste, aber doch noch immer ein Stück vorlugte wie der Bürzel einer Turteltaube auf einer Palme. Vor dem Stand von Gloria sitzend trank ich eine Schale heiße Schokolade und aß eine Handvoll kleiner *panes de yuca* mit Sesam, hinterher Eier und Bohnen, und ab und zu sogar noch einen Krabbencocktail, während ich die Zeitung las. Die Stickereien auf Glorias Schürze und ihre Revuestar-Stimme befriedigten meine bescheidenen erotischen Bedürfnisse vollauf. Wie sie – eine Hand in der Hüfte – die Bohnenpaste auf eine ausgebreitete Tortilla strich, überzeugte mich davon, dass die Welt sich weiterdrehte. So zog der Vormittag dahin, im Takt von Glorias barsch ihren Töchtern zugeraunten Befehlen. Die Schürzen dieser jungen

Frauen waren nicht minder prächtig als die ihrer Mutter, doch die beiden selbst wirkten träge wie die saftigen, in der Sonne quellenden Agaven der Sierra Norte, die *piña* fest verankert im sandigen Erdreich, und ich fand sie deutlich weniger verführerisch. Zu Glorias Unterhaltung erzählte ich Geschichten, die ich tags zuvor in der Bar El Invencible gehört hatte, wo ich seit den letzten Tagen meiner Ehe meine Nachmittage zubrachte. Gloria lächelte dann stets ihr trauriges, verschmitztes Lächeln und sagte niemals mehr als «Ach», «Was du nicht sagst» oder «Du liebe Zeit». Immerhin etwa zehn Tage im Monat ging ich arbeiten, schnitt Dokumentationen für das Fernsehen. Sobald ich genug Geld beisammenhatte, um bis zum Monatsende durchzuhalten, ging ich nicht mehr hin. Man kann sagen, dass ich damals jeder künstlerischen Tätigkeit entsagt hatte, und ich fand Gefallen an diesem Wartezustand, von dem ich nicht wusste, ob er irgendwann zu Ende gehen würde, was mir jedoch viel weniger Kopfzerbrechen machte als gedacht.

Jeden Abend, wenn die Sonne hinter den Ständen niedersank und die *tlayuda*-Verkäufer ihre Wachstücher einpackten, machte ich mich auf zum Invencible. Man kannte mich in der Bar als Luca, den gringohaften Intellektuellen, der seine *micheladas* tüchtig scharf mochte, wie man sie in Guerrero trank. Jorge, der etwa sechzig Jahre alte Wirt, dessen Bauernvisage man sein feines Gespür für seine Gäste niemals angesehen hätte, stellte die Musik leiser, wenn die Mariachis kamen. Oft endeten die Lieder mehrstimmig, mit an die Holztheke gepressten Bäuchen, die Gitarre begleitet von kehligem Männerlachen, das von der hohen, gelben Decke widerhallte wie das Jaulen von Koyoten in der Steppe. Katharsis vom

Elend unserer immergleichen Tage, von Erniedrigungen, von allem, auf das man vergeblich wartet, und auch von dem, auf das man nicht mehr wartet, das man vergessen glaubt, doch immer noch mit sich herumträgt, das unsere Schale abhärtet – das Invencible füllte unser aller Leere aus. Das war die gar nicht so bescheidene Aufgabe dieses Ortes: der Gegenwart Gestalt zu geben. Auf seinen Fliesen spielten sich an manchen Abenden geradezu biblische Szenen ab, in denen auf umgestürzte Tische, gezückte Klingen und gelästerte Götter bald überschwängliche Umarmungen auf Knien folgten, und dann der Augenblick, wenn alle wieder aufstanden, das Haar zerzaust, die Würde noch intakt, um weitere Balladen anzustimmen, in denen es immer wieder um die Stadt Veracruz ging und um verlorene Liebe. Später nahm ich Désirée einmal ins Invencible mit. Die anderen liebten sie, wie Falken eine Feldmaus lieben. Sie küssten ihr die Hände, nannten sie *señorita*, suchten für sie den besten Mariachi auf dem Markt und die alte Indianerin, die Blumensträuße zu zehn Pesos verkaufte. Und ich wurde traurig, weil Désirée diesen Ort nicht wie ein Mann erleben konnte, ganz ohne Privilegien, denn man kann nicht gut beobachten, wenn aller Augen sich auf einen selbst richten.

Heute erkenne ich, in welch mönchischer Einsamkeit ich damals lebte. Gloria und meine Kameraden aus dem Invencible machten mein ganzes Sozialleben aus, doch herrschte zwischen uns eher Gewohnheit als Freundschaft. Allein auf der Straße beobachtete ich die anderen, die gemeinsam über Dinge lachten und sich freuten, an denen ich nicht teilhatte, und ich war traurig, weil ich nicht wie sie lachen und aufs Leben trinken konnte. Im Invencible tranken wir darauf, dass wir nicht tot waren, und die Stimmung war ganz anders als die jener normalen Freitagabende. Alles in allem kam sie mir jedoch ganz gut zupass, die Einsamkeit. Ich hatte mich schnell daran gewöhnt und wollte sie lieber nicht mit neuen Verpflichtungen beschneiden. Mir blieb Zeit, die Welt in Ruhe zu betrachten, und wie einen späten Saft fühlte ich in mir das Gefühl aufsteigen, ich sei selbst ein Teil von ihr. Ich genoss es, der alten Frau im Erdgeschoss zuzusehen, wie sie den kleinen Lebensmittelladen aufsperrte, den sie in ihrem Wohnzimmer betrieb, in Gesellschaft ihres Pudels; den beiden Antiquitätenhändlern zu lauschen, die auf dem Bürgersteig ihren Kaffee tranken, auf ihren zartlilanen Samtsesseln zwischen zwei Nussbaumkommoden; die vier frisch geworfenen Kätzchen zu beobachten, die unter meinem Küchenfenster spielten, während ihre müde Mutter unablässig unterwegs war, um sie zu ernähren und zu beschützen; der Spinne, die hartnäckig ihr Netz in meiner Dusche spann, zu erklären, dass ich sie eines Tages aus Versehen töten würde und sie sich besser mit der Decke begnügen sollte, worauf sie tatsächlich anmutig an ihrem Faden nach oben stieg wie bei einem umgekehrten Abseilakt; und jeden Morgen die Turteltaube zu begrüßen, die sich auf der Dachrinne neben meinem Schlafzimmer ausschüttelte. Ich mochte zwar niemandes Ehemann mehr gewesen sein, doch ich war da, ja mehr noch: Ich war, was ich sah.

Greta fehlte mir jeden Tag. Gerne hätte ich – wie die Älteren unserer Familie – an die fließende Grenze zwischen Leben und Tod geglaubt: Dass die Toten unter uns leben, dass sie uns nie verlassen. In gewisser Hinsicht hatte Greta mich tatsächlich nie verlassen, da seit ihrem Tod all meine Entscheidungen, sogar die kleinsten, lächerlichsten – ob ich auf einen Spaziergang mein Buch von Carlos Fuentes oder das von Bulgakow mitnahm, bei offenen oder geschlossenen Läden schlief, mich heute rasierte oder doch erst morgen – davon bestimmt waren, was sie meiner Ansicht nach gesagt oder gewollt hätte. So grollte ich den Negativen, die in ihrem gelben Umschlag unversehrt auf ihrer Existenz beharrten. Artig lagen sie im Schrank zwischen meiner sauber gebügelten Bettwäsche und unterstrichen die von meiner Cousine hinterlassene Lücke, jener Cousine, die jetzt auf gänzlich ungreifbare Weise in der Welt umging. Als ihr Hüter musste ich die Negative gleichzeitig verbergen und beschützen, und hin und wieder kam mir der Gedanke, dass mein im Vergleich zu meinen Ahnen ungewöhnlich langes Leben ihnen schlecht bekam. Dennoch, die Verantwortung für diesen Schaden zu übernehmen, schien mir leichter als die schwindelerregende Aufgabe, sie zu reparieren, ihnen etwas Gutes tun zu wollen. In meiner Jugend habe ich einmal – ein einziges Mal – eine wirklich gute Erörterung in Philosophie geschrieben, zum Thema «Die Fakten sind geschaffen». Mir kam das vor wie ein Omen dessen, worum mein ganzes Leben kreisen sollte. Die Fakten sind geschaffen. Ein-, vielleicht zweimal, suchte ich Francis Blanches Nummer heraus, in der Absicht, ihn früher oder später anzurufen. Ende der Woche, sagte ich mir. Nein, besser Sonntagmorgen: Da wäre er bestimmt zu Hause. Oder eher Anfang nächster Woche, im Büro. Mit einem Mal war es mir wichtig, professionell zu wirken, was in diesem Kontext vollkommen absurd war. Gab es in meinem Leben irgendwas Privateres als diesen Koffer? Doch in meiner unaufgeräumten Wohnung blieb die Suche nach seiner Visitenkarte vergeblich, und dieses kleine Hindernis genügte, meinen Wunsch, ihn anzurufen, zu zerstreuen.

2

Eines ganz normalen Vormittags, zumindest wenn man dem strahlend blauen, von weißen, flauschigen Streifen durchzogenen Himmel über Coyoacán glaubte, spazierte ich zum Markt, nachdem ich mir im Kiosk nebenan die aktuelle Ausbeute an Tageszeitungen besorgt hatte: *El Sol, El Mundo* und, weil Freitag war, *El Chiquito* mit der Wochenendbeilage, die ich besonders schätzte. Im Feuilleton des *Chiquito* war es auch, dass ich, bei Gloria auf meinem üblichen Hocker vor einem Berg *panes de yuca* und einer dampfenden Tasse sitzend, hängenblieb an einer Schlagzeile wie an einem Angelhaken: «Alles, was Sie malen, kann gegen Sie verwendet werden.» Als ich begriff, um welche Künstlerin es ging, schien die Doppelseite mir plötzlich gewaltig, und mich überkam ein Hustenanfall. Gloria hob eine Braue und stellte mir wortlos ein Glas Wasser hin. Ich dankte ihr mit einem Lächeln, doch sie hatte sich bereits wieder auf ihren Beobachtungsposten zurückgezogen, das Gesäß am Tresen, die Arme verschränkt zwischen Bauch und Brüsten, ein schräger Blick in die Gänge des Markts, und ich stürzte mich auf das Interview mit Olivia Gutierrez. In der kommenden Woche sollte in Paris eine Werkschau der zweifellos berühmtesten mexikanischen Malerin seit Frida Kahlo eröffnet werden, aus Anlass ihres neunundneunzigsten Geburtstags. «Das wird schön, als läge ich mit einem Periskop in meinem Sarg», bemerkte Olivia voll übernatürlicher Lebenskraft. Aus dem Artikel erfuhr ich, dass sie kürzlich nach Lissabon gezogen war, «um zu sterben», wie sie sagte, und dass sie mit Blick auf diesen Umzug mehr als zweihundert ihrer Bilder zerstört hatte – zum Entsetzen der Menschen, die ihr Geld damit verdienen, Kunst zu bewerten und zu verkaufen, sie auszustellen und darüber zu schreiben. «Manche Bilder wiederzusehen, kann so lächerlich sein, wie alte Liebesbriefe zu lesen», erklärte Olivia der mit ihrem Porträt beauftragten Person, und zu meinem Erstaunen fragte ich mich kurz bedrückt, ob sie damit wohl auf Briefe von Chim anspielte, war dann aber sofort sicher, dass sie über nichts an ihm jemals ironisch sprechen würde.

Die Doppelseite der Beilage des *Chiquito* war mit Fotos der jungen Olivia illustriert, was zeigte, wie vollkommen tabu es auch Anfang der 2000er noch für die Presse war, eine ältere Frau abzubilden. Grinsend stellte ich mir vor, wie Olivia, falls sie das Blatt in die Hände bekam, umgehend dem Redakteur schreiben würde, um sich zu beschweren. Der Artikel erinnerte zu Recht daran, dass Olivia Ende der Vierziger mit drei anderen Malerinnen – der Marokkanerin Lala Hfraoui, der Türkin Ipek Yüksel und der Spanierin Assoun Muñoz – eine Bewegung namens TIGRA gegründet hatte, ein Akronym aus Tanger, Istanbul und Granada. Olivia lebte damals in Tanger und kam mit ihrer Freundin Lala auf die Idee für diese feministische Künstlerinnengruppe, deren bedeutendstes und beständigstes – das geht ja oftmals Hand in Hand – Mitglied sie werden sollte, während die drei anderen leider bald gar nichts mehr produzierten, aus inneren wie äußeren Gründen, denn man kann sich denken, wie gut die Vereinigung zweier Musliminnen und zweier Republikanerinnen bei der chauvinistischen Kunstszene ankam. Obwohl TIGRA nur so kurz bestanden hatte, würdigte Olivia über die Jahrzehnte immer wieder die Bewegung und deren Einfluss auf ihr Werk, insbesondere in Form der Bildsprache aus Ungeheuern, Vulkanen und phantastischen Tieren, die die vier Malerinnen sich gemeinsam ausgesucht hatten. «Eigentlich habe ich immer für Augen gemalt, die heute nicht mehr sind», sagte Olivia in einer der letzten Repliken des Interviews, und dieser Satz ergriff mich zutiefst, denn ich war sicher, dass sie dabei an Chim dachte, und auch an meine Tante Maria.

Schon vor dem Artikel über die Retrospektive in Paris hatte ich gewusst, dass Olivia noch lebte – oder besser, dass sie nicht tot war, was nicht ganz dasselbe ist. In gewisser Hinsicht hatte ich ihre Anwesenheit in der Welt einfach vorausgesetzt und mich so vor dem Gefühl bewahrt, hinsichtlich des Koffers irgendetwas tun zu müssen. Ihr Schweigen fasste ich als Absegnung des meinen auf. Wenn sogar sie, die in der Geschichte des Koffers eine so zentrale Rolle gespielt hatte, nie ein Wort darüber verlor und auch in ihren Bildern niemals auf ihn anspielte – zumindest meines Wissens nicht –, warum hätte es an mir, dem letzten Glied der Kette sein sollen, ihn ans Tageslicht zu bringen? Trotz Olivias erwähnter Lebenskraft riss die Einsicht, dass sie in ihrem hohen Alter der langen Nacht ins Auge sah, die auf uns alle wartet, mich aus dem lauwarmen Bad, in dem ich zufrieden vor mich hingeplanscht hatte wie ein altes Krokodil, und ich träumte wieder von Cornell Capa und seinem Briefkasten. Diesmal träumte ich außerdem von Francis Blanche, der mit fragender Miene auf dem Bahnsteig eines verlassenen Bahnhofs stand. Der Artikel und vielleicht noch mehr der Umstand, Olivias Gesicht auf den Fotos wiedergesehen zu haben, trieben mich zum Handeln, wenn auch nur zu langsamem, mittelbarem: zum Schreiben nämlich. Zurück vom Markt nahm ich meinen schönsten Füller und machte mich an das Verfassen eines Briefs, den ich mehrfach neu beginnen musste.

Señora,

Liebe Señora,

Señora Gutierrez,

Ich blickte zur Decke und holte tief Luft.

Liebe Olivia,

wie Sie vermutlich wissen, bin ich, vermittelt über Ihre
Freundin Maria, meine Tante, und dann durch deren
Tochter, meine Cousine Greta, in den Besitz ....

Erneut blickte ich zur Decke und fasste mich. Ich wollte doch
wohl einer Surrealistin keinen Brief schreiben wie ein Notar.

Liebe Olivia,

manchmal, wenn ich nachts erwache, spüre ich noch
Ihre Hand auf meinem Kopf. Durch sie hindurch ist
etwas von Ihrer lodernden Energie in meinen kindlichen
Schädel gelangt.

Wenn auch spät, würde ich mich doch gerne mit Ihnen
über den Koffer unterhalten, da wir meines Wissens die
einzigen Menschen sind, die über seinen Weg Bescheid
wissen. Vor kurzem wurde ich von amerikanischen
Konservatoren angesprochen und wusste nicht, was ich
ihnen sagen sollte. Vielleicht wissen Sie ja Rat.

Ihr Schweigen über das Thema lässt mich ver-
muten, dass Sie Gründe haben, nicht öffentlich davon
zu sprechen, aber sofern Sie dennoch bereit wären, sich
mit mir zu treffen, würde ich mit Freuden einen Termin
vereinbaren.

Indem ich mir allein vor dem immer weniger weißen Blatt Papier Mut zusprach, schlug ich ihr vor, sie in Paris oder Lissabon zu treffen. Angesichts der Möglichkeit, Olivia zu sprechen, schienen mir die beiden Städte nicht mehr so weit weg. Zwar würde dieses Treffen nichts aufklären – ich glaubte tatsächlich, was ich Francis Blanche gesagt hatte: dass Olivia nichts Entscheidendes wusste –, doch es würde einen neuen Weg eröffnen, den nämlich, jemanden außerhalb meiner Familie über meine Tante sprechen zu hören, jemanden, der sie nicht nur als Kind gekannt hatte, sondern auch in Lissabon. Sicher verfügte Olivia über noch erstaunlicheres Wissen als die meisten Neunzigjährigen, und selbst wenn manche Anekdoten ihr banal und offensichtlich schienen, hätten sie für mich doch eine ganz andere Tragweite. Ich schickte die Nachricht an das Pariser Museum, das Olivias Werkschau ausrichtete, kehrte zu meinem bescheidenen Alltag zurück und zwang mich, in Ruhe abzuwarten.

Zwei Wochen später, der Himmel streckte sich in heiterstem Blau über die gelben Dächer Coyoacáns, fand ich in meinem Briefkasten – ein schöner Kasten aus dunklem Holz, mit drei Löchern darin, durch die ich täglich die Finger steckte, um nachzufühlen, ob ich Post hatte – einen kleinen Umschlag aus glattem, hellorangenem Papier, auf dem mein Name stand – handschriftlich, in tiefer, schwarzer Tinte, was dem Brief einen beinahe dramatischen Zug verlieh. Ich riss ihn auf und entfaltete die beiden bibelpapierdünnen Blätter, auf denen dieselbe Schönschrift wie auf dem Umschlag prangte, wenn auch etwas kleiner und mit weniger üppigen Schleifen.

Lieber Señor, – Sie so anzureden, wo ich noch so klar den
Siebenjährigen vor Augen habe, würde mir die Hände
zittern lassen, wenn sie das nicht ohnehin schon ständig
täten; doch seien Sie versichert, ich schreibe nicht, um
Ihnen die Zipperlein aufzuzählen, die mein Alter mit
sich bringt. Der große Vorteil des Alters ist, dass es
einem Zeit schenkt, und damit – wenigstens den Glück-
lichsten unter uns – auch so manches Wiedersehen. Ich
war nicht sicher, ob der Koffer Ihnen zugefallen ist, und
blieb unseren Freunden aus New York gegenüber des-
halb im Vagen. Auch – Sie werden es erraten haben –
um ein gegebenes Versprechen einzuhalten, habe ich
das Wenige, das ich von der Geschichte weiß, für mich
behalten. Da Sie jedoch der derzeitige Besitzer sind,
erzähle ich Ihnen gern das eine oder andere, sofern Sie
bereit wären, dafür nach Lissabon zu kommen. Das
Haus ist groß, ich lasse Ihnen ein Bett vorbereiten. Teilen
Sie mir nur mit, an welchem Datum Sie eintreffen, dann
schicke ich jemanden, um Sie am Flughafen abzuholen
(Sie kommen doch mit dem Flugzeug?). Sollten Sie Foto-
grafien von Maria und ihrer Tochter besitzen, würde ich
mich ausgesprochen freuen, wenn Sie sie mitbrächten.
Herzlich, Olivia Gutierrez.

Das abschließende «z» sah aus wie das von Zorro. «Das Haus
ist groß», schrieb sie. Die Aussicht auf dieses Gästezimmer,
für mich in einer Villa vorbereitet, die ich mir mexikanisch
eingerichtet vorstellte und in der ich das Vergnügen hätte,
Olivias private Sammlung mit der Künstlerin persönlich
zu betrachten – ich sah uns bereits kühle Gänge entlang-
schlendern und Kaffee auf einer Terrasse oberhalb der Stadt

trinken –, diese Aussicht trieb mich entgegen aller Gewohnheit an meinen Computer, wo ich umgehend einen Flug nach Lissabon mit Umstieg in Madrid für den 15. des folgenden Monats buchte, wenn Olivia ihre Pflichten in Paris erledigt und ihr neues Heim bezogen haben würde. Am nächsten Tag schickte ich der Malerin ein kurzes Dankesschreiben, in dem ich mitteilte, dass ich Flugtickets gekauft hatte und am 15. ankäme. Da sie mich so großzügig eingeladen hatte, erwartete ich nicht unbedingt eine neuerliche Antwort, doch als meine Finger drei Wochen nach meinem zweiten Brief noch immer den leeren Boden des Briefkastens betasteten, keimte diffuse Unruhe in mir auf. Ich war es nicht gewöhnt, alleine derart lange Reisen anzutreten.

Acht Tage vor meiner geplanten Abreise nach Lissabon erhielt ich eines Morgens eine E-Mail von einer gewissen Lupita Perez. Schon vor dem Öffnen ahnte ich, worum es ging. Lupita Perez war Olivias Assistentin; sie wusste, dass ich Olivia demnächst besuchen sollte, weshalb sie mir eiligst die traurige Nachricht übermitteln wollte: Olivia war bei Tagesanbruch gestorben, «mit Blick aufs Meer und Richtung Mexiko». Lupita Perez würde sich um die Organisation meines Aufenthaltes kümmern, falls ich immer noch kommen wollte – ich sollte ihr dann nur noch einmal meine Ankunftszeit mitteilen. So hatte Olivia also nicht mehr ihren hundertsten Geburtstag abgewartet, ehe sie ging. Mit dem Koffer war ich nun vollkommen allein. Ich antwortete Lupita Perez, ich wolle ihr in dieser schweren Zeit nicht unnötig zur Last fallen; ich drückte ihr mein tiefes Beileid aus, fand mich damit ab, dass ich Lissabon nicht sehen würde, und trieb mich den Rest des Tages schwermütig in meinem Lieblingsantiquariat herum, eine Beschäftigung, die schon oft als heilsamer Balsam für meine gequälte Seele gewirkt hatte. Tags darauf ehrten die Zeitungen des Landes seine Bürgerin, und ich nahm mir die Zeit, sie alle zu lesen, um meine Trauer in Druckerschwärze zu ertränken. Sämtliche Nachrufe hoben hervor, dass Olivia nie nach Mexiko zurückgekehrt war, nachdem sie 1936 mit fünfundzwanzig Jahren an die Fronten des Spanischen Bürgerkriegs aufgebrochen war, so als mache sie das irgendwie weniger mexikanisch. Mir schien das Gegenteil der Fall zu sein: Olivia war eine Abgesandte gewesen, eine Botschafterin Mexikos, obschon ihr diese beiden Worte kaum gefallen hätten. Mit ihren Bildern hatte sie Mexiko über die Korruption, die tödliche Gewalt und den Staub erhoben, die den Motor des Fortschritts in unserem Land verrosten lassen. Die Erwähnung des Spanischen Bürgerkriegs traf mich wie ein kleiner Hammerschlag, und ich ertappte mich dabei zu hoffen, dass Francis sich über Olivia geirrt und ich selber recht gehabt hatte – dass sie für Chim geschwiegen hatte, aus Liebe zu ihm und seiner Arbeit, doch ohne irgendetwas zu verbergen.

3

Désirée Wonton, mütterlicherseits Cajun, väterlicherseits Chinesin, war eine amerikanische Fotografin von damals sechsundvierzig Jahren, die, als ich ihr das erste Mal begegnete, halb in New York und halb in Mexiko-Stadt lebte. Den Anfang ihrer Karriere hatte sie Porträts von Aidskranken in der Bronx gewidmet und war mit diesen Arbeiten früh berühmt geworden. Das wenigstens fand ich heraus, als ich im Internet nach ihr suchte, um zu erfahren, mit wem ich es zu tun hatte – und um nach unserem Telefongespräch ein Bild vor Augen zu haben. Désirée hatte mich eines Dienstags am späten Vormittag auf dem Festnetz angerufen, ein paar Wochen nach Olivias Tod. Ein gemeinsamer Freund habe ihr meine Nummer gegeben, erklärte sie. Angeblich interessierte sie sich für meine Filme und wollte einen Artikel darüber für eine Fachzeitschrift verfassen. Ich hätte nicht gewusst, wo diese Filme in letzter Zeit zu sehen gewesen wären: In Mexiko-Stadt hätte ich das wohl mitbekommen. Doch bei Désirées tiefer Stimme sah ich eine attraktive Frau vor mir, und so nahm ich ihre Einladung zum Mittagessen an.

Wir verabredeten uns in einem der historischen Restaurants der Altstadt, die ich häufig aufsuchte, da meine Schüchternheit mich Orte bevorzugen ließ, an denen das Licht nicht alles erdrückte, denn für einen Schüchternen ist nichts furchteinflößender als die Abwesenheit von Schatten. Das Tercer Mundo war mir fast genauso sehr ans Herz gewachsen wie das Invencible. Selbst wenn sich die Gäste gegen fünfzehn Uhr dicht um die Tische drängten, rannte kein Kellner, klagte kein Kunde und heulte kein Kind. Auch in den Speisen spiegelte sich diese Ordnung: Die *enchiladas* mit Käse hingen stets über den Tellerrand, stapelten sich dick über der kochend heißen Tomatensoße, und nie verließ ein Gericht die Küche zu kalt, nachlässig garniert oder nicht appetitlich. Die massiven, dunklen Holzbänke bildeten Nischen, die, so hoffte ich, dem Treffen eine intime Note gäben. Désirée traf mit etwa fünfminütiger Verspätung ein und trat auf mich zu, nachdem sie kurz vor zwei anderen Tischen, an denen einsame Männer saßen, gezögert hatte. Der Erste war damit beschäftigt, einen Hackfleisch-Kartoffelauflauf hinunterzuschlingen, der zweite schien im Kopf ein Gedicht zu schreiben und sich zu verfluchen, weil er kein Papier dabeihatte. So machte Désirée mich als die Person aus, mit der sie verabredet war. «Sind Sie Luca?», fragte sie mit prüfendem, aber offenbar zufriedenem Blick. Ich hatte all die Spiegel im Tercer Mundo unterschätzt, eingelassen in die Möbel, die Decke und sogar in die Rückseiten der Gabeln, wie man fast meinen konnte. Ich verkroch mich in die roten Tischtuchfalten, stützte die Hände auf die Bank, um etwas sicherer zu wirken. Désirée glich ihren fehlenden Hals dadurch aus, nie den Augen ihres Gegenübers auszuweichen, nie nach unten oder zur Seite zu blicken. Désirée fürchtete andere Menschen nicht, sie nahm sie für sich ein, und ich war schon nach wenigen Minuten hingerissen von ihrer rückhaltlosen Neugier.

«Was für ein Glück, in dieser Stadt geboren, hier aufgewachsen zu sein», schmeichelte sie mir. «Und Sie waren nie woanders? Hatten niemals Fernweh?»

«Ich hätte schon gekonnt ... mein Vater ist Amerikaner», stammelte ich, obwohl ich sonst nie von meinem Vater sprach, im hilflosen Versuch, eine Gemeinsamkeit zu finden mit meiner Besucherin aus dem Norden.

«Oh, dann sind Sie ja ein halber Yankee!»

Was für eine sympathische Frau, mit im besten Sinne blitzenden Augen und der Fähigkeit, mit ihren Worten all die mürben Stellen in mir zu erreichen.

«Ich fühle mich ... Na ja, ich könnte mexikanischer nicht sein.»

«Wäre ich Ihnen in der U-Bahn begegnet, ich hätte Sie für einen Franzosen gehalten.»

«Ach ja? Ich hoffe, das bedeutet etwas Gutes?»

Sie kniff die Augen zusammen. Ich bereute, mich so weit vorgewagt zu haben. Sie war die Katze, ich das Wollknäuel, und keine schlagfertige Antwort der Welt würde mir Krallen verleihen oder sie die ihren einziehen lassen.

«Hat Ihnen noch nie jemand gesagt, dass Sie aussehen wie ein Franzose?»

Sie lachte. Ich lachte mit. Dieses Spielchen konnte ich nicht mitspielen, ohne als Trampel dazustehen, und das, obwohl ich, in nordamerikanischer Begrifflichkeit, mein Kreuzchen hätte bei «*hispanic*» machen können. Auf den ersten Blick war Désirée ganz offensichtlich schwarz, aber mir schien, sie stammte noch woandersher, und dieses Woanders hätte, wenn es sich bestätigte, leicht alle anfängliche Gewissheit vom Tisch fegen können, doch ich wäre lieber gestorben, ohne es herauszufinden, als einen Fauxpas der Sorte zu begehen, die die Angelsachsen «Mikroaggression» nennen.

«Solange Sie sich öfter waschen als die Franzosen, ist alles in Ordnung», sagte Désirée, noch immer lachend.

Am liebsten hätte ich mich im Gras gewälzt oder wäre in kaltes Wasser gesprungen. Diese Frau brachte mich zum Lachen, ja mehr noch: Ich fühlte mich mit ihr wohl. Mit Désirée Wonton zu Mittag essen, war wie ein Bad in einem Lied von Billie Holiday – in einem ihrer zärtlicheren Lieder, versteht sich, nicht in einem, bei dem man sich von einer Brücke stürzen will –, aber unter Druck, wie man sich in den aufregendsten Gesprächen manchmal fühlt, sprach ich plötzlich über Greta, von der ich sonst nicht öfter sprach als von meinem Vater, und kurz machte mich die Parallele stutzig.

«Aus irgendeinem Grund empfand ich immer große Loyalität zu diesem Land, das meine Cousine das ‹Land der

Schluchten› nannte. Seltsam, da von Loyalität zu sprechen, oder? Aber Mexiko kann einem das Gefühl geben, man stehe in seiner Schuld. Zumindest sehe ich das so.»

Ein Funkeln in Désirées Augen ließ mich ahnen, dass auch sie glaubte, Mexiko etwas schuldig zu sein, dem Land, das sie sich aus mir damals noch unbekannten Gründen ausgesucht hatte. Doch sie sagte:

«Ihre Cousine ...»

«Ja, meine Cousine.»

«Greta? Greta Ortega?»

Sie sprach den Namen derart feierlich aus, dass mir davon das Blut stockte. Schon sehr lange hatte ich niemanden mehr Gretas Namen mit so viel Respekt aussprechen hören, einem Respekt, der selbst jemanden wie Désirée ein wenig schüchtern wirken ließ.

«Sie war Waise, richtig?»

Ich nickte.

«Sind Sie zusammen aufgewachsen?»

«Nein ... aber wir standen uns sehr nahe. Obwohl sie zwölf Jahre älter war, meine ich.»

Eine traurige Brise wehte durch das Tercer Mundo, strich über unseren von Spiegeln umringten Tisch und die noch vollen Teller, und ich hörte Greta sagen: «Die baggert dich an, Jamón!»

Ich fasste mich wieder.

«Geht es Ihnen gut?», fragte Désirée und fuhr dann taktvoll fort: «Es tut mir leid, wir können gern das Thema wechseln, ich war nur neugierig. Als Schauspielerin hat sie mich immer fasziniert.»

In kleinen Schritten wagte sie sich vorwärts, stets feinfühlig ertastend, ob der Boden trug.

«Das freut mich», sagte ich, indem ich den Kellner herbeiwinkte, um eine zweite *michelada* zu bestellen.

Davon so ermutigt, als habe der Alkohol seine Wirkung schon entfaltet, fuhr ich fort.

«Wissen Sie, die Leute sagen manchmal: ‹Das ist lange her› und meinen damit eigentlich ‹Vergessen wir's, Schwamm drüber›. Ich habe das nie verstanden. Es ist jetzt bald dreißig Jahre her, dass Greta verunglückt ist, und je mehr Zeit vergeht, desto mehr spukt sie mir durch den Kopf.»

Angemessen mitfühlend nahm Désirée diese Beichte auf, den Kopf auf eine Faust gestützt.

«Es war bestimmt nicht immer leicht mit ihr.»

«Sie fand, meinem Leben fehlte Pfeffer. Was würde sie wohl heute dazu sagen?»

«Von ihr bekamen Sie den legendären Koffer, richtig?»

Sie wusste von dem Koffer und meiner Verbindung zu ihm dank eines Professors ihrer Alma Mater: Francis Blanche. Noch ehe ich die Zeit hatte, mich von der Inbrunst zu erholen, mit der sie das Wort «legendär» ausgesprochen hatte, stieß ich gegen diesen Namen wie mit den Zehen an ein Möbel. Ich war also in einen Hinterhalt geraten, gelegt von Cornell Capa. Später würde Désirée mir erklären, dass Olivias Tod Cornell und Francis angespornt hatte, «den Stein wieder ins Rollen zu bringen» – so ihre genauen Worte –, zumal die beiden auf ihre Weise dieselben Gedanken hegten wie ich. Was aber bildeten die zwei sich ein? Dass es genügte, mir eine Frau zu schicken, um mich zu bestechen, einzuwickeln, weichzuklopfen? Das würde ich mir nicht bieten lassen, dachte ich. Bezaubern würde ich mich lassen, aber dennoch unnachgiebig bleiben. Bezaubert sein und unbeugsam. Hart wie Stein.

«Wo ist er denn, der Koffer?», fragte Désirée so unbekümmert wie ein Polizeiinspektor, was sie in meinen Augen nur noch attraktiver machte.

«Wo soll er schon sein? Bei mir zu Hause natürlich.»

«Perfekt! Dann gehen wir doch nach dem Essen gleich mal hin, was meinen Sie?»

Die Sache war entschieden.

Désirée aß mit gesegnetem Appetit, wie ausgehungert davon, ihrem Ziel so nah zu sein, und mein Interesse an ihr wuchs noch weiter, denn außer selbstbewusstem Auftreten und einer Neigung zu Sophismen mag ich an Frauen ganz besonders, wenn sie gerne essen. Ich bin ein guter Koch und nehme an, diese Qualität wird höher schätzen, wer eine Mahlzeit ohnehin genießt; außerdem weiß ich aus Erfahrung, dass solcher Appetit auf andere, nicht weniger verbindende Gelüste schließen lässt.

Als wäre es das Natürlichste der Welt, nahm ich Désirée noch am selben Nachmittag mit zu mir nach Hause, erstaunt, wie selbstverständlich da geschah, was sonst oft wochenlanger Anstrengung bedurfte. Doch ich unterschätzte Désirée, die das ehrwürdige Alter von sechsundvierzig Jahren ohne Ehemann oder Familie erreicht hatte und ihre Wünsche in Fragen der Begierde klar und deutlich wie ein Hackmesser ausdrückte. Sie war auf den Koffer aus, sonst nichts. Nach zehn Metrostationen bis nach Coyoacán, gefolgt von einer kurzen Taxifahrt, weil mir schien, wir hätten es eilig, betrat sie mein Haus mit einem beherzten Schritt, der meine letzte Hoffnung in die große Grube ausgeträumter Träume stieß, die im Lauf der Jahre immer mehr Raum eingenommen hat in meinem Kopf. Oben an der schiefen Treppe angekommen, öffnete ich die Tür. Auf dem Absatz verstaubte eine Anzahl Sukkulenten. Désirée trat nach mir in die Wohnung. Ohne sie anzusehen, konnte ich mir denken, wie sie betroffen meine Habseligkeiten beäugte: Ein Aquarium, in dem ein japanischer Fisch stumm durch grünes Wasser kreiste; eine Sammlung alter Säbel an der Wand gegenüber der Bibliothek; einige Bücher über Samurais; über mehrere Stühle verteilte Kleidung; ein Bügeltisch mit einer Flasche Mezcal und einer Flasche Gin darauf. Die mit dunklem Parkett ausgelegten Flure meiner Wohnung hatten mir immer sehr gefallen. Jetzt, wo Désirée hier war, fand ich sie «düster», wie auch Mireille sie oft beschrieben hatte. Désirée aber begleitete mich ungerührt zu meinem Zimmer: Sie war nicht gekommen, um meine Einrichtung zu inspizieren, sondern um den Koffer zu sehen. Es war, als hätte sie nichts anderes im Kopf.

Ich holte die drei gelben Schachteln aus dem Schrank, lang und flach wie Backgammonspiele. Désirée strich mit den Fingerspitzen darüber wie übers Köpfchen eines Neugeborenen. Ich legte die Schachteln aufs Bett und lud Désirée ein, sie aufzumachen. Schon lange hatte ich sie nicht mehr angerührt. Ich hätte nicht sagen können, wie oft ich sie hervorholte: einmal im Jahr vielleicht? Ab und zu, wenn ein grauer Tag mich ans Haus fesselte, führte die Langeweile mich zum Schrank, wo ich den Deckel einer Schachtel abnahm, um mich zu vergewissern, dass die Negative nicht verschwunden waren. Mehr nicht. Mein Geheimnis war mit keinem Ritual verbunden. «Ich hatte einen richtigen Koffer erwartet, mit ein paar Dutzend unsortierten Negativen darin», murmelte Désirée. Sie machte dieselbe Feststellung wie ich vor beinahe dreißig Jahren: Tausende von Negativen passten in einen ganz normalen Umschlag. Später würden sich alle den Kopf zerbrechen über das Rätsel des «mexikanischen Koffers», wo man doch genauer hätte von einem mexikanischen Umschlag sprechen sollen, oder allenfalls von einer mexikanischen Schachtel. Ich erläuterte Désirée, dass die Bilder zwar in einem Koffer transportiert worden waren, dieser mir jedoch inzwischen als Nachttisch diente. «Sie haben die Bilder aus dem Koffer genommen?», hakte sie nach, mit der Strenge, die ich inzwischen von ihr kannte. Ich zuckte die Achseln und bot an, zwei Gin Tonics zu mixen, um etwas zu tun zu haben und aus dem Zimmer zu kommen, in dem ich, neben der auf meinem Bett sitzenden Désirée und den ausgebreiteten Negativen, beinah erstickte.

Als ich mit den beiden Gläsern wiederkam, hielt Désirée einen Kontaktabzug zwischen Daumen und Zeigefinger vor eine in meiner Abwesenheit eingeschaltete Nachttischlampe. In dieser Viererserie zog Gerda Taro fröhliche Grimassen, die sie kein bisschen entstellten. Ihre offensichtliche Vertrautheit mit der Person hinter der Kamera ließ mich Robert Capa als Urheber vermuten. Später sollte ich erfahren, dass ich damit falschlag. Entsprechend der Mode ihrer Generation hatte Gerda dünne, fein übermalte Augenbrauen. «Ich wusste gar nicht, dass auch so persönliche Bilder dabei sind», hauchte Désirée, ohne sich zu mir umzuwenden, und beleuchtete eine weitere Probe, auf der Gerda Taro mit denselben kurzen Haaren und demselben fein geschnittenen Gesicht in einem sonnenüberfluteten Bett schlief. Damals glaubte ich, es handle sich dabei um eine Pause zwischen zwei Besuchen an der spanischen Front. Erst später erfuhr ich, dass Capa diese Bilder in den Koffer gelegt hatte, nachdem er ohne Taro aus Spanien zurückgekehrt war, gleichsam als Testament ihres gemeinsamen Lebens. Es waren die einzigen privaten Aufnahmen der Sammlung, aus dem einfachen Grund, dass Chim, Capa und

Taro nicht genug Geld hatten, um Film nur zum Vergnügen zu verschießen; das Material war teuer, und die Arbeit ging vor. «Wissen Sie, wie viele Negative das sind?», erkundigte sich Désirée, den Blick auf die von ihrem Daumen halb verborgene Taro im Nachthemd. Ich verneinte. «Schwierig, das genau zu sagen, ehe man sie ordentlich inventarisiert», fuhr sie beeindruckt fort. «Mit bloßem Auge könnte ich nicht sagen, ob es tausend sind oder zehntausend. Meinen Sie nicht?» Diesmal nickte ich, erleichtert, irgendwas mit Ja beantworten zu können. «Was glauben Sie, wer hat die so geordnet? Das muss doch Stunden gedauert haben», plapperte sie, immer schneller jetzt, immer mehr Silben verschluckend. Der Gin wirkte auch bei mir, und ich hörte meine Worte schneller werden wie ein ins Tal sausendes Fahrrad. «Chim war das, soweit ich weiß.» Chim hatte die Schatullen aus leichtem Holz gebaut. Chim hatte die Brettchen zurechtgesschnitten, die in den Schachteln gleich große Fächer für die Rollen mit den Negativen bildeten. Sie waren mit schwarzem Filzschreiber markiert, in gleichmäßigen Buchstaben, die sich auch auf den Kontaktabzügen wiederfanden. «Wenn Sie meine Meinung hören wollen, Désirée, hat zwar niemand explizit von einem ‹Pakt› gesprochen, aber Capa und Chim wollten ihre Negative in Sicherheit bringen, falls sie selbst nicht überlebten. Ich halte es für unwahrscheinlich, dass Chim auf dem Weg von Südfrankreich nach Portugal die Zeit und die technischen Mittel fand, sie so zu ordnen. Außerdem wissen wir, dass er vor seiner Abreise nach Mexiko nicht mehr in Paris war, dass er alles in seinem Studio zurückgelassen hat nach der Verhaftung zweier seiner Freunde.»

«Vielleicht hat Olivia ihm geholfen», sagte Désirée und sah mich an, ohne zu blinzeln.

«Möglich», sagte ich und spürte mein Selbstbewusstsein schwinden. «Alles ist möglich.»

Désirée bat mich, im Laufe der Woche wiederkommen zu dürfen, um mit der Inventur zu beginnen. Ich sagte, sie sei mir selbstverständlich willkommen. So kam sie einen Monat lang dreimal die Woche am späten Vormittag zu mir, um die Negative zu zählen, sich zu vergewissern, dass zu jeder Rolle Kontaktabzüge vorlagen, und ein Dokument zu erstellen, das Orte, Nummern und Motive festhielt. Bei ihrer ersten Sitzung blieb ich in der Nähe des Wohnzimmers, wo Désirée sich für ihre Mühen eingerichtet hatte, ohne eine Ahnung, wie ich ihr hätte helfen sollen. Dann machte ich es mir zur Gewohnheit, sie allein zu lassen und ihre Besuche für Spaziergänge und Einkäufe zu nutzen. Hinterher verkroch ich mich mit dem Radio in der Küche, um ihr zum Schichtende ein Mittagessen zu machen, in der Hoffnung, sie mit meinen Hausmannsqualitäten zu verführen. Die Zeit drängte, denn je weiter Désirée mit ihrer Inventur vorankam, desto näher rückte der Moment, an dem die Negative ihr Heim verlassen würden – fast hätte ich gesagt: ihr Versteck.

Unterdessen bereitete es mir ein seltsames Vergnügen zu beobachten, wie Désirée ihr Material zum Leben erweckte. Hin und wieder hörte ich sie überrascht von einem Foto aufjauchzen. Wie am ersten Tag hielt sie die Bilder zwischen Daumen und Zeigefinger hoch. Dank ihr sah ich die Negative immer unvoreingenommener an, erlaubte meiner Aufregung, sich Bahn zu brechen. Während dieses kurzen Zeitraums betrachtete ich die Bilder jeden Abend, vielleicht, weil ich trotz meiner Vorbehalte ahnte, dass sie bald schon nicht mehr bei mir wären. In jenem Augenblick war mir das jedoch nicht bewusst. Erst später begriff ich, dass sich alles in diesen Aprilwochen entschieden hatte, in denen Désirée bei mir am Werk gewesen war. Eines Abends, gegen fünf oder sechs Uhr, bot ich ihr an, eine Flasche tags zuvor gekauften Pinot noir zu öffnen, in der Hoffnung, sie mit ihr zu trinken. Mir war klar, dass die Geschichte auf ihr Ende zuging, wie auch immer dieses Ende aussähe, denn die Stapel unsortierter Negative links auf dem Wohnzimmertisch schrumpften sichtlich, während Désirée die schon dokumentierten rechts in neue Schachteln packte. Dieser Fortschritt machte uns beide nervös. Désirée war also einverstanden, und wir setzten uns neben den wuchernden Feigenkaktus auf den Balkon, wo man die Krähen so laut schreien hörte wie bei meiner ersten Begegnung mit Francis Blanche an jenem Maiabend fünf Jahre zuvor. Der blaugraue Himmel des DF war in wohltuende Sonne getaucht. Désirée hatte mir etwas zu sagen. Ich wartete, und sie kam, als schösse sie einen Pfeil ab, ohne Umschweife zur Sache: «Letzte Woche habe ich mit Cornell Capa telefoniert», sagte sie, indem sie ihr Glas auf den Tisch stellte. «Er ist bereit, Ihnen fünfundzwanzigtausend Dollar für die Fotos zu bezahlen.» Wir waren nach unserem ersten Treffen beim Sie geblieben, um trotz des Umstands, dass Désirée drei Tage der Woche in meinem Wohnzimmer verbringen musste, ein wenig Distanz zu wahren. Von Geld zu sprechen, fiel mir offen gesagt schwer. Ich war weder gut darin, es zu verdienen, noch es einzufordern oder zurückzuzahlen, und ich dachte so wenig daran wie nur irgend möglich. Ich sagte ihr, ich hätte nicht die Absicht, für die Negative eine Gegenleistung zu verlangen. Erleichtert strahlte Désirée mich an und griff wieder nach ihrem Glas. «Allerdings will ich sie auch nicht abgeben», fuhr ich fort, selbst überrascht, diesen nie klar formulierten Gedanken auszudrücken. Diesmal blickte Désirée mich an, als wäre sie von einem Pfeil getroffen worden. «Ich stelle sie gern Museen zur Verfügung, damit man sie sehen kann», fuhr ich entschiedener fort, «aber eigentlich möchte ich nicht, dass die Bilder Mexiko verlassen. Ich verstehe, dass Cornell sie sehen will, und ich bringe sie mit Freuden zu ihm, aber ich möchte nicht, dass sie *dauerhaft* aus Mexiko verschwinden. Die Negative gehören inzwischen zum kulturellen Erbe Mexikos. Keiner der Fotografen und keiner der Hüter des Koffers war Amerikaner. New York spielte keinerlei Rolle auf seiner Reise. Budapest, Paris, Madrid, Lissabon, Mexiko-Stadt, die schon, aber nicht New York. Wer hat seine Grenzen für die spanischen Flüchtlinge geöffnet? Wer hat Franco nach der Machtergreifung die Anerkennung verweigert? Nur die Sowjetunion und wir haben uns ihm entgegengestellt, und jetzt, wo alles vergessen ist, ordentlich verstaut in der Vergangenheit, jetzt, wo Spanien so tut, als wäre es niemals eine Diktatur gewesen, und die USA zum Weltmeister der Konservenkultur geworden sind, da soll ich die Fotos brav per FedEx nach New York schicken, damit irgendein New Yorker Museum und seine Clique amerikanischer Konservatoren sie sich für eine große Ausstellung unter den Nagel reißt und die sich gegenseitig auf die Schulter klopfen, sobald der Fund bestätigt ist? Nein, nein und nochmals nein. Nicht nach New York. Niemals nach New York.» Am Ende schrie ich fast. Désirée sah mich an. Sie begann einen Satz, der klang wie «Also Luca, ich wusste ja gar nicht, dass», und dann war sie plötzlich neben mir und ihre Hände in meinen. An diesem Tag haben wir aufgehört, uns zu siezen.

4

Angesichts des Ausgangs der Geschichte könnte man wohl meinen, Désirée habe sich nur auf die Romanze mit mir eingelassen, damit ich ihr den Koffer überließ. Die Vermutung ist nicht abwegig, aber dennoch falsch, wenngleich unsere Affäre unbestreitbar auf einem Interessenkonflikt gedieh. Tatsächlich habe ich nie jemanden gekannt, der in allen Bereichen seines Lebens so viel Wert auf gegenseitiges Einverständnis gelegt hätte. Sosehr Désirée schon ein Wunschkind gewesen war, Sehnsucht und Verlangen waren nun vor allem ihre Sache. In dieser Hinsicht stand sie in meinen Augen für eine neue Art der Weiblichkeit. Désirée aß ihr Obst mitsamt der Schale, trank jeden Abend Alkohol, ohne sich dafür zu rechtfertigen, und stemmte in der Freizeit Hanteln. Sie trug niemals hohe Absätze, denn sie ging gern schnell und rannte auch, wenn die Umstände es nötig machten – was sie öfter taten, als ich dächte, sagte sie –, verbrachte aber jeden Abend eine Weile damit, sich mit feuchtigkeitsspendenden, straffenden und pflegenden Cremes einzureiben; ja, sie war geradezu besessen davon, die Zartheit ihrer übrigens zu unzähligen Fragen über ihre Herkunft einladenden Haut zu bewahren. Désirée strahlte jene Ruhe aus, die allen eigen ist, die in einem Elternhaus aufwuchsen, in dem nie jemand gegangen ist und die Tür hinter sich zuschlug oder – schlimmer noch –, ohne die Tür zuzuschlagen; einem Elternhaus, in dem die Eltern jeden Abend nach der Arbeit wiederkamen und im selben Bett schliefen; einem Elternhaus, das über Jahrzehnte nie seine Adresse änderte. Sie hatte das Glück, fest verwurzelt in einer sozialen und familiären Geographie zu sein, im Südwesten Atlantas, wo man regelmäßig schwarze Bürgermeister wählt. In

Atlanta hat sie nie gefroren oder gehungert, zumal es Kälte in Atlanta schlicht nicht gibt und ihr aus China eingewanderter Großvater väterlicherseits durch täglich vierzehn Arbeitsstunden in der von ihm geführten Reinigung dafür gesorgt hatte, dass weder sein Sohn noch dessen Kinder den Hunger jemals kennenlernen mussten. Hong Wonton ist übrigens an Lungenkrebs gestorben, lange bevor Désirée Fotografin wurde, ausgelöst wahrscheinlich durch in seinen Waschmitteln enthaltene Chemikalien.

In den Neunzigern war der Glaube verbreitet, Kälte und Hunger seien aus unseren Leben verbannt und das Schlimmste, mit dem man zu rechnen hatte, wäre eine Herzerkrankung. Désirée hatte das nie geglaubt. Gelangweilt von ihrer Jugend in der Mittelschicht von Atlanta verließ sie ihr Nest und interessierte sich für die Randbezirke ihres Landes, wollte beweisen, dass die USA in vielerlei Hinsicht zur Dritten Welt gehörten. Dann, als junge Erwachsene, sah sie mit der Krise die Armut um sich explodieren wie eine schlecht vernähte *piñata*, und falls sie sich darüber freute, dass die nun doch noch nicht am Ende angelangte Geschichte ihr so schnell schon recht gab, verzichtete sie klug darauf, damit zu prahlen. Désirées Fortschrittlichkeit gefiel mir, denn wie sie wollte ich gerne glauben, dass die Dinge weniger kompliziert waren, als unsere politischen Vertreter sie darstellten; dass es Lösungen gab, die wir als Bürger und Verbraucher selbst angehen konnten. Ich wollte es gern glauben, war jedoch nicht restlos davon überzeugt; persönlich fand ich unsere Welt recht undurchsichtig, und meine einzige Gewissheit lag in dem Eingeständnis, dass mir die Perspektive fehlte, sie in Gänze zu beurteilen. Aus der Beziehung mit Mireille war ich gewohnt, den weniger konservativen Part zu spielen und das größere Mitgefühl mit den Leidenden der Welt aufzubringen. Désirée hatte vom Marxismus zwar die Nase voll nach ihrem letzten Partner, einem aus politischen Gründen in die USA exilierten Türken, der für ein von ihm geführtes Onlinemagazin Leitartikel über die Kurdenfrage verfasste, aber laut Désirée in zwei Jahren gemeinsamem Wohnen nicht ein einziges Mal den Abwasch gemacht hatte, doch auf dem politischen Schachbrett stand sie noch immer weiter links als ich. Sie sagte, sie wäre gerne angepasster, und eine Zeitlang habe ich ihr das geglaubt. Sie glaubte es ja selbst. Und auch Greta hatte das geglaubt, bei ihrer Hochzeit mit Carlos. Auch leidenschaftliche Seelen brauchen hin und wieder Ruhe. Diese Ruhe ist allerdings trügerisch. Und in der Tat verließ Désirée mich schließlich aus politischen Gründen, wenigstens nach dem bei dieser Gelegenheit mehrfach gefallenen Wort «liberal» zu schließen. Sie warf mir naiven Glauben an den Mythos einer guten Globalisierung vor, obwohl doch sie die Kosmopolitin von uns beiden war und ich nach einem Leben strebte, das leicht in die Siebziger oder Achtziger gepasst hätte. Ich, der ich mich immer als Linker gesehen hatte, fand das doch ein wenig sonderbar. Aber man lernt eben nie aus. Man muss nur offen bleiben.

Désirée und ich teilten also nicht dieselbe Weltsicht. Eigentlich wäre das gar nicht so schlimm – oder, in Désirées Worten, «spalterisch» – gewesen, hätte die Frage sie nicht derart umgetrieben, dass sie mich unablässig testete, um festzustellen, was an mir rechts war oder links. Désirée fand Krawatten und Regenschirme rechts, Tätowierungen links, Halsketten rechts. Die Unterscheidung war ihre Version von männlich oder weiblich. Alles musste politisch eingeordnet werden. Ihr zufolge waren Parkettböden und Klimaanlagen rechts, Fliesen und Ventilatoren links. Stühle waren links, Sessel rechts und Hocker selbstverständlich linksradikal. Theater war natürlich rechts und Kino links, das Fernsehen als Ganzes links, aber Fernsehserien rechts, wobei sich das auch hin und wieder drehte: Fernsehen konnte durchaus auch mal rechts sein. Mineralwasser war rechts, Leitungswasser links, beim Tee wurde es komplizierter, im Allgemeinen war er links, konnte aber rechts sein, wenn er mit einer Zitronenscheibe serviert wurde, und vor allem, wenn es ein kleines Milchkännchen und eine Zuckerdose dazu gab. «Und der Regen, Désirée, ist der links?», fragte ich sie. Fruchtbar für die Bauern, doch zerstörerisch für Lehmhüttenbewohner, erlöst und nährt er mit der einen Hand und vernichtet mit der anderen die wackligen Behausungen über den großen Städten und hindert Obdachlose am Schlafen im Freien. Gewitter, das war einfach, die setzten alles auf Spektakel, und nur wer sie von einem privilegierten, trockenen Standpunkt aus betrachtete, gab vor, sie schön zu finden: Gewitter waren also rechts. Anfangs lachte Désirée noch. Sie beneide mich um meine Fähigkeit, Etiketten zu vermeiden, sagte sie, mich durchzulavieren zwischen Zugehörigkeiten, Ausweisen, Kundentreuekarten, Parteien und sogar Zeitungen mit klarer politischer Ausrichtung, doch bei aller vorgeblichen Anerkennung warf sie mir doch Relativismus vor, fand dubios, dass ich nicht klar benennen konnte, wie Fortschritt für mich aussähe, was für mich Modernität ausmachte.

Außerdem fand Désirée, meine Mutter habe mir trotz allem, was ich gegen sie sagen konnte, doch zumindest das Geschenk einer klaren Identität gemacht. Dieses Kind geordneter Verhältnisse behielt von der eigenen Familie nichts anderes zurück als die gemischte Abstammung und bewunderte das reine, makellos spanische Blut der Familie meiner Mutter, die sogar das Schiff benennen konnte, auf dem ihre Vorfahren die Neue Welt erreicht hatten, schmutzig und diverse hierzulande bisher unbekannte Seuchen im Gepäck. Dass Désirée mir diese schnurgerade Ahnenlinie neidete, fand ich durchaus rührend. Aber sie musste doch wohl zugeben, dass es einen Unterschied gab zwischen einem Stammbaum und einem Elternhaus? Sie erwiderte, man dürfe nicht alles auf die Eltern und die Kindheit rückbeziehen, wie es alle täten, die eine erfüllte Kindheit hatten voller süßer Langeweile, die ihnen das Selbstbewusstsein spendete, mit dem sie der Welt später entgegentraten. Sie erwiderte, ich wüsste ja nicht, wie es sei, mit ihrem Gesicht und ihrem Körper durch die Stadt zu gehen, welche Schikanen sie an Bushaltestellen zu erdulden habe, in Supermärkten und in Aufzügen, bei Gala-Diners, auf der Straße und an Tankstellen, ohne einen Rückzugsort, an dem sie endlich ganz allein sein könnte, frei von fremden Zuschreibungen. Und sie hatte recht, das wusste ich tatsächlich nicht, denn mein Körper brachte eine Menge Privilegien mit sich. Entgegen dem, was Désirée anscheinend glaubte, war meine Herkunft jedoch keineswegs so klar. Wäre meine Identität ein Haus gewesen, man wäre gleich über die Türschwelle gestolpert. Schon mein Name steht für den Kulturkampf, den meine Eltern ausgefochten haben – seltsam genug, wenn man weiß, dass mein Vater sich, was mich betraf, nie besonders starkmachte. Soweit ich weiß, hatten die beiden sich auf einen amerikanischen Vornamen geeinigt, der meinen Vater an seine deutschen Wurzeln erinnerte und meine Mutter an ihren Lieblingsphilosophen. Doch als mein Vater uns nach meinen ersten Monaten auf dieser Welt verließ, erstaunt darüber, dass ein Säugling so oft weint und so viel Aufmerksamkeit braucht, fand meine Mutter, sie könne mich nun nennen, wie es ihr gefiel, und entschied sich nachträglich für Luca. Ein mexikanischerer Vorname, vielleicht aus Angst davor, auch ich könnte verschwinden über diese große Grenze. Lange nannten alle mich Jamón. Greta nannte mich nie anders.

5

Aber zurück zum Koffer. Nur wenige Monate genügten, um mich von Désirée überreden zu lassen, Cornell Capa in New York zu treffen. Sie hatte keinen Masterplan gehabt, kein Drehbuch. Sie respektierte meinen Widerstand, oder wenigstens, dass ich ihn auszudrücken wagte. Das änderte jedoch nichts an ihrer Überzeugung, dass man, sobald alles gesagt war, handeln müsse. Trotz allen Talents war Désirée einer dieser Menschen, deren Mangel an Phantasie sie stets nur einen Weg erkennen lässt. Allerdings genoss ich es, mich von ihrer Strömung mitreißen zu lassen und sie erfüllt zu sehen von dieser Aufregung, die eine gehörige Dosis Pfeffer auf mein Leben streute. Ich erinnere mich lebhaft, wie ich schließlich einlenkte, einige Zeit nach jenem von Pinot noir getränkten Gespräch auf meinem Balkon im April. Meine Bedenken, die Negative in die USA zu schicken, waren ungebrochen: Keinesfalls wollte ich zur ohnehin schon alles überstrahlenden kulturellen Leuchtkraft von New York beitragen. Ich begnügte mich damit, dass die Negative zunächst in Mexiko-Stadt ausgestellt werden sollten, das – durch die Umstände bedingt –

ihre Heimat geworden war. Désirée sah das wie ich und fand die Idee hervorragend. Außerdem dachte ich – vielleicht angesichts meiner alternden Mutter und des rasenden Verfalls während der letzten Lebensstadien – mit ganz neuem Wohlwollen an Cornell. Wieso auf eine großzügige Tat verzichten? An diesem Punkt in meinem Leben war ich endlich imstande, mir diese Frage zu stellen. In Wahrheit versprechen die damit entrollten roten Fäden nicht viel mehr, als den Staub ein wenig aufzuwirbeln; sie sind zu dünn für eine vollständige, abschließende Klärung. Es ist schwierig zu erklären, wieso man etwas tut oder auch nicht. Man muss wollen, um sich zu bewegen, aber was den Willen auslöst, bleibt im Dunkeln. Das soll keine Rechtfertigung sein. Für mich bleibt es eines der großen Mysterien der Menschheit, wieso manche so viel wollen und andere so wenig.

Cornell Capa

1

Bei unserer einzigen Begegnung, in seinem Apartment in der Upper West Side, hielt Cornell sich aufrecht wie ein pensionierter Tänzer und lachte viel, was mir genügte, um zu dem Schluss zu kommen, so schlecht stehe es dann doch nicht um seine Gesundheit. Die Tür öffnete er selbst, aber ein thailändisches Hausmädchen servierte uns weißen Portwein in zwei Whiskygläsern. Viertausend Risse in der Zeit blickten uns an in seinem Büro mit Blick auf den Hudson. Ich war beeindruckt. Mein Besuch war natürlich mit Désirées Hilfe organisiert worden. Sie war es auch, die die Negative von einer auf Prominente und Diplomaten spezialisierten Umzugsfirma hatte verpacken lassen. Als sie abgeholt wurden, tat mir das nicht weh, denn ich war bereits erfüllt von dem befriedigenden Gefühl, etwas Gutes zu tun. Etwas sehr, ja geradezu unendlich Gutes, und ich ging mit geschwellter Brust umher und sonnte mich in Anerkennung. Erst einige Tage später zwickte mich der Umstand in der Seele, dass die Bilder nicht mehr da waren, doch da war es zu spät. «Wer etwas einzuwenden hat, möge jetzt sprechen, oder für immer schweigen», hieß es in der Kirche. Ich hatte die Verbindung nicht verhindert, jetzt schuldete ich dem jungen Glück einen Höflichkeitsbesuch. Die Negative hatten New York zwei Wochen vor mir erreicht, eingepackt in Zellophan. Zu Unrecht hatte ich erwartet, das Wiederauftauchen der verschollenen Fotos würde Cornells Neugier bezüglich ihres langen Schlummers in Mexiko – im Schlafzimmer meiner Tante, dem Gretas und schließlich in meinem – verfliegen lassen. Tatsächlich fragte er mich vier Stunden lang fast wie ein Kind über alles aus. Und am Ende setzte er die zufriedene Miene eines Mannes auf, der allen widrigen Umständen zum Trotz an den ersehnten Augenblick geglaubt und damit recht behalten hatte.

Cornell öffnete sich mir genauso sehr, wie er mich dazu brachte, mich zu öffnen, woran man, wie ich meine, ein gelungenes Gespräch erkennt. Er stellte seine Fragen in Salven, auf die er offenbar knappe Antworten erwartete. Wie alle Achtzigjährigen erzählte er auch gern von sich, mit seinem liebenswerten, von Jahrzehnten in New York nicht ausgelöschten mitteleuropäischen Akzent. So erfuhr ich unter anderem von seinen über sechzig glücklichen Ehejahren, doch vor allem sprach er unablässig von seiner Mutter und seinem Bruder. Zuerst erzählte er von Robert Capas Ankunft in New York. Der Mann, der seinen kleinen Bruder in Paris von einer Abendgesellschaft zur nächsten geschleift und ihm beigebracht hatte, wie man Champagnerkorken knallen ließ, damit die Frauen erschreckt aufschrien, ging von Bord mit hängenden Schultern und tief in die Höhlen gesunkenen Augen. Zwei Monate zuvor, während er geschäftlich in Paris zu tun gehabt hatte, war Gerda in Brunete gestorben. Er konnte das nicht akzeptieren, nicht verwinden, was er seinem Bruder und seiner Mutter mit einer Kraft versicherte, die sie das Gegenteil erhoffen ließ. «Mein Bruder hatte lange, bevor Gerda Taro starb, die geheimnisvolle Grenze zwischen Tod und Leben ausgelotet», sagte Cornell, mit seiner eckigen Brille herumspielend. «Eines Tages, in Budapest – ich war noch nicht geboren, aber die Geschichte wurde in unserer Familie oft erzählt – hatten unsere Eltern sich gerade im Garten zu Tisch gesetzt, als ein Nachbar an der Haustür klingelte und mit zum Himmel getrecktem Zeigefinger sagte: ‹Für den Fall, dass Sie es noch nicht wissen: Eins Ihrer Kinder läuft auf Ihrem Dach herum.› Mein leichenblasser Vater sprach vom Garten aus mit Robert, um ihn vom Abgrund abzulenken, meine Mutter rannte nach oben, um ihn herabzuholen. ‹Endre, Endre› – so hieß mein Bruder eigentlich –, ‹schau zu Papa, Junge, schau zu Papa.› Nach einigen Verrenkungen auf losen, glatten Dachziegeln, die Mutter und Sohn fast das Leben gekostet hätten, war mein Bruder wieder sicher zurück im Schoß der Familie. Eine Stunde lang schrie er daraufhin Zeter und Mordio, entsetzt über die Freiheitsberaubung.»

«Sie können sich denken, wozu ein solches Kind als Halbwüchsiger fähig ist. Nachts kam er oftmals einfach nicht nach Hause. Meine Eltern waren krank vor Sorge – sein Verschwinden hatte mit seinem politischen Engagement zu tun – und machten sich Vorwürfe, weil sie nicht strenger gewesen waren. Wenn Robert wiederkam, war er übersät von blauen Flecken und umstrahlt von rosigem Morgenlicht. Immer wieder spielte sich dieselbe Szene ab: Ich, noch ein kleiner Junge, saß still am Frühstückstisch. Robert parkte sein Fahrrad vor der Küchentür, stellte die Milchflasche auf den Tisch und wuschelte mir durch die Haare. Das eben noch graue Gesicht meiner Mutter erstrahlte vor Freude. Mein Vater kam frisch rasiert und parfümiert aus dem Badezimmer und drohte Robert mit Stubenarrest, meine Mutter beschimpfte ihren Mann in einer Mischung aus Ungarisch und Jiddisch, ließ an ihm ihre Erleichterung darüber aus, ihren Sohn in einem Stück zurückzuhaben. Dann zwinkerte Robert mir noch einmal triumphierend zu und ging ins Bett, überließ meine Eltern ihrem Alltag. Wie herrlich diese Vormittage waren! Am Ende hat Robert sich aber doch erwischen lassen, wenn auch nur ein Mal, und deshalb ist er schon mit siebzehn ausgewandert.»

«Offen gesagt brauchten meine Eltern Robert nicht, um Anlässe für Streits zu finden. Ihre täglichen Zwiste waren im ganzen Viertel berühmt. Mein Vater besaß ein Schneidergeschäft in einer der großen Einkaufsstraßen von Buda. Er stammte aus armen Verhältnissen und hat sich alles selbst erarbeitet, das Urbild dessen, was man hierzulande *selfmademan* nennt. In meiner Erinnerung ist er fröhlich, redselig und vor allem ziemlich affektiert. Er hatte alles, was er sich je erträumt hatte. Seine Kunden verschafften ihm Zugang zu den Kreisen, in die er gern geboren worden wäre. Meine Mutter hatte er erobert mit seinem Stil und seinem Ehrgeiz: Sie stammte von wohlhabenden Händlern ab und hatte nie um irgendetwas kämpfen müssen, was man ihr hin und wieder anmerkte. Für sie war die Boutique in Buda noch kein Höhepunkt, sondern nur ein erster Schritt – vor Paris, vor New York, vor der Eroberung des Mondes und des Rests des Universums. Als mein Vater einem Herzinfarkt erlag, packte sie die Koffer und kam zu mir nach New York. Ich weiß nicht, ob die beiden jemals glücklich miteinander waren.» Cornell wischte die Brille am Hemd ab und blickte mit den strahlend blauen Augen in den strahlend blauen Himmel. Seit einigen Minuten breitete sich grelles Licht im Zimmer aus, vermutlich, weil die Sonne sich in der Stahlfassade gegenüber spiegelte. Es war elf Uhr vormittags. Einen Augenblick lang glaubte ich, er habe mich über seinen Bericht vergessen, doch er wusste ganz genau, wo er war, mit wem er sprach und weshalb.

«Ich erzähle Ihnen das nicht, mein Herr, um meine Mutter schlechtzumachen, sondern um Ihnen zu verdeutlichen, woher Roberts Gier nach Anerkennung kam, nach einem Leben jenseits der Norm. Für dieses Leben waren Abkürzungen nötig – und damit auch Risiken. Verlieren – und sofort weiterspielen. Von außen wirkt so ein Leben eindrucksvoll, und man kann gut am Kamin davon erzählen, doch einfach war es nie und auch nur selten amüsant. Robert war zu taktvoll, um von den Hunderten Leichen zu erzählen, die er gesehen hatte. Eine unglaubliche Zahl, finden Sie nicht? Mehrere hundert Leichen. Ich kenne eine Menge Leute, die durchs Leben gehen, ohne auch nur eine einzige zu sehen. Wenn Robert zurück nach Paris oder New York kam, dann betrank er sich und feierte das Leben, das anderen ganz einfach durch die Finger glitt, das man ganzen Familien einfach zum Spaß unter den Füßen wegzog. Wäre er nicht Kriegsfotograf geworden, meinte Robert einmal, dann Opiumsüchtiger. Daran glaubte er zwar selbst nur halb, doch im Scherz hat er es oft gesagt. Mein Bruder gab sich gerne oberflächlicher, als er wirklich war. Man sah ihn stets als großen Fotografen, aber nie als großen Mann, und er war froh darüber, Letzteres nicht auch noch sein zu müssen.»

«Ich war selber Fotograf, ich weiß, wovon ich spreche. Der Glamour gehört zum Teil einfach dazu. Die Bewunderer, die dir bei Vernissagen, in Galerien, in Museen auf die Schulter klopfen und Cocktailsoße aufs Jackett spucken, während sie dich für deinen Mut loben, die haben keine Ahnung davon, wie viel Arbeit so ein Foto macht. Wissen Sie, was die später, zu Hause, ihren Frauen sagen? *Ich würde mich auch gerne dafür bezahlen lassen, in der Welt herumzufliegen.* Letztlich könnten sie das auch, so glauben sie – einen Auslöser zu drücken ist schließlich kein Hexenwerk. Und heutzutage, wo es Digitalkameras für jeden Mittelschichtsgeldbeutel gibt, macht sich dieser Irrtum nur noch breiter. Ich bin bestimmt nicht elitär», fügte Cornell hinzu, da ich peinlich berührt von seiner letzten Bemerkung den Blick senkte, «und auch nicht nostalgisch. Einem nach eigenem Bekunden demokratischen Land steht es gut an, wenn möglichst viele seiner Bürger Zugang zu aufwendigen Hobbys haben. Das ist ein Vorzug – und ein Luxus –, um den viele Länder uns beneiden. Jedenfalls, da der Gang der Geschichte Sie zum Erben des Koffers mit dieser einzigartigen Sammlung von Negativen bestimmt hat, verdienen Sie wohl, die Wahrheit über den Beruf ihrer drei Urheber zu erfahren.» Diesmal zuckte ich bei dem Wort Koffer nicht zusammen wie damals mit Francis Blanche oder gar Désirée. Ruhig wartete ich ab, was kam. Die Helligkeit des Zimmers verlieh unserem Gespräch den gebührenden Glanz, ja ich würde sogar sagen: die gebührende Würde. «Die drei haben diesen Beruf *erfunden*. Alle heutigen Kriegsfotografen verdanken ihnen ihr Handwerk. Vor Capa, Taro und Chim hat niemand je gewagt, *laufende* Kampfhandlungen zu fotografieren.» Er hielt inne, um sicherzugehen, dass ich das auch recht begriff. Das tat ich. «Niemand war je durch den Kugelhagel gerannt wie sie oder hatte für nötig gehalten, so zu leben wie die kämpfenden Truppen, um bessere Informationen zu erhalten. Man hat die drei nicht gezwungen, nach Spanien zu gehen, wissen Sie. Sie haben selbst beschlossen, von Paris in die ausgedörrten Berge zu fahren, um vom Kampf der Republikaner zu berichten. Und wissen Sie auch, wieso? Weil sie vor allen anderen begriffen hatten, dass dieser Krieg das letzte Bollwerk war vor etwas Fürchterlichem. Dass man mit eigenen Augen sehen musste, wie die Kaulquappe fett wurde, um zu verstehen, was hinterher passierte. Natürlich haben sie das nicht so deutlich formuliert, aber genau das taten sie. Sie sahen zu, wie die Kaulquappe sich in eine missgebildete Kröte verwandelte. Und es ist keineswegs nur ein historischer Zufall, dass sie alle drei europäische Juden waren. Ihre Wurzeln verliehen ihnen eine Sensibilität für diese Frage, die ein protestantischer Amerikaner oder katholischer Franzose niemals hätte aufbringen können.»

Bis jetzt hatte ich Cornells Charakter unterschätzt, hatte ihn, der sein Leben der Bewahrung des Werks seines großen Bruders gewidmet und sich als letzter Mann der Familie um die Mutter gekümmert hatte, für sanftmütig und duldsam gehalten, ja für geradezu betulich. Dabei hatte ich vergessen, dass Cornell selbst ein nicht unbedeutender Fotograf gewesen war. Später trieb die Neugier mich dazu, einige Bücher durchzublättern, um mir seine Arbeit anzusehen, und ich muss gestehen, ich war erstaunt, wie gut seine bekanntesten Fotos sind. Wenn Robert sich oberflächlicher gab, als er war, so wollte Cornell offenbar weniger begabt erscheinen. «Sie werden verstehen, wieso die Jagd nach den Negativen aus dem Bürgerkrieg für mich eine Art Gralssuche geworden ist. Ich hatte einen Tempel zum Gedenken an meinen Bruder errichtet, aber einen Tempel ohne Grabmal, ein Mausoleum ohne Leichnam. Ich wusste, dass die Negative irgendwo sein mussten, und war sicher, sie vor meinem Tod noch aufzuspüren. Anfangs fanden sich Scharen begeisterter Helfer, die sich überall nach Hinweisen erkundigten. Doch nach diversen falschen Fährten – vielversprechenden Fährten, das dürfen Sie mir glauben –, lichteten sich die Reihen, bis nur noch eine Handvoll Gläubige blieb und ich schließlich ganz allein war. Ich wagte nicht einmal, das Thema in meinem Umfeld anzuschneiden, wo die Worte «Koffer» und «mexikanisch» inzwischen tiefe Seufzer auslösten. Obwohl ich nicht mehr davon sprach, musste ich doch ständig daran denken. Das soll Ihnen kein schlechtes Gewissen machen. Wir haben alle unsere Gründe – die mögen zwar nicht immer redlich sein, doch sie sind nun einmal da, und wir müssen damit umgehen. Meine Familiengeschichte ist nicht Ihre, und ich verstehe Ihre Haltung, respektiere sie sogar. Nicht, um Sie in Verlegenheit zu bringen, erzähle ich Ihnen daher, welchen Hinweisen wir in den vergangenen Jahrzehnten so gründlich nachgingen. Verstehen Sie es eher als Gegenleistung dafür, dass Sie uns Ihr Erbe zum Geschenk gemacht haben, und das ohne eine Entlohnung zu verlangen, was mir erst recht bestätigt, dass Sie nicht zufällig zum Hüter der Negative wurden.»

Falls er mir schmeicheln wollte, dachte ich, tat er das sehr elegant. Aber vielleicht glaubte er ja wirklich, was er sagte? Glaubte ich es denn? Das zweite Glas Portwein, das Cornell mir eingeschenkt hatte, ließ mich die Welt durch einen Wald aus Fragezeichen sehen.

«Unser erster Hinweis kam von Robert selbst. Einmal, ein einziges Mal nur, ich glaube, es war kurz nach seinem Umzug nach New York im Jahre 1939 – ich wollte schon sagen: ‹vor seinem endgültigen Umzug›, aber im Leben meines Bruders war nichts endgültig –, ein einziges Mal nur also hat er mir erzählt, er habe einem Chilenen, den er in einer Bar in Bordeaux traf, einen Koffer voller Negative aus dem Spanischen Bürgerkrieg anvertraut. Der Mann wollte sich am nächsten Vormittag nach Mexiko einschiffen. Die beiden hatten vereinbart, dass er den Koffer im chilenischen Konsulat in Mexiko-Stadt deponieren solle, wo Robert, Chim oder eine Person ihres Vertrauens ihn baldmöglichst abholen würde. Doch weder Robert noch Chim haben dort je irgendetwas abgeholt, zumal keiner der beiden nach 1939 in Mexiko-Stadt war. Was das betraf, war ich ganz sicher. Ich schickte also eine Gruppe Konservatoren nach Mexiko, um im chilenischen Konsulat nachzuforschen. Die kämpften dort zunächst eine Woche lang um die nötigen Genehmigungen und durchforsteten dann unzählige Akten und Kartons. Gefunden haben sie nichts. Nach dieser ersten Niederlage schlug irgendjemand vor, in den anderen südamerikanischen Konsulaten in Mexiko-Stadt nachzusehen. Vielleicht hatte Robert von einem «Chilenen» gesprochen, obwohl es sich eigentlich um einen Argentinier gehandelt hatte, um einen Ecuadorianer oder Peruaner. Ich fand die These nicht sehr überzeugend: Ich kannte Robert zu gut, um zu glauben, er könnte sich über eine Nationalität getäuscht haben. Kommt man selbst aus einem Land, von dessen Existenz die halbe Welt nichts weiß, gibt man Acht auf solche Kleinigkeiten.»

«Ein anderer gab zu bedenken, Robert könnte betrunken gewesen sein, was auch erklären würde, weshalb er ein so wertvolles Objekt einem Fremden anvertraut hatte. Das war, wie Sie sich denken können, jemand, der den Zweiten Weltkrieg nicht erlebt hat, denn wer ihn durchgestanden hat, der weiß, man muss nicht blau sein, um Unbekannten seine teuersten Besitztümer zu überlassen, sondern lediglich bereit, zur Rettung seines Lebens alles aufzugeben. Genau so ging es meinem Bruder im Oktober 1939. So ging es vielen Menschen im Oktober 1939. Man muss eigentlich kein Historiker sein, um das zu verstehen, aber was will man machen, manchen Leuten fehlt einfach das Feingefühl. Jedenfalls beschloss das Team in Mexiko – ich selbst war nicht vor Ort –, seine Nachforschungen auf die übrigen lateinamerikanischen Konsulate auszuweiten, für den Fall, dass mein sternhagelvoller Bruder Chile mit Peru verwechselt hätte, mit Argentinien oder gar Venezuela. Wie erwartet, fand sich auch dort keine Spur der Negative. Ich versuchte es daher anders und befragte Roberts Freunde: Hatte er ihnen gegenüber je diesen Chilenen erwähnt? Ein Name oder ein Beruf hätten uns schon weitergeholfen. Doch nicht nur hatte Robert niemandem außer mir je von dem Chilenen erzählt, er hatte auch niemals über den Koffer gesprochen, von dem er sehr wohl wusste, dass er die Originalnegative einiger seiner berühmtesten Bilder enthielt.»

«Und sehen Sie, mein Lieber, jetzt wo wir beide des Rätsels Lösung kennen, deren Schlüssel damals im Besitz von Chim war – den ich ja gut kannte, weil wir Magnum ein Jahr lang gemeinsam leiteten –, stellt sich mir die Frage: Wie soll ich mir erklären, dass weder Chim noch mein Bruder mehr Hinweise hinterlassen haben, um ihren Erben zu ermöglichen, den Koffer aufzufinden? Wie soll ich mir erklären, dass mein Bruder mich auf eine höchstwahrscheinlich falsche Fährte schickte, die mit dem Chilenen, von dem ich heute glaube, dass es ihn genauso wenig gab wie Peter Pan? Ich will Ihnen verraten, zu welchem Schluss ich kam, und bin gespannt auf Ihre Meinung.

Ich glaube, mein Bruder wollte in dieser gefährlichen Phase des 20. Jahrhunderts, als der Sieg über die Nazis mehrere Jahre lang keineswegs ausgemacht schien, den Koffer von den Menschen um ihn fernhalten. Und wenn sich jemand dafür interessiert hätte, was aus dem Koffer wurde, dann wohl ich. Nicht, weil ich schlauer bin als alle anderen, wohlgemerkt, sondern weil – außer Chim und meiner Mutter – sonst niemand davon wusste. Es war die beste Möglichkeit für Robert, mich zu schützen, denn wenn die Dinge anders ausgegangen wären und ich gewusst hätte, wo der Koffer war, hätte das schlimme Konsequenzen für mich haben können. Und für unsere Mutter.»

«Als ich noch jung war, nahm ich ihm das übel. Ich glaubte, er habe zu mir nicht genug Vertrauen. Dann, eines Tages, erkannte ich die nackte Wahrheit: Hätte Robert gewollt, dass ich die Negative finde, dann hätte ich gewusst, wo ich sie suchen muss. Ich wusste es nicht, also wollte er es nicht. Sobald ich diese Wahrheit akzeptiert hatte, spürte ich, die Negative würden irgendwann nach einer langen Reise von alleine bei mir anstranden wie eine Flaschenpost. Und nun, mein Lieber, ist genau das auch geschehen.»

«Als hätten die Negative selbst befürchtet, zu früh und von der falschen Person entdeckt zu werden», murmelte ich.

«Ich finde, man kann da ruhig von einem Wunder sprechen», fügte Cornell hinzu.

Er erhob sich in zwei Etappen, wie das Männer in seinem Alter tun, und drückte mir die Hand, wobei seine Rechte allerdings die meine mit einer Herzlichkeit umfing, die gar nicht zu seinem Alter passte. Wenn meine persönliche Niederlage – der Verlust des Koffers, die bevorstehende Ausstellung in New York – in dieser versöhnlichen Geste gipfelte, war sie dann wirklich eine Niederlage?, fragte ich mich, während ich mein müdes Gesicht im Spiegel des Aufzugs betrachtete. Versöhnung kam so selten vor in einem Menschenleben. Cornell hatte mir dieses Geschenk gemacht. Da konnte doch auch ich ihm etwas schenken.

2

Als ich aus Cornells Gebäude trat, fühlte ich mich in der Midtown-Finsternis, die auf den Bürgersteigen lag, wie hinabgeworfen von einem heiligen Berg. Allein, doch ungewohnt beschwingt, ging ich durch kühle, lärmerfüllte Straßen. Ich steuerte den angrenzenden Park an. Unter dem blassrosa Blütenkleid der Kirschbäume machte ich große Schritte. Ich sollte Cornell noch einmal besuchen kommen. Später, so hatte er vorgeschlagen. Tatsächlich freute ich mich schon darauf. Mein Streifzug dauerte nicht lange, denn mich erwartete ein zweiter, von Cornell wegen seiner schlimmen Beine nicht wahrgenommener Termin in dem von ihm geschaffenen Tempel der Fotografie namens International Center of Photography, wo die Negative erstmals der Welt gezeigt werden sollten. Angeführt wurde die damit betraute Riege von Francis Blanche. Acapulco war weit weg, und trotz all der Jahre seit unserem letzten gemeinsamen Essen und all der Veränderungen in meinem Leben schien es mir, als hätte ich ihn erst gestern zum letzten Mal gesehen. Er trug ein elegantes Wildlederjackett, sein Haar war kürzer, und ich fragte mich, ob sich auch in seinem Leben etwas Entscheidendes geändert hatte. Umringt von den Konservatoren begrüßte er mich höflich, wenn auch ein wenig reserviert gegenüber der Person, die ihm den Koffer nicht hatte anvertrauen wollen, um ihn dann fünf Jahre später einem anderen zu übergeben. Das war nur fair. Ich meinerseits erkannte, welches Ansehen Francis in diesem akademischen Milieu genoss. Kurz bedauerte ich, dass Greta nicht dabei war. Sie wäre mindestens genauso aufgeregt gewesen wie das weiß behandschuhte Grüppchen, das da vor mir stand. Vielleicht hätte sie aber auch nur schlechte Laune bekommen und bei ihren von so viel Barschheit überraschten Gesprächspartnern bedrücktes Schweigen ausgelöst.

Ich wusste es zu schätzen, dass diese Leute mich empfingen, obwohl sie dazu nicht verpflichtet waren. Bestimmt steckte dahinter eine Art von Schuldgefühl darüber, umsonst einen solchen fotografischen Schatz erhalten zu haben, doch das spielte keine Rolle. Ganz der virtuose Pädagoge, der mich bei unserem ersten Treffen so beeindruckt hatte, erläuterte Francis mir ein, zwei Dinge über den Koffer. Wie ich vermutet – oder gehofft? – hatte, war es nicht nötig, die bisherigen Besitzer zu befragen, um ihm seine Geheimnisse zu entlocken. Die Konservatoren waren vor allem erstaunt gewesen, darin mehr als viertausend Negative vorzufinden. Viele waren bisher nie gesehen worden. Ganze Filmrollen voll seltener Bilder, die in vielen Fällen ermöglichten, die Urheberschaft einzelner Fotos zu korrigieren oder zu bestätigen. Wie man sich denken kann, ging es dabei meistens um Bilder von Chim oder Taro, die fälschlich Capa zugeschrieben worden waren.

Dank der Kontaktabzüge konnte das Team auch die Bewegungen der drei Fotografen in Aktion nachvollziehen, ihren Zugang zum Motiv. Die Fotos von Gerda Taro zeichneten sich durch ihre vertikale Komposition aus, beeinflusst durch das von ihr so geliebte sowjetische Kino, erklärte mir Francis, während von Capas Werk – nah am Boden, mit aufrecht durchs Bild schreitenden Protagonisten – eine starke emotionale Präsenz ausging. In meinen Augen war das nichts als ein Zeitvertreib für Spezialisten, doch das behielt ich für mich, fest entschlossen, nichts zu sagen, was mich dastehen ließe wie einen Banausen. Dass die Negative so gut erhalten waren, so merkte Francis an, liege am warmen, trockenen Klima von Mexiko-Stadt; es sei ein Wunder, meinte er, wenn man bedenkt, wie lange sie verschollen waren. Dabei verfinsterte sich seine Miene etwas, doch auch er hatte beschlossen, höflich zu bleiben, und wechselte rasch das Thema. «Schauen Sie nur, wirklich gut erhalten», sagte er, indem er mir ein Bild mit der Pinzette hochhielt, als sähe ich es zum ersten Mal. So falsch war das ja auch gar nicht, denn zwischen den Fotos und mir hatte sich bereits eine unüberbrückbare Distanz aufgetan. Ich nickte, erleichtert darüber, diesem Stück europäischen Kulturerbes nicht geschadet zu haben, und dabei fiel mir wieder die Geschichte des Assistenten bei *Life* ein, der die von Capa bei der Landung in der Normandie gemachten Fotos sozusagen zu lange im Backofen gelassen hatte. Ob Francis wohl zu den Leuten gehörte, die glaubten, dieser Unfall sei nur eine Ausrede von John Morris gewesen, dem legendären Chefredakteur und engen Freund von Capa, um der Öffentlichkeit zu verheimlichen, dass der Fotograf gerade einmal elf Bilder hatte machen können an diesem Strand, an dem man bereits tot war, kaum dass man den Kopf hob? Ich wagte nicht, ihn das zu fragen: Der Zeitpunkt war schlecht, und wenn ich es recht bedenke, kann ich mir ohnehin nicht vorstellen, dass er der am wenigsten romantischen Hypothese folgte.

3

Drei Wochen später, zurück in Mexiko-Stadt, saß ich auf einer Bank unter einem Baum auf dem großen Platz in Coyoacán, auf halbem Weg zwischen meiner Wohnung und Glorias Marktstand, vor mir das Spektakel der lebhaften Menge aus Ballonverkäufern, Maisbratern und Frauen, die mit ihren Kindern auf dem Boden saßen und Holzkämme feilboten, und fragte mich angesichts zweier eleganter Herren, die zum Gruß ihre Kopfbedeckung abnahmen, ab welchem Alter man wohl einen Hut tragen sollte, als Désirée mich anrief. Sie sagte nur: «Cornell ist tot.» Hatte der Fund des Koffers ihn befreit oder das Warten ihn so lange durchhalten lassen? Mein Frühstücksritual vergessend, ging ich aufgewühlt nach Hause. Zwischen den Bettlaken in meinem Schrank fand sich keine Spur mehr von den Schachteln, die dort so lange Schutz gefunden hatten. Ich wandte mich den auf der Truhe am Fußende meines Betts gestapelten Büchern zu und schichtete sie nacheinander auf die Tagesdecke um. Zum ersten Mal seit Carlos' Besuch verspürte ich das dringende Bedürfnis, den Koffer zu öffnen – das Vehikel, den Treibriemen der ganzen Angelegenheit. Aber wieso, wo er doch leer sein sollte? Ganz unten, vergessen in dem zu großen Behältnis, lag das Päckchen Maspero, die Zigaretten, die Greta bei ihrem Dreh in Argentinien gekauft und die ich aus Puebla mitgenommen hatte nach meinem kurzen Fluchtversuch. Der Pferdekopf auf orangenem Grund und die goldene Bordüre waren nicht nur gut erhalten, sondern auch exakt so, wie ich sie erinnerte. Auf der Suche nach einem Feuerzeug ging ich auf den Balkon, wo ich die Maspero unter die Blüten des Feigenkaktus legte. Beim Anblick dieses Stilllebens überschwemmte mich von ferne ein Verlangen. Ich hätte nicht sagen können, ob es immer dort gelauert und nur den rechten Zeitpunkt abgewartet hatte oder ob es nach langer Reise wieder zu mir kam, aber jedenfalls holte ich meine auf einem Wohnzimmerregal verstaubte Kamera, schaltete sie an, filmte die Zigaretten und den Feigenbaum und sprach dazu mit ruhiger Stimme über Greta. Sofern daraus ein Film würde, dann ihr Porträt.

In der folgenden Woche erschienen diverse Artikel, die einen «mysteriösen Erben» und meinen Namen erwähnten, was Mireille ausreichend beeindruckte, um sich bei mir zu melden, obwohl sie das nur selten tat. Meine Wohnung verließ ich in diesen Tagen kaum, auch wenn die Ausstellung der Negative in New York den Alltag in Coyoacán nicht weiter berührte. Wie Désirée vorhergesagt hatte, interessierten die Journalisten sich vor allem für das Werk der drei Fotografen und ihre abenteuerlichen Leben – sehr viel mehr jedenfalls als für das, was mir heute noch als Nachttisch dient und das man irrtümlich den «mexikanischen Koffer» nennt.

Anmerkung

Zum ersten Mal erfahren habe ich von der Geschichte des mexikanischen Koffers und seinem Wiederauftauchen in Mexiko-Stadt im Jahr 2007 bei einem fünfzig Jahre alten mexikanischen Dokumentarfilmer im November 2010 aus einem Artikel in der amerikanischen Wochenzeitschrift *The Nation*. Aus mir unbekannten Gründen kamen die Figuren, die diesen Roman bevölkern, mir in den Kopf, noch ehe ich den Artikel zu Ende gelesen hatte.

Die Umstände, durch die der Koffer zu diesem – wie ihn der Artikel nannte – «mysteriösen Erben» gelangte, waren damals noch ebenso unklar wie der Grund, aus dem er ihn unter Verschluss gehalten hatte. Dieser Roman und seine Figuren beruhen lose auf dieser Geschichte. Er soll eine Hommage sein an den Mut, den Einsatz und den Humanismus der drei Fotografen sowie ein Versuch, über die Menschen nachzudenken, die ihn aufbewahrt haben, ohne dabei vorzugeben, auch nur das geringste Bisschen über deren Privatleben und ihre Beweggründe zu wissen.

Wer sich für die Bilder aus dem Koffer interessiert, findet sie im Katalog der ersten Ausstellung, die von September 2010 bis Mai 2011 im ICP in New York stattfand, in englischer Sprache, erschienen im Steidl Verlag.

Inhalt

Laurent Binet

DIE SIEBTE SPRACHFUNKTION

ROMAN

Aus dem Französischen von Kristian Wachinger

Paris, Frühjahr 1980: Nach einem Essen mit dem Kandidaten für das Amt des französischen Präsidenten, François Mitterrand, wird Roland Barthes von einem bulgarischen Wäschelieferanten überfahren. Ein Passant, Michel Foucault, ist Zeuge des Unfalls und behauptet, es war Mord. Der Tod des Autors stellt Kommissar Bayard vor viele Rätsel.

Auf höchst amüsanten Irrwegen gelangen Bayard und sein Assistent Simon, der geübt ist im Deuten von Zeichen, zu einer mittelalterlich anmutenden Geheimgesellschaft in Bologna, auf den Campus der Cornell University im Staat New York und schließlich nach Venedig, wo sich herausstellt, was es mit der siebten Sprachfunktion auf sich hat.

«Ein Buch, das ein Houellebecq mit guter Laune geschrieben haben könnte.» *Libération*

528 Seiten